KB265796

나는 왜 자유주의자가 되었나

나는**왜** 자유주의자가 되었나

초판 1쇄 발행 2013년 11월 29일
초판 2쇄 발행 2013년 12월 26일

편 저 자 복거일
발 행 인 김영희
발 행 처 ㈜FKI미디어
기획·마케팅 신현숙, 권두리
디 자 인 이소영, 이보림
편집·교열 민서영, 박지혜, 변호이
등 록 번 호 13-860호
주   소 150-881 서울특별시 영등포구 여의대로 24 FKI타워 44층
전   화 (출판콘텐츠팀) 02-3771-0006, (영업팀) 02-3771-0245
홈 페 이 지 www.fkimedia.co.kr
팩   스 02-3771-0138
E-mail hsshin@fkimedia.co.kr
I S B N 978-89-6374-067-6 03800
정   가 15,000원

· 낙장 및 파본 도서는 바꿔 드립니다.
· 이 책 내용의 전부 또는 일부를 재사용하려면 반드시 FKI미디어의 동의를 받아야 합니다.
· 내일을 지키는 책, FKI미디어는 독자 여러분의 원고를 기다립니다. 책으로 엮기 원하는 아이디어가 있으신 분은
  hsshin@fkimedia.co.kr로 간략한 개요와 취지를 연락처와 같이 보내주십시오.

이 도서의 국립중앙도서관 출판시도서목록(CIP)은 서지정보유통지원시스템 홈페이지(http://seoji.nl.go.kr)와
국가자료공동목록시스템(http://www.nl.go.kr/kolisnet)에서 이용하실 수 있습니다.(CIP제어번호: CIP2013024972)

나는 왜
자유주의자가
되었나

에프케이아이
미디어

소수의 길을
선택한 이유

이 책은 자유주의자들이 자신들의 이념적 역정, 즉 의식적으로 자유주의를 따르게 된 계기를 밝힌 글들을 모은 것이다. 자유주의는 우리 사회의 구성 원리이지만 자신을 자유주의자로 규정하는 사람들은 그리 많지 않다. 그래서 자유주의에 이끌리지만 주변에서 같은 생각을 지닌 사람들을 찾기 어려운 젊은이들에게 도움이 됨 직하다. 아마도 거기에 이 책의 존재 이유가 있을 터다.

이 책을 만들자는 얘기를 처음 꺼낸 사람은 한국경제연구원 사회통합센터 소장이다. 그의 식견과 추진력이 없었다면 여러 저자들의 글을 한데 묶는 일이 이렇게 짧은 기일 내에 진행되지 못했을 것이다. 실무는 사회통합센터의 여러분들이 맡아서 마무리했다. 공저자들 가운데 직업적으로 글을 쓰는 사람이 나뿐이라서, 내게 편저자의 역할이 돌아왔을 따름이다.

이 책에서 말하고 있는 '자유주의자'는 엄격히 따지면 경제적 자유주의자다. 다른 이념들과 마찬가지로, 자유주의도 여러 측면들을 지니고 있기 때문에 한 측면에서 자유주의를 따르는 사람들이라고 해서 다른 측면들에서도 꼭 자유주의를 따르는 것은 아니다. 실제로, 대부분의 사람들은 정치적 자유주의자들이다. 즉, 민주주의를 바탕으로 삼아 보편적이고 자유로운 선거를 통해 정치 지도자들을 뽑고 시민들이 정치적 자유를 누리기를 바란다. 그러나 경제 분야에서 자유주의를 따르는 사람들은 보기보다 드물다. 대부분의 사람들은 개인들의 경제활동을 사회가 적극적으로 규제해야 한다고 생각한다. 이 사실은 우리 사회의 모습을 다듬어내는 데서 큰 역할을 했다.

경제적 자유주의는 자본주의와 시장경제를 떠받치는 이념이다. 즉, 개인들이 사회의 재산들을 대부분 소유하고 그런 재산을 바탕으로 자유롭게 경제활동을 하는 체제가 가장 낫다는 얘기다. 자연히 경제적 자유주의자들은 시장에 대한 정부의 간섭을 되도록 줄여야 한다고 늘 외친다. 이것은 보답이 작은 일이다. 요즈음처럼 민중주의적 풍조가 거셀 때는 특히 그렇다. 경제적 자유주의에 이념적 바탕을 둔 자본주의와 시장경제를 지닌 나라에서 그 이념을 따르고 지키는 사람들이 소수인 것이다.

　이런 사정에는 물론 여러 요인들이 작용했겠지만, 가장 근본적 요인은 우리의 천성이 시장에 호의적이 아니라는 사실이다. 우리 마음은 사람들이 부족사회를 이루어 수렵과 채취로 살았던 원시시대에 다듬어졌다. 그런 사회에서 생산물은 구성원들이 대체로 공평하게 나누어 가졌고 잉여와 재산은 거의 없었다. 부족들 사이에는 교역이 드물었고 시장은 존재하지 않았다. 이런 상태는 적어도 수십만 년 동안 이어졌다. 그러다가 대략 1만 년 전에 농업이 보급되었다. 농업을 통해서 생산성이 높아지자, 사람들은 재산을 모으고 널리 교역을 하고 시장을 발전시켰다. 그래서 우리가 교역과 시장을 경험한 시간은 원시시대에 비기면 아주 짧다. 자연히 원시시대에 형성된 우리 마음은 교역과 시장을 의심의 눈길로 보고 모두 '평등한 가난' 속에 살았던 시절을 그리워한다.

　우리 사회의 전통도 시장에 호의적이지 않다. 상업을 천시하고 관리를 선망하는 뿌리 깊은 풍조, 기업가정신의 박약, 정부부문의 꾸준한 확대와 시장부문의 축소, 자본주의에 대한 시민들의 깊은 반감, 재산권의 불충분한 보호, 기업활동에 대한 지나친 규제, 비현실적인 노동법, 전

투적 노동조합, 그리고 아직도 남아 있는 보호무역 조치들은 모두 시장이 제대로 움직이기 어렵게 만든다. 안타깝게도 제대로 자라나지 못하고 자유롭지 못한 우리 시장이 보이는 부족한 모습들은 모두 시장의 책임으로 돌아간다.

이런 환경에서 자유주의자가 되어 시장경제를 지키려고 애쓰는 것은 결코 쉬운 일이 아니다. 이념적 무임승차자로 살아가는 편한 길 대신, 굳이 사회적 소수로 살아온 것은 도덕적 차원을 지닌 성취다. 그래서 여기 실린 글마다 공저자가 자신의 이념적 역정을 돌아보면서 느낀 성취감이 배어 있다. 그런 성취감이 독자들의 공감을 얻는다면 이 책은 제 구실을 한 셈일 터다.

공저자들을 대표해서
복 거 일

차 례

이영훈
박동운
김영용
민경국
김정호
신중섭
황수연
조동근
배진영
안재욱
김승욱
김이석
김인영
조전혁
김행범
현진권
권혁철
송원근
최승노
윤상호
복거일

이영훈 (서울대학교 경제학부 교수)

20대 시절은 마르크스와 사적유물론, 민족주의 등의 책들을 읽으며 보냈고, 특히 모스크바 아카데미에서 나온 『경제학교정』, 『철학교정』에 깊이 몰입했다. 그러다 아이러니하게도 아시아혁명의 주체로서 빈농의 형성, 발전 과정을 연구하다 이론과 실증이 전혀 다르다는 것을 발견하고 역사와 사회를 보는 새로운 시각을 갖게 된다. 어느 한 쪽의 입장이 되기보다 학자로서 관찰하고, 검증하고, 연구하는 과정을 거치다 보니 어느 날 자유주의 경제학자가 되어 있었다. 대학에서 경제학을 가르치고 있지만 대학을 벗어나 우리 사회 구석구석까지 자유주의의 이념을 전파하기 위해 실천하고 있다.

<h1>소걸음으로 돌아
자유주의에 이르다</h1>

마르크스주의에 몰입했던 20대

　　1997년 말 한국경제는 '대외 지불 불능'의 위기를 맞이했다. 11월 22일 김영삼 대통령은 당면한 경제위기를 수습하기 위해 IMF의 지원을 요청하겠다는 대국민 담화를 발표했다. 나는 그 방송을 김포공항 출국장에서 들었다. 일본으로 가는 길이었다. 담화를 접하는 순간 '우리나라가 다시 식민지가 되었구나'라는 생각에 가슴이 울컥했다. 이후 일본에서 머무는 며칠 동안 모이는 자리마다 한국의 경제위기가 화제였다. 서울의 거리에서 택시의 행렬이 사라졌다는 등 일본인들끼리 주고받는 이야기에 나는 무척이나 의기소침했다. 그 경제위기를 계기로 나는 자유주의자로 바뀌기 시작했다.

　　그 전까지 나는 자유주의자가 아니었다. 솔직히 말해 자유주의가 무엇인지 전혀 알지 못했다. 자유주의에 대해 관심도 없었고, 누구 하나 가르쳐준 사람도 없었다. 1970년 대학에 입학한 나에게, 어느 운동권 선배는 고맙게도 읽어야 할 책 50권의 리스트를 전수했다. 이 정도는 읽어야 한몫의 지식인이 될 수 있다는 당부가 곁들여졌다. 대개 프랑스혁명, 민주주의, 민족주의, 사적 유물론 등 마르크스 Karl Heinrich Marx주의 편향의 책들이었다. 내가 가장 깊숙하게 몰입했던 책은 모스크바 아카데미에서 나온 『경제학교정』과 『철학교정』이었다. 일본 이와나미 출판사가 문고본으로 번역한 『철학교정』 6권을 읽고서 나는 세상의 진리에 통달했다는 느낌을 가졌다. 돌이켜보면 참으로 어리석고 한심했지만 나의 대학 생활은 그러한 착각과 환상으로 일관했다. 그런 가운데 나는 인간은 사회적 동물이며, 존재가 의식을 결정한다는 마르크스주의적 인간 이해를 자연스럽게 받아들였다.

1978년 대학원에 입학해 1985년 박사학위를 취득할 때까지 나의 인간에 대한 이해는 대개 그런 수준에 머물렀다. 1970년대까지 운동권 학생들은 아시아공산혁명의 가능성을 신뢰했다. 1974년 베트남 인민이 미국제국주의에 승리한 사건이 무엇보다 확실한 증거로 받아들여졌다. 7년간의 대학원 생활 동안 나를 지도한 안병직 교수는 당시 한국에서 대표적인 마오쩌둥 毛澤東주의자였다. 나를 포함해 그의 제자들은 일제강점기 이래 1970년대까지의 한국사회가 식민지반봉건사회라는 그의 학설을 추종했다. 그에 따르면 한국은 일제강점기 때는 물론 해방 후에도 미국의 식민지로서 제국주의 자본가와 봉건적 지주가 지배연합을 형성해 왜곡된 형태의 자본주의를 초래한 국가였다. 여기서는 혁명적인 노동자와 빈농, 그리고 중소자본가와 양심적 지식인 등이 통일전선을 결성해

소걸음으로 돌아 자유주의에 이르다

장차 사회주의로 나아갈 참다운 민주주의 혁명을 수행해야 했다.

원래 '식민지반봉건사회론'은 1940년 중국 공산당의 마오쩌둥이 제창한 것으로, 신민주주의혁명론에 입각하여 중국사회를 이해하는 역사관을 말한다. 신민주주의혁명론은 1949년 중국공산당의 승리와 함께 그 실천적 정당성을 확보했다. 당연히 그에 입각한 식민지반봉건사회론도 중국과 아시아 후진국의 역사를 설명하는 이론으로서 그 권위를 더했다. 해방 후 조선공산당으로 모인 한국의 공산주의자들도 그 영향 아래에 있었으며, 그러한 지적 전통은 오늘날 북한 정권으로까지 이어지고 있다. 다만 1970년대 한국의 식민지반봉건사회론은 그러한 정치적 계보와는 무관했다. 안병직 교수는 1960년대 이후 대학에서 자생한 사회주의 그룹으로서 주로 일본의 마르크시스트를 통해 마오쩌둥의 식민지반봉건사회론을 수용했다.

아시아혁명 주체의 역사적 형성을 탐구하다

이 같은 배경에서 나는 18~19세기 농민의 존재 형태를 연구하기 시작했다. 아시아공산혁명을 위해서는 노동자와 빈농을 중심으로 한 혁명계급이 형성될 필요가 있다는 문제의식에서였다. 이 문제를 최초로 제기한 사람은 러시아혁명을 주도한 레닌Vladimir Il'ich Lenin이다. 레닌의 『러시아에 있어서 자본주의의 발전』이라는 책은 19세기 러시아 농촌에서 농민층이 부농과 빈농으로 양극 분열되는 가운데 혁명적인 프롤레타리아 계급이 형성되는 과정을 추구한 책이다. 1960~70년대 일본의 좌파 대학생들은 이 책을 휴대하고 다니면서 틈틈이 읽어 거의 외울 정도라고 했다. 나도 대학원에 들어와 이 책을 필사하면서 두 번이나 읽었다. 어느 날 일본에서 이 방면의 전문가인 사사키佐佐木潤之介라는 사람의 논문을 읽고 큰 감명을 받았는데 그 기억이 아직도 새롭다. 아시아혁명의 주체로서 빈농이 역사적으로 형성, 발전해온 과정을 추구하는 것이 아시아혁명의 시대를 사는 역사학도에 부여된 임무라는 내용이었다. 당시 한국에서는 김용섭 교수가 18~19세기 이래 농민층이 부농과 빈농의 두 계층으로 분열되었다고 주장해 큰 영향을 미치고 있었다. 나는 김용섭 교수의 주장에 실증적 근거가 불충분하다고 생각하고 있었다. 거기에다 위와 같은 사사키 논문으로부터의 영향도 받아 18~19세기 농민 분열의 실태를 본격적으로 파헤칠 결심을 했다.

1980년부터 나는 서울대학교 규장각실에 파묻혀 18~19세기 농민들의 계층별 동향을 보여주는 자료를 수집했다. 김용섭 교수는 어느 특정 시기의 토지대장을 토대로 농민층의 양극 분열을 주장했지만, 나는 동일 지역에서 연도를 달리해 작성된 둘 이상의 토지대장을 분석 대상으로 했다. 김용섭 교수와 달리 시간의 추이와 함께 나타나는 변화를 추적한 것이다. 2~3년간의 노력 끝에 나는 20여 건의 지역 사례를 수집했다. 그런데 그 결과는 당초의 예상과 전혀 딴판이었다. 농민층은 부농과 빈농으로 분열되는 것이 아니라 표준적인 경작 규모의 소농 계층으로 수렴되고 있었다. 이론과 실증은 완전히 어긋나고 말았다. 1983~1984년에 발표한 두 논문에서 나는 기존의 양극 분열론을 부정하고 '자립적 소농의 발전'이라는 새로운 학설을 주장했다. 이후 나는 조금씩 그리고 점점 빨리 변화하기 시작했다.

연구가 진행되면서 나는 내가 발견한 사실이 다른 나라에서도 마찬가

지로 일어나고 있음을 알게 되었다. 예컨대 14~19세기 명·청 시대에 걸쳐 중국의 소농은 분해되는 것이 아니라 성숙하고 있었다. 대부분의 나라에서도 마찬가지였다. 소농은 해체되는 존재가 아니라 시장과 더불어 발전했다. 인간의 원초적 공동체인 가족을 실체로 하는 소농은 생산력 덩어리로 어지간해서 분해될 존재가 아니다. 이 점을 최초로 주장한 농업경제학자가 러시아의 차야노프 Alexander V.Chayanov다. 그는 러시아의 사회주의혁명은 소농을 부정할 것이 아니라 소농을 협동조합으로 조직함으로써 유통과정에서부터 점진적으로 추진되어야 한다고 주장했다. 그 때문에 그는 스탈린의 미움을 받아 시베리아로 추방되었다. 차야노프를 숙청한 스탈린은 농업집단화를 단행했다. 거기에는 가족적인 소농보다는 기계화된 대농이 생산성에서 훨씬 우월하다는 마르크스주의의 농업이론, 곧 레닌의 양극분해론이 전제되었다. 그렇지만 농업집단화는 사회주의혁명이 실패하는 첫걸음이었다. 집단농장에서는 어느 누구도 열심히 일하려 들지 않았다. 그래서 스탈린의 콜호스도, 마오쩌둥의 인민공사도, 김일성의 협동농장도 수많은 희생을 지불하면서 결국 실패하고 말았다.

실증주의로 마르크스주의를 넘다

이 같은 사실을 알게 되면서 나는 서서히 마르크스주의로부터 이탈했다. 다시 말해 이론보다 실증이 나를 조금씩 변화시켜 갔다. 연구가 진척되면서 조선왕조를 두고 '봉건사회'라고 해서는 곤란하다는 사실도 알게 되었다. 당연히 20세기의 한국사회를 반봉건사회라고 하는 것도 어불성설이었다. 1985년 대학에 자리를 잡은 뒤로는 '18~19세기에 자립하는 소농의 역사적 원형은 무엇인가'라는 문제의식에 사로잡혔다. 그때 한국의 역사학계에서는 중요한 변화가 일어나고 있었다. 전국의 유서 깊은 양반 가문에 소장되어 있던 상속문서와 같은 고문서들이 공개되기 시작한 것이다. 나는 선배 학자들의 도움을 받아 그 문서가 발굴되고 정리되는 일선에 참여할 수 있었다.

양반가의 15~16세기 상속문서에 적힌 노비들의 수는 상상을 초월하는 규모였다. 200~300구의 노비는 보통이고 최대 800여 구에 달하기도 했다. 고대 로마와 19세기 미국 남부의 농장에서도 노예의 규모는 100구를 넘기 힘들었다. 15~17세기 조선왕조에서 노비들은 전체 인구의 무려 30~40%를 차지했다. 어떻게 해서 노비인구가 그렇게나 많아졌는가. 당시까지 어느 역사학자도 그 문제에 대답하지 않았다. 백남운 등 초창기의 마르크스주의 역사학자들은 7~10세기 통일신라시대를 고대 노예제사회로 규정했다. 따라서 그들은 통일신라시대를 노비제의 전성기로, 이후 고려시대부터는 노비제의 쇠퇴기로 보았다. 그런데 양반가의 고문서에 따르면 노비제는 14세기부터 확대되었으며 16~17세기가 그 전성기였다. 이 같은 사실을 확인하면서 나는 마르크스주의가 이야기하는 '세계사의 기본법칙'을, 다시 말해 인류사회는 '원시공산제 → 노예제 → 봉건제 → 자본주의 → 사회주의'로 나아간다는 사적 유물론을 거의 부정하기에 이르렀다. 그것은 역사를 이론의 틀에 끼워 맞추는 이른바 '프로크루테스 침대'의 전형이었다.

이 같은 생각이 깊어지면서 나는 바로 Rudolf Bahro 등 동구의 지식인들이 소련 공산주의체제의 모순을 비판한 책들을 접했다. 그들에게 현실

소걸음으로 돌아 자유주의에 이르다

공산주의는 감당하기 힘든 정신적 굴욕과 물리적 억압을 강요하는 전제주의적 관료체제에 지나지 않았다. 그들은 인간의 얼굴을 한 사회주의를 추구했다. 나 역시 그들의 주장에 동감했다. 나는 여전히 마르크스주의의 언저리에서 머뭇거리고 있었다. 1989년 북한을 대표하는 역사학자 허종호의 논문이 남한에 소개되었다. 어느 잡지사의 부탁을 받고 그에 대한 비평을 하게 되었는데, 한마디로 수준 이하의 글들이었다. 허종호는 우리 조선사가 세계사에서 가장 우수한 민족사에 해당하는데, 그 이유는 '세계사의 기본 법칙'이 제시하는 5단계 발전 과정을 가장 전형적으로 밟아왔기 때문이라는 것이다. 1978년 일본 사회당 계열의 역사학자 구로다黑田俊雄라는 사람이 북한을 방문한 다음 《역사평론》이란 잡지에 기고한 여행기가 있다. 그에 의하면 구로다 역시 허종호와 대화를 나누면서 위와 같은 주장을 들었다. 구로다는 그의 북한 여행기에서 "이 나라에서 역사는 오로지 정치다"라고 적었다. 1989년을 전후해 나는 구로다의 지적에 완전히 동감하고 있었다.

전통 마르크스주의에 크게 실망하면서도 인간의 얼굴을 한 마르크스주의의 매력을 떨치지 못하는 나의 정신세계는 1997년까지 지속되었다. 그 사이 나는 무엇 때문에 14세기 이후 노비제가 크게 확대되었는가라는 문제와 씨름했다. 그 해답을 찾아 나는 삼국사기, 삼국유사, 고려사, 조선왕조실록, 각 시대의 고문서를 두루 섭렵했다. 대개 1987년 이후 근 10년간 나는 그 방대한 사료의 세계에 푹 빠져 있었다. 그 시기에 내가 정리할 수 있었던 3~4세기 이래 19세기까지 한국의 노비제도사, 호戶제도사, 토지제도사는 이후 내가 20세기의 경제사, 나아가 대한민국의 현대사를 이해하고 정리하는 데에 대단히 소중한 밑거름 역할을 했다. 사료를 읽어가는 과정에서 나는 어떠한 기성의 권위와 학설로부터도 자유로워졌다.

1993년 무렵에는 운동권 출신 학자로서의 꼬리표도 완전히 뗐다. '민주화를 위한 교수협의회'라는 단체로부터 탈퇴한 것이다. 어느 날 동 단체가 5·18 광주민주화운동을 기념해 발표한 성명서가 전달되어 와서 보니 1980년 광주에서의 유혈 참극에 미국의 책임이 크다고 했다. 한국을 미국의 종속국으로 간주하는, 나에게는 매우 익숙한 식민지반봉건사회론의 재판에 지나지 않았다. 회원의 의견도 묻지 않고 지도부가 일방적으로 성명서를 발표하는 단체의 행태도 더 이상 참을 수 없었다. 나는 주저 없이 탈퇴서를 제출했다.

IMF위기가 시장경제에 대한 관심을 일깨우다

그러던 중에 1997년 IMF경제위기가 터졌다. 잘나가는 친구 사업가는 하루아침에 망했다. 서울역에는 노숙자들이 넘쳐났다. 무엇이 잘못되어 이 지경이 되었나. 그런 의문을 품고 있는 나에게 한국개발원에서 용역을 제안해왔다. IMF경제위기를 역사적인 관점에서 조망해 달라는 것이었다. 내가 시장의 역사에 관심을 가진 것은 그때가 처음이었다. 그 이전까지 20년간 나는 마르크스주의 전통에 따라 농민, 노비, 호, 토지소유 등 사회구성체의 토대를 이루는 생산관계에 대한 역사학적 추구에 몰입해 있었다. 대학에서 소속은 경제학과였지만 연구 주제는 거의 역사학과나 다를 바 없었다. 경제학자로서 시장에 대한 관심은 별로였다. 그래서 적절한 기회가 오면 역사학과로 적을 옮길 생각까지 했으

며, 실제 그럴 수 있는 기회도 두 차례 있었다. 그런데 IMF경제위기가 나로 하여금 시장을 연구하게 만들었다. 그때부터 제대로 된 경제학자로 바뀌기 시작한 것이다.

오랫동안 서가에 꽂아두기만 한 신제도학파 경제학의 선구자 노스Douglass North의 『서구 세계의 발흥』을 비롯한 그의 명저들을 읽기 시작한 것은 한국개발원의 용역을 수행하면서였다. 코스Ronald Coase의 "기업, 시장, 그리고 법"도 그때 읽었다. 시장을 정보의 발견과 전달의 과정으로 정의한 하이에크Friedrich August von Hayek의 시장경제론도 그때 처음으로 접했다. 마침 김대중정부가 시장경제와 민주주의의 병행 발전을 외치고 있을 무렵이었다. 서울에는 시장경제의 잘 알려진 전도사들이 자주 방문했다. 어느 날 미국의 사회학자 후쿠야마Francis Fukuyama의 강연을 들었는데, 그 강연을 계기로 그의 책 『트러스트』를 읽었다. 그는 책에서 어느 사회에 축적된 사회적 신뢰의 정도에 따라 기업을 비롯한 경제체제의 형태가 달라진다고 주장했다. 그의 분류에 의하면 한국, 중국, 프랑스 등은 저 신뢰의 사회로서 정부의 주도가 아니면 대규모 기업이 성립하기 힘든 사회였다. 나는 후쿠야마가 한국을 저 신뢰의 사회로 분류한 것에 동의했는데, 그것은 오랫동안 내 나름으로 추적해 온 전근대 한국사회의 구조적 특질이 바로 그러했기 때문이다.

나는 후쿠야마의 책에서 역사와 현실을 접목하는 방법론에 관해 큰 가르침을 받았다. 나중에 알고 보니 후쿠야마와 나는 동갑이었다. 그런데 그는 세계의 지성이었고 나는 고작 후진국의 초라한 딸깍발이였다. 내게 그러한 수치감을 안겨 준 것은 내가 대학시절에 수준 높은 교양교육을 받지 못했기 때문이다. 만약 내가 대학에 입학했을 때 선배들이 권유한 독서 리스트 50권이 서구의 지성사를 대표하는 고전들로 채워졌다면 나도 후쿠야마처럼 되었을 터다. 그런 생각에서 나는 그의 책에서 인용되고 있는 뒤르켐Emile Durkeim의 『사회분업론』과 토크빌Alexis de Tocqueville의 『미국의 민주주의』를 읽었다. 이들 책은 인간들이 서로 신뢰하고 협동하는 가운데 분업과 단체를 발전시켜 사회를 유기적으로 복잡한 기관으로 진화시켜 가는 것이 역사의 진정한 발전임을 이야기해주었다. 역사에 대한 나의 이해는 이 언저리에서 크게 선회했다.

대략 이런 정도의 독서를 바탕으로 하여 나는 한국개발원의 용역을 수행했다. 그 결과물은 2000년 동 연구원에 의해 『한국 시장경제와 민주주의의 역사적 특질』이란 책으로 출간되었다. 이 책에서 나는 한국의 전통사회는 사회적 신뢰의 수준이 낮은 가운데 시장도 개인 간의 연고를 매개로 한 대면거래의 형태를 벗어나지 못했으며, 1960년대 이후 정부 주도로 고도경제성장을 이룩했으나 시장경제의 이 같은 한계를 불식하지 못하여 1997년의 위기를 맞게 되었다고 진단했다. 용역을 수행하는 과정에서 연구자로서 나의 관심 대상도 많이 바뀌었다. 나는 경동시장을 비롯한 재래시장, 노량진·가락동농수산물도매시장, 동대문의류시장 등을 자주 다니면서 재화의 유통경로를 탐색했다. 나에게 시장경제는 손쉽게 관찰될 수 있는 유통경로로 다가왔다. 당시 삼성, 현대, 대우, LG가 생산하는 고가의 가전제품은 전속대리점을 통해 유통되었는데, 이는 다른 나라에서 보기 힘든 한국적 특색이었다. 나는 전속대리점에 관한 경영학의 논문을 읽는 한편, 주요 회사의 영업부장과 인터뷰하면서 전속대리점체제의 실태, 그 합리성과 문제점 등을 발견했다. 그 과정에서 나는 18-19세기 전통사회의 구조적 특질이 20세기 말까지 본질적

으로 변하지 않고 고스란히 살아 있음을 확인하고 적지 않게 놀랐다.

이후 나의 주요 연구 관심은 시장의 역사로 쏠렸다. 주변을 돌아보니 18세기 이래 물가, 지가, 임금, 이자율 등의 장기추세를 보여주는 고문서 자료가 적지 않았다. 나와 동료 연구자들은 그것들을 수집, 분석하는 공동연구에 착수했으며, 그 결과 2001년에 『맛질의 농민들』, 2004년에 『수량경제사로 다시 본 조선후기』를 출간했다. 이 공동연구를 통해 나는 18-19세기는 시장이 위축되고 경제가 침체한 사회였다는 사실을 발견했다. 크게 보면 1910년 조선왕조가 망한 것도 그 때문이었다. 결국 18~19세기 조선왕조의 경제사는 '시장이 발전하면 그 사회와 국가는 흥하고, 시장이 찌그러지면 그 사회와 국가는 망한다'는 아주 상식적이면서 보편적인 진리를 대변하는, 다른 무엇보다 훌륭한 교과서였다.

내가 자유주의라는 정치·경제 철학에 본격적인 관심을 갖게 된 것은 이러한 실증적 연구를 수행하면서부터였다. 스미스의 『국부론』을 읽은 것은 2004년경이고, 『도덕감정론』을 읽은 것은 그보다도 2~3년 뒤였다. 그래도 그 전체를 확연하게 이해하지 못했는데, 2008년 일본의 도메堂目 卓生가 쓴 『애덤 스미스』를 통해 비로소 이 두 위대한 고전의 구조를 전체적으로 이해하게 되었다. 명색이 경제학자로서 이 두 고전을 이해한 것이 나이 57세였으니 참으로 부끄러운 노릇이 아닐 수 없다. 그래서 앞서 지적한 대로 나는 나 자신을 어디까지나 후진국의 딸깍발이로 자처하고 있으며, 다만 내 제자들에게는 그러한 부끄러움을 물려주지 않도록 노력하고 있다.

도메를 통해 알게 된 것인데, 스미스에게는 아직도 중세 도덕철학의 그림자가 남아 있었다. 스미스는 필요 이상으로 부를 추구하는 인간을 어리석은 자로 간주했으며, 현명한 자가 추구할 진정한 행복은 마음의 평정에 있다고 했다. 이러한 중세적 유제를 걷어내고 경험과학으로서 자유주의를 완성한 사람은 하이에크가 아닐까 싶다. 2006년 일본의 서점에서 『하이에크 전집』을 보고 바로 구입했는데, 이를 독파하는 데는 서울시립대학교 이근식 교수, 강원대학교 민경국 교수의 해설서가 큰 도움을 주었다. 2004년경 서울대학교 정기준 교수로부터 도킨스Richard Dawkins의 『이기적 유전자』를 읽어보라는 권유를 받았는데, 나에게 그 책을 읽는 것은 백만 년 전에 유인원의 세계로부터 분리된 현생인류가 도달한 지성의 최고봉을 확인하는 과정이었다.

이러한 과정을 거쳐 나는 어설프게나마나 한몫의 자유주의자로 변신했다. 2007년 나는 졸저 『대한민국 이야기』에서 인간의 본성을 분별력 있는 이기심으로 규정했다. 2008년 나는 교과서포럼 편 『대안교과서 한국 근현대사』를 편집하는 책임을 맡았다. 거기서 나는 지난 60년간 남한과 북한의 판이한 역사를 놓고 볼 때 인간의 본성인 자유와 이기심이 인간 역사의 발전에서 얼마나 중요한지를 성찰할 필요가 있다고 주장했다. 그러면서 역사에 대한 나의 이해를 다음과 같이 피력했다.

"역사의 진정한 주체는 자유를 본성으로 하는 개별 인간이다. 역사는 그 인간들이 사랑과 신뢰로 결성하는 가족, 촌락, 학교, 회사, 공장, 교회, 우애단체의 역사에 다름 아니며, 나아가 이들 단체가 하나의 정치적 질서로 통합하는 국가의 역사에 다름 아니다."

뒤늦은 자유주의자가 봉착했던 곤혹스런 경험

이후 나는 여러 차례 곤혹스런 상황에 봉착했다. 인간의 본성이 이기적이라는 자유주의 철학에 대한 반발은 의외로 강력했다. 전교조 역사교사모임의 대표와 교육방송에서 토론을 벌인 적이 있다. 그때 그는 인간의 본성을 이기적이라고 한 나의 글을 두고 대학교수가 어찌 그런 발언을 할 수 있느냐고 비난했다. 공주대학교에서 있었던 중·고등학교 교사 연수 프로그램에 나가 강의한 적이 있다. 나는 인간의 본성은 자유와 이기심이며, 그러한 인간 이해의 자유주의 철학은 17~18세기 서유럽에서 생겨나 19세기 말 한국에 유입되었다고 했다. 그랬더니 교사들이 반발했다. "어떻게 어린 학생들에게 인간의 본성은 이기적이라고 가르치라 하느냐", "우리 역사에도 민주주의의 전통은 있다" 등의 반발이었다. 한 번은 같은 캠퍼스 내의 사회학과 대학원생이 연구실로 찾아와 나를 비판한 글을 놓고 가면서 "인간은 사회적 동물입니다"라고 훈계했다.

나의 인간 이해와 역사관을 비판하는 책과 논문도 몇 편이나 나왔다. 자유주의 철학의 관점에서 한국 근현대사를 재해석한 것이 아무래도 적지 않은 충격이었던 모양이다. 김기협이라는 사람이 쓴 『뉴라이트 비판』이라는 책이 있다. 그 책에서 그는 미개사회의 인간들 사이에서 보이는 공동체적 연대를 근거로 인간의 본성은 공동체적이라고 했다. 나아가 그는 한국사의 경우, 조선시대까지 이 같은 공동체문화가 발달했는데, 일제의 통치를 받는 과정에서 천박한 개인주의의 근대문명이 유입되었고, 그에 동조하는 친일파들이 생겨났다고 주장했다.

나는 이 같은 반발이나 비판의 내면을 이해하고 있다. 그것들은 내가 자유주의자로 변신하기 이전의 모습 그대로이기 때문이다. 그것들은 우리의 전통 그 자체다. 인간의 본성이 이기적이란 말은 자칫 천박하게 들릴 수 있기 때문에 교육 현장의 용어로서 부적절할 수 있다. 그렇지만 서유럽에서 자유주의 철학이 생겨날 때 가장 긴요했던 것은 재산권의 문제였다. 재산권은 한 개인이 국가로부터 자립하는 물질적 기초였다. 그것을 두고 이후 미국의 독립선언서는 '행복을 추구할 수 있는 권리'라고 그럴듯하게 포장했다. 어쨌든 근대문명의 출발점은 자립적 개인이며, 그 자립의 물질적 기초는 사유재산권이었다.

인간의 본성은 이기적이라는 주장에 대한 교사와 문필가의 반발은 그들의 물질생활과 정신생활의 현실적 토대가 되고 있는 근대문명의 이 같은 기본 원리에 대한 이해를 결여하거나 그것을 부정하기 때문에 나오는 것이다. 인간의 본성이 이기적이라는 사실과 인간이 타인과 신뢰·협동의 규범과 제도를 만들어낸다는 사실은 전혀 모순되지 않고 오히려 상호 정합적이다. 인간은 협동할 때 서로에게 득이 된다는 사실을 경험을 통해 인지하고 발전해 가는 영지의 동물이다. 그래서 재산권과 개인주의가 성숙한 서유럽과 미국에서 오히려 사회적 신뢰와 협동이 발달하고 그에 기초한 정신문화가 풍성하게 꽃을 피웠다. 반면 그러한 정치철학의 전통이 없는 중국과 한국의 문화는 세계에서도 가장 물질주의적인 것으로 평가되고 있다. 19세까지 한국의 전통사회에서 공동체문화가 성숙했다는 김기협의 주장은 조선왕조의 정치철학으로서 성리학이 인간의 신분적 차별을 어떠한 논리로 정당화했는지, 그에 따라 전통사회의 한국인들이 서로 다른 신분으로 얼마나 갈등하고 투쟁했는지, 그로

인한 사회적 신뢰와 단체의 결여가 현대 한국의 정치·사회·경제를 얼마나 깊숙이 규정하고 있는지에 대한 최소한의 이해도 결여된 상태에서 나온 것이다.

19세기 말에 도입되고, 식민지기에 걸쳐 제도화하고, 대한민국과 더불어 국가체제로 성립한 서유럽 기원의 근대문명과 자유주의 정치철학은 앞으로 얼마나 더 성공할 수 있을까? 나는 그것이 도입된 역사가 아직은 일천하고 그에 대한 국민적 이해와 실천도 아직은 낮은 수준인데 반해 인간을 어떤 유기적 집단의 일원으로 간주하는 전통 성리학, 민족주의, 또는 그것의 정치적 파생인 평등주의의 영향력은 여전히 강력하기 때문에 안이한 낙관은 금물이라고 생각하고 있다. 한국의 자유주의가 발휘하는 문화적 헤게모니는 여전히 취약하다. 한국의 자유주의자들은 문명사의 대전환을 이끄는 창조적 소수로서의 시대적 사명을 안고 있다. 자유주의 이념을 좀 더 강력하게, 조직적으로, 그리고 지속적으로 사회의 구석구석까지 전파하고 실천해 갈 필요가 있다.

박동운(단국대학교 경제학과 명예교수)

학부에서 영문학을 전공했으나, 미국 하와이대학교에서 경제학으로 석·박사 학위를 받았다. 밀턴 프리드먼의 『선택의 자유』를 읽고 '시장경제'에 빠져들었고, '시장경제' 강의를 대학에서 처음 개설한 교수로 인정받고 있다. 왕성한 집필활동으로 적잖은 논문과 저서를 남겼는데, 그 가운데 『대처리즘: 자유시장경제의 위대한 승리』는 마거릿 대처의 삶과 정치를 연구·정리한 중요한 저작물로 인정받고 있다. 그 외에도 『좋은 정책이 좋은 나라를 만든다』, 『성경과 함께 떠나는 시장경제 여행』 등 자유시장경제를 널리 알리기 위한 책들을 30여 권 집필했으며, 지금도 어느 작업실에서 다음 책 집필에 혼신을 쏟고 있다.

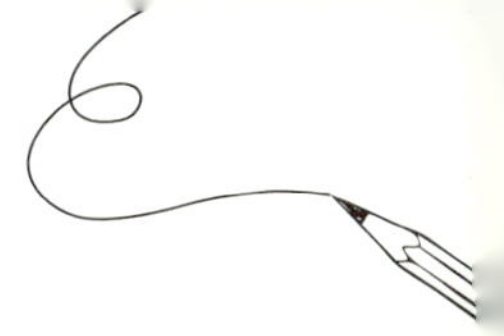

삶의 경험과 학문세계 탐색을 통해
자유주의자가 되다

자유주의는 인류를 잘살게 해준다

나는 삶의 경험과 학문세계 탐색을 통해 자유주의자가 되었다. 북으로 간 큰형이 내게 남긴 의문과 프리드먼Milton Friedman의 『선택할 자유』가 내게 준 학문적 충격이 나를 자유주의자로 만들었다. 나는 자유주의가 무엇인지 깨닫기 시작하면서부터 지금까지 줄곧 자유주의에 흠뻑 빠져 왔다. 내가 써온 수많은 글들은 거의 모두 자유시장경제와 관련된 것들이다. 나는 자유주의를 '규범normative이 아닌 실증positive' 차원에서 논의하고자 끊임없이 노력해왔다.

인류의 사상 가운데 핵심적 가치를 개인의 자유에 두고 발전해온 사상이 자유주의다. 자유주의는 르네상스, 종교개혁, 과학혁명, 자본주의 발달에 힘입어 중세적 사회 특성을 근대적인 것으로 변혁시킴으로써 개인의 자유를 확대하는 데 기여했다. 그 후 미국의 독립혁명과 프랑스의 대혁명은 개인의 자유 보장에 필요한 제도 도입의 발판을 마련했고, 영국을 중심으로 일어난 산업혁명은 자유주의 발전과 개인의 자유 확대에 기여했다. 이 과정에서 사회주의가 등장해 지구의 약 3분의 1 지역에서 70여 년 동안 사회주의를 실험했지만 개인의 자유를 억압한 탓에 역사 속으로 사라지고 말았다. 그 후 자유주의는 지속적으로 발전해 오늘에 이르렀다. 이렇게 발전해 온 자유주의의 최대 장점은 인류를 잘살게 해 준다는 데 있다.

북으로 간 큰형이 의문을 남기다

나는 가끔 스스로에게 이런 질문을 던진다.

'만일 내가 북쪽에서 태어났더라면, 오늘의 내가 존재할 수 있었을까?'

나는 가난한 시골 한학자의 5남매 가운데 넷째로 태어났다. 내가 초등학교 1학년이던 1947년, 나의 큰형은 스무살의 나이에 혁명가의 꿈을 품고 북으로 가버렸다. 큰형은 이미 열여덟에 만주 벌판을 휘젓고 다니기도 했다. 내가 스무살이 되던 해 어머니는 아들을 그리워하는 마음으로 가슴에 못이 박힌 채 돌아가셨다. 어머니의 아픈 마음을 줄곧 곁에서 지켜본 나는 이념이 무엇이란 것을 어렴풋이 느낄 때까지 '형은 왜 북으로 가야만 했을까?'에 대한 의문을 오랫동안 달고 살았다. 20대 초반 문학도를 꿈꾸며 헤밍웨이, 바이런 등을 읽고 나서야 나의 큰형도 1940년대의 세계적 사회주의 열병을 앓았을 것이라는 생각을 어렴풋이 하게 되었다.

나는 부모님의 헌신적인 사랑에 힘입어 고등학교를 마친 후 장학금을 받고 어느 대학에 들어갔는데, 그 대학의 비리를 규탄하는 조직에 가담한 바람에 2학년을 마치고 쫓겨나고 말았다. 숙식이 해결되는 가정교사를 하면서 어렵게 편입해 전남대 문리대 영문학과를 졸업했다. 대학 졸업 후 나는 모교의 대학신문사 일을 맡게 되었다. 그 무렵 은사이신 채동배 교수님이 한 달 동안 수없이 내 사무실에 들러 나에게 영문학과 대학원에 진학하라고 권하셨다. 당시 대학원에 진학한다는 것은 사실상 교수 자리를 보장받는 것과 다름없었다. 나는 힘들게 거절했다. 그 이유는 영문학 교수가 되면 '누가 이런 말을 했다'라는 식으로 내 인생이 마감되고 말 것이라는 생각이 들었기 때문이다. 대신 그 무렵 나는 한국현대사에 깊은 관심을 가지고 있었다.

1966년 6월경이라고 생각된다. 한자로도 이름이 같아 가까운 사이가 된 당시 한국일보 박동운 논설위원님과 얘기를 나눌 기회가 있었다. 그분의 한마디는 한 '찰나'에 역사학도를 꿈꾸던 나를 경제학도로 바꿔버렸다.

"박정희 대통령은 가정교사를 두고 새뮤얼슨Paul Anthony Samuelson의 『경제학』 3판을 공부하신다네."

당시 세계적 화두는 '후진국의 경제발전'이었다. 나는 전남대 대학원 경제학과에 입학했다. 대학원을 졸업도 하기 전인 1969년 나는 미국연방정부 장학금을 받고 '동서문화센터East West Center'가 있는 하와이대에서 공부할 행운을 얻었다. 그런데 북으로 간 큰형과 관련된 연좌제와 처음 들어간 대학에서의 규탄 경력이 미국 유학을 접어야 할 정도로 나를 절망의 늪으로 빠뜨렸다. 그러나 행운의 여신은 나를 버리지 않았다. 나는 하와이대 대학원에서 경제학 석사와 박사학위를 받았다. 사실상 경제학 기초가 없었던 나는 힘든 시간을 보냈다. 그래도 나는 해냈다. "자네가 넘어지면 대한민국이 무너지네"라며 유학 떠나기 전날 중학교 은사이신 임광택 당시 전남대 법대 교수님이 해주신 격려 말씀 한마디가 유학시절 나에게 용기를 불어넣어 준 것이다.

프리드먼을 만나 자유주의자가 되다

공부를 마치고 전남대 상경대로 돌아온 나는 어깨가 으쓱했다. 젊은이들에게 새로운 지식을 심어준다는 것이 얼마나 신나는 일인가! 그러나 얼마 지나지 않아 나는 내 자신이 한낱 '지식 전수기傳授機'에 지나고 마는 것은 아닐까 하는 걱정이 생겼다.

'어떻게 한 경제학 공부인데!'

나는 힘든 나날을 보냈다. 그러면서 책 속에 빠져들기 시작했다. 1980년 가을로 기억된다. 전 해에 출간된 밀튼 프리드먼의 『선택할 자유』가 손에 들어왔다. 쉬지 않고 읽어나갔다. 나는 어둠 속에서 밝은 세상으로 뛰쳐나온 느낌이었다. 프리드먼의 구구절절 명쾌한 자유시장경제 지지 논리는 나를 감동의 세계로 빠뜨렸다. 이를 계기로 나는 밀튼 프리드먼이 쓴 책들을 대부분 다 읽었다. 그러는 사이 나는 어느덧 자유주의 시장경제 옹호자가 되어갔다. 사실 나는 누구에게서도 자유주의 시장경제를 배워본 적이 없다. 그래서 나는 내 자신이 '자생적 자유주의자'임을 자처한다.

『선택할 자유』는 내게 두 가지 성과를 선물했다. 하나는 내 삶 속에

오랫동안 자리하고 있던 숙제 하나가 풀리게 된 것이다. '순간의 선택이 십 년을 좌우한다'는 오래전 어느 전자상품 광고 문구처럼, 선택할 자유 는 젊은 시절 잘못된 선택으로 평생 자유가 보장되지 않는 사회주의를 찾아 북으로 간 나의 큰형을 바보로 낙인찍어버린 것이다. 실제로 오랜 시간이 흘러, 나는 큰형의 핏줄을 제3국에서 만났다. 큰형의 핏줄들은 북에서 참으로 비참하게 살아가고 있었다. 조카들의 비참한 삶을 통해 나는 남쪽에서 태어난 것이 얼마나 다행인가를 다시 한 번 확인할 수 있었다. 우리들의 선배들이 잘못해 반쪽 낸 나라의 반쪽 하나를 지리적 으로는 멀고 먼 자유시장국가 미국 편에 남겨둔 것이 얼마나 다행인가 를 확실하게 확인할 수 있었다.

다른 하나는 내가 '지식 전수기'에서 벗어날 수 있다는 확신을 갖게 된 것이다. 1980년 단국대로 자리를 옮긴 나는 계속해서 자유주의 시장 경제에 관한 글들을 써 내려 갔다.

한국에서 처음으로 시장경제를 강의하다

1999년 후 학기 단국대 교무처는 내가 신청한 교양과목 '시장경 제의 이해' 개설을 허가했다. 2000년 1학기 동안 나는 열정적으로 시장 경제 관련 글들을 잔뜩 모아 강의를 마쳤다. 성적을 제출하고 복도를 걷고 있을 때 '학생들이 과연 내 강의를 따라올 수 있었을까?' 더럭 겁 이 났다. 그래서 쓴 것이 『Q&A 형식으로 엮은 시장경제 이야기』다. 나 는 '시장경제' 강의를 대학에서 처음으로 개설한 교수로 인정받고 있다. 나는 이 책을 집필하면서 이 책으로 북한에 가서 시장경제를 강의하겠다고 마음 깊이 새기고 있었다. 6·15 기념 2주년 행사가 2002년 금강산에서 열렸는데, 나는 남쪽 한 조직의 대표로 북한의 '사회과학원 통일문제연구소' 부소장을 만나 내 책 5권을 기증할 기회를 얻었다. 이 책으로 나는 전경련이 주는 '시장경제 출판문화상'을 수상했다. 북한 학자 누군가는 내 책을 읽었을 것이다.

밀튼 프리드먼의 명쾌한 자유시장경제 논리의 도움으로 학문세계 탐색에 종지부를 찍게 된 나는 집필을 통해 자유주의 여행을 시작했다. 나는 20여 년 동안 시장경제에 관한 글들을 써 내려 갔다. 그러는 동안 우연한 기회에 나는 내 곁에 자유주의자들이 있다는 사실을 알게 되었다. 이에 힘입어 나는 교수 30여 년과 은퇴 후 기간 6년을 합한 36년여 기간 동안 90여 편의 논문과 30여 권의 저서^{공동 저서 포함}를 남겼는데, 거의 모두 자유시장경제와 관련된 것들이다. 몇 가지 대표적인 저서를 중심으로 자유주의 여행의 즐거움을 이야기하고자 한다.

처음으로 자유주의자들을 만나다

1990년대에 들어와 세계 노동계의 화두는 '노동시장의 유연성'이었다. 한참 후에 깨닫게 된 사실이지만, 이는 마거릿 대처와 로널드 레이건의 자유시장 경제체제로의 복귀 정책이 가져온 결과였다. 요즘 말로, 신자유주의가 가져온 성과였다. 1990년대 후반 노동경제학회 중심으로 노동시장 유연성을 주창하던 나는 1997년 청탁도 받지 않은 원고를 들고 당시 전경련 자유기업센터를 맡고 있던 공병호 소장과 김정호 부소장을 찾아갔다. 며칠 후 김정호 부소장으로부터 전화가 왔다.

"한국에서 그토록 혁명적인 글이 나올 수 있다니 반갑습니다."

이미 전국적으로 자유시장경제 관련 집필 원고를 결정해놓았던 터에 공병호·김정호 박사는 저절로 굴러들어온 내 원고를 '자유와 개혁' 시리즈의 1번 『노동시장의 유연성』으로 출간해 주었다. 후에 안 일이지만 공병호·김정호 박사는 내가 만난 최초의 자유주의자들이다.

경제학도로서 교과서는 한 권만 쓰겠다고 계획한 나는 『개방경제 거시경제론 이론과 정책』을 출간했다. 이 책은 한국경제가 외환위기로 1997년 12월 3일 IMF 관리체제로 들어가자마자 환율제도가 '수요·공급원리'가 적용되는 변동환율제도로 바뀌면서 집필이 가능하게 되었다. 나는 거시경제학 교과서인 이 책에서 철저하게 '수요·공급 원리'를 적용했다. 예를 들면, 환율 결정에서도 '외환에 대한 수요, 외환의 공급, 외환시장' 논리를 적용해 가면서 외환정책을 논한 것이다. 거시경제학에서 철저하게 '수요·공급 원리'를 적용한 사람이 나 외에 또 있을까?

마거릿 대처의 빛나는 기여를 밝히다

시장경제에 대한 나의 열정은 세계사 쪽으로 향했다. 『노동시장의 유연성』을 쓰는 과정에서 경직된 노동시장을 유연하게 한 정치가가 영국의 마거릿 대처라는 사실을 깨닫고, 나는 마거릿 대처의 구조개혁에 깊숙이 빠져들었다. 이를 계기로 마거릿 대처에 관한 논문들을 집중적으로 써 오다가 드디어 314쪽에 이르는 『대처리즘: 자유시장경제의 위대한 승리』를 펴냈다. 이 책으로 다시 한 번 '시장경제 출판문화상'을 수상했다. 전경련은 2004년 말경 마거릿 대처가 한국을 방문할 때 이 책으로 이벤트를 마련할 계획을 세웠는데 불행하게도 마거릿 대처의 한국 방문은 치매증세 때문에 이루어지지 않았다. 그 후 나는 어느 출판사의 오디오 북 감수까지 포함해 대처리즘에 관한 책을 4권이나 썼다.

여기에는 이유가 있다. 좌파들은 마거릿 대처를 폄하하면서 마거릿 대처와 로널드 레이건이 손을 맞잡고 뿌리내린 신자유주의를 사정없이 혹평해 왔다. 그러나 세계경제는 신자유주에 힘입어 1990년대부터 2008 년 미국 발 글로벌 금융위기 직전까지 호황을 누렸다.

이 기간 동안 가장 두드러진 특징은 세계가 이전의 '사회주의 큰 정부' 에서 '시장경제 작은 정부'로 돌아섰고, 역사상 최고의 호황을 누렸다는 점이다. 세계경제 호황기인 1992년부터 마거릿 대처는 1990년 11월에 정계를 떠났음 금융위기 발생 전 해인 2007년까지 OECD 30여 개국 가운데 한국, 일 본, 아이슬란드, 프랑스 네 나라만 정부의 규모가 커졌고 나머지 국가들 은 모두 작아졌다.

여기에다 1992~2007년 사이 세계경제의 연평균 성장률은 3.1%나 되 고, 실업률은 1970년대 유가파동 이전 수준으로 낮아졌다. 대표적인 예 로, 미국은 실업률이 1992년에 7.5%였는데 경기호황으로 2000년에는 소 위 완전고용 수준인 4.0%로 감소했다. 이 같은 호황이 모두 마거릿 대처 가 구조개혁을 통해 뿌리내린 신자유주의에 기인한 것임을 나는 강조하 고 싶었다.

시장경제 논리로 성경을 풀이하다

시장경제에 관한 나의 열정은 그치지 않았다. 나는 '성경 속의 시

삶의 경험과 학문세계 탐색을 통해 자유주의자가 되다

장경제 이야기'를 쓸 계획으로 꼭 10년 동안 준비했다. 드디어 2009년 5개월 동안의 집중적인 집필 끝에 나는 『성경과 함께 떠나는 시장경제 여행』을 출간했다. 손봉호 전 서울대 교수님은 추천사에서 "나는 경제 분야에서는 문외한이기 때문에 그와 비슷한 주장 혹은 책이 또 있는지는 알 수 없으나, 아마 없는 것 같다"라고 쓰셨다. 이 책에서 나는 시장경제의 핵심 요소인 '소유, 평등, 노동, 가족, 법치, 자유, 돈벌이, 사람 사는 이야기'를 중심으로 구약성경 첫 절부터 신약성경 마지막 절까지 인용해 가면서 성경 속의 시장경제 이야기를 펼쳐 갔다. 이 책의 핵심 메시지는 다음과 같다.

"기독교가 세계의 종교로 발전하게 된 이유는, 기독교가 출발부터 인류를 잘살게 해준 시장경제의 핵심 요소를 지지했기 때문이다."

나는 『성경과 함께 떠나는 시장경제 여행』을 꽤 자랑스럽게 생각한다. 경제 논리를 기독교에 적용해 내 스스로 소위 '제국주의자'[1] 역할을 수행했다고 생각하기 때문이다. 비기독교인의 양해를 바라면서 예를 하나 든다. 하나님은 기독교의 조상 아브라함에게 세 가지를 예언했다. "첫 번째는 이스라엘 자손이 하늘의 별처럼 많아지게 되고, 두 번째는 이스라엘 자손이 이집트에서 430년간 종살이를 하게 되고, 세 번째는 가나안 땅을 갖게 된다"는 것이었다.

그런데 성경에 따르면, 이스라엘 자손이 430년간 노예생활을 마치고 이집트를 떠난 지 2년이 되던 해 실시한 인구조사에서, 군대에 입대할

---

1 경제학계에서 대표적인 '제국주의자'는 시카고대학교의 게리 베커(Gary Becker)로 알려져 있다. 그는 경제이론을 범죄, 출산 등 경제학 밖의 분야에까지 적용한 경제학자라는 점에서 '제국주의자'로 불린다. J. R. Shackleton & Gareth Locksley(1981), "Gary S. Becker: the Economist as Empire-builder", Twelve Contemporary Economists, A Halsted Press Book

수 있는, 스무 살이 넘은 이스라엘 자손이 … 모두 60만 3,550명"^{민수기} 1:3에 이른 것으로 나타나 있다. 그러면 이집트 노예생활 430년 동안 이스라엘 자손은 얼마나 증가했을까?

나는 몇 가지 가정을 바탕으로 성경에서 언급되지 않은 '성인 여자와 20세 이하 인구'를 포함해 전체 인구 수를 추정한 결과, 이집트로 들어갈 때는 약 100명이었는데 430년 후에는 무려 210만여 명으로 증가했고, 430년간 연평균 인구 증가율은 2.3%라고 밝혔다.[2] 노예생활이라는 척박한 환경에서도 이스라엘 자손 수가 엄청나게 증가했다는 사실을, 기독교가 출발부터 시장경제의 핵심 요소를 지지했기 때문에 세계의 종교로 발전하게 되었다는, 앞에서 언급한 내 논리의 타당성을 입증한 것이라고 생각한다.

'장하준 허상'을 깨뜨리다

2010년 말경 장하준 케임브리지대학교 교수가 쓴 『그들이 말하지 않는 23가지』가 한국 독서계를 뜨겁게 달궜다. 그 무렵 동아일보 김순덕 논설위원은 칼럼 〈장하준이 말하지 않는 것들〉^{동아일보, 2010. 12. 13} 마지막 문장에서 다음과 같이 썼다. "장하준이 말하지 않는 더 많은 것들에 대해 대한민국의 경제학자들은 왜 남아공 사람만큼도 말하지 않는지 궁금하다."

대한민국의 경제학도로서 부끄러웠다. 단숨에 서점으로 달려갔다. 후

---

2 박동운(2009), 『성경과 함께 떠나는 시장경제 여행』, FKI미디어, pp.152~153

배 경제학자 누군가가 장하준 교수를 비판할 것을 기다리다가 한경연 칼럼에 〈장하준 교수가 잘못 말한 것들〉2011. 1. 6이라는 글을 보냈다. 글이 소개되자 조회수가 삽시간에 오르는 감동을 맛보았다.

장하준 교수의 글은 시장경제에 몰두해 온 나의 자존심을 상하게 했다. 자유시장 관련 책만 30여 권 넘게 써 온 나는 견딜 수가 없었다. "자유시장이라는 것은 없다", "자유무역, 자유시장으로 잘사는 나라는 과거에도 없었고 앞으로도 없을 것이다"라고 하며 한미 FTA를 반대한 장하준 교수의 반시장적, 좌파적 주장은 나의 자존심을 송두리째 무너뜨렸다. 나는 다시 집필을 시작했다. 2011년 1월 6일 한경연에 내 칼럼이 실린 바로 그날부터 다음 달 2월 14일까지 한 달 10일 만에 『장하준 식 경제학 비판』이라는 390쪽의 책을 마무리했다. 자유시장경제에 대한 열정이 나에게 왕성한 힘을 불어넣어준 결과였다. 이 책은 문화교통관광부의 우수도서로 선정되었다.

정치가들을 향한 나의 메시지는 계속될 것이다

크리스 에버트라는 후진국 경제발전론 경제학자가 있었다. 그는 하버드대 경제학과 교수 때 책상을 그대로 들고 경제학과에서 정치학과로 학과를 옮긴 학자로 유명하다. 그가 그렇게 한 것은 정치가들이 다루는 이슈를 큰 원으로 볼 때 경제학은 그 원 속의 한 점에 불과하다는 이유 때문이었다. 나는 경제 문제를 다룰 때 정치가들을 항상 염두에 둔다. 이런 생각이 드디어 나로 하여금 『좋은 정책이 좋은 나라를 만든다』를 쓰게 했다. 2012년은 19대 총선과 18대 대선이 치러진 해다. 집단주의를 지향하는 좌파들은 선거 2년 전부터 야권 연합을 내세우며 정권 탈환에 총력을 쏟았다. 경제학자의 책 한 권이 정권 변화에 영향을 미치리라고는 기대하지 않지만, 경제학도로서 올바른 시대정신이 무엇인가를 깨우칠 필요는 있었다. 이 책에서 나의 외침은 간단했다. 경제대국 대한민국은 이제 세계의 중심 국가로 발돋움해야 한다. 대한민국은 '진화하는 민주주의 국가'로 솟아올라야 한다. 국민은 '비전과 원칙, 그리고 소신'을 가진 정치가를 원한다. 이를 위해서는 '좋은 정책', 곧 자유시장경제에 바탕을 둔 정책을 내세우는 정치가가 당선되어야 한다는 것이 나의 주장이었다. 선거 결과, 나의 기대는 나의 외침대로 이루어진 셈이었다.

정치가들을 향한 나의 또 하나의 외침은 '가격규제는 국민을 괴롭힌다'는 것이다. 국민을 위한다며 집단주의 실현을 목표로 반시장적 가격규제 정책을 도입해 경제를 망가뜨리는 정치가들에게 나는 계속 외쳐댈 것이다. 2003년에 도입된 '영세상인을 위한 임대차보호법'이 임대료만 올려 수많은 영세상인을 괴롭혔다는 사실을 어느 정치가가 기억이나 하고 있을까! 자유시장경제를 향한 나의 외침은 멈추지 않을 것이다.

한국의 자유주의자들에게 하는 당부

일흔을 훌쩍 넘겨 이런 글을 쓰다 보니 후배들에게 당부하고 싶은 이야기도 있다.

앞에서 언급한 대로, 자유주의의 최대 장점은 인류를 잘살게 해 준다는 데 있다. 그러나 자유주의의 장점에 대한 열거만으로는, 다시 말해

삶의 경험과 학문세계 탐색을 통해 자유주의자가 되다

자유주의의 장점에 대한 규범적 논의만으로는 반자유주의자들을 설득하기 어렵다. 이제 한국의 자유주의자들은 자유주의에 대한 규범적 논의에서 벗어나 실증적 논의로 전환해야 할 것이다. 개인의 자유야말로 인류 발전을 가져온 원동력이다. 개인들은 자유의 토양 속에서만 자신들의 에너지를 마음껏 발휘할 수 있다. 개인들은 자유의 토양 속에서만 기업가정신을 발휘할 수 있다. 자유의 토양 속에서만 발휘될 수 있는 기업가정신은 경제 영역뿐만 아니라 다른 영역, 예를 들면 종교계, 언론계, 학문계 등에서도 발휘될 수 있다. 한국 사회를 대상으로, 이런 관점에서 자유주의에 대한 실증적 접근이 이루어진다면 한국 자유주의는 발전하리라고 기대된다.

하나 더, 자유주의자들의 저변 확대 없이는 한국 자유주의는 발전하기 어렵다. 자유주의자들은 특히 젊은 세대가 자유주의에 관심 갖도록 심혈을 기울여야 할 것이다.

김영용 (전남대학교 경제학부 교수)

공학도였다가 경제학으로 길을 바꾸어 지금은 대학에서 경제학을 가르치고 있다. 경제학을 공부하면서 세상사에 새롭게 눈뜨게 되었고 시장경제를 접했으며, 자유주의에 대한 신뢰를 갖게 되었다. 자본주의와 시장경제의 운행 원리, 기업과 기업가, 경기순환론에 관심을 갖고 연구활동을 하고 있다. 자유주의 시장경제가 개인의 행복을 높일 수 있는 유일한 길이라 믿고 있으며, 제자들이 자유주의자로서 이 땅의 등불이 될 수 있도록 지적 활동과 실천을 계속하고 있다. 저서로 『의료면허제 비판과 대안』 외 다수가 있다.

그것이 길이기에

경제학에 입문하기까지

내가 왜 자유주의자가 되었는지에 대한 명확한 기억은 없다. 특별한 계기도 없었던 것 같다. 이는 내가 스스로를 자유주의자라고 생각하기 전에는 적어도 온건한 사회주의자였는데 어떤 일을 계기로 자유주의자로 변신했는지 기억이 없다는 말이다. 단지 일사불란한 집단적 사고와 행동에 대한 타고난 거부감이 있지 않았나 생각할 뿐이다. 타고난 기질이 그랬던 것 같다.

내가 처음 '경제학'이라고 말할 수 있는 분야를 접한 것은 고등학교 2학년 '일반사회' 시간이었다. 그때가 광주제일고등학교 2학년 때인 1968년이니 아마도 케인즈 경제학이 한국에 본격적으로 소개되기 전이었던 것 같다. 일반사회 담당 선생님은 수업시간에 국민총생산GNP의 개념과 승수 효과도 설명하셨다. 그때 나는 처음으로 케인즈라는 경제학자가 있다는 사실을 알게 되었고, 동시에 하이에크라는 철학자의 이름도 들은 기억이 난다. 그러나 그 시절에는 경제 문제에 대해 심각하게 생각해 볼 형편이 아니어서 그런 정도의 기억만 간직한 채 고등학교 시절은 지나갔고, 별다른 생각 없이 서울대학교 공과대학에 진학했다.

공과대학 시절은 한마디로 재미없는 기간이었다. 등교 첫날부터 왠지 길을 잘못 들어섰다는 느낌이 들었고, 이후의 대학생활도 그저 그랬다. 대학 졸업 후 국방과학연구소 장교로 임관해 군인 신분의 연구원으로 근무했는데 그때 만난 분이 당시 육군 소령이었던 민성기 박사님이었다. 지금은 은퇴해 기독교 복음을 전파하는 데 전념하고 계시는 민 박사님은 나에게 인생의 조언자가 되었다. 민 박사님은 기계공학 박사이자 경제학 박사로서 경제학에 큰 관심을 가지고 계셨다. 어느 날 부산 출장길의 고속버스에서 이런저런 얘기 끝에 경제학에 대한 관심을 밝혔더니, 대학원에 진학해보라는 조언과 함께 연구소당시 홍릉 소재에서 가까운 고려대학교 대학원 진학을 주선해주셨다. 나는 곧바로 고려대학교 대학원 경제학과에 입학함으로써 경제학에 입문했다. 곽상경, 박영철, 이학용, 조기준 교수님 등의 가르침을 받고 내친 김에 1981년 미국 유학길에까지 올랐다.

평화 시의 징병제는 노예의 군대

여기서 잠깐 군대 이야기를 하고 넘어가겠다. 1974년 논산 훈련소 6주간의 훈련병 교육 시절은 그야말로 힘든 시간이었다. 경제 사정이 어려운 환경은 그런대로 이해할 수 있었지만 인격은 없었다. 지금 생각하니 신체에 대한 재산권이 없는 징병제 하에서 인격적 대우를 바라는 것은 무리였을지도 모른다. 그리고 이는 내가 나중에 개인과 국가의 관계와 군 지원제를 생각하게 하는 하나의 계기가 된 것 같다. 더 황당한 일은 훈련이 시작된 후 군번을 받고 인식표에 혈액형을 새겨야 하는데, 나는 그때까지 혈액형을 몰랐다. 혈액형을 모르는 사람은 앞으로 나오라는 명령에 잠시 망설였으나 어쩐지 분위기가 심상치 않아 부모의 혈액형을 감안해 그냥 O형이라고 적었다. 그래서 지금도 내 교육 공무원 신분증에는 O형이라고 적혀 있는데, 한국경제연구원 건강검진 시 B형으로 확인되었다. 그날 자신의 혈액형을 모른다고 앞으로 나간 훈령병들은 거의 죽도록 맞았다. 나는 그때 사람이 사람을 그렇게 잔혹하게 때리는 것을 생전 처음 보았다. '평화 시의 징병제는 노예의 군대'라는 밀턴 프리드먼의 지적을 실감하는 순간이었다.

공부 분야를 공학에서 경제학으로 바꾼 뒤 이어진 배움에서 시장경제를 알게 되었다. 유학 시절에 배운 경제학은 사회 현상에 대한 새로운 분석 방법의 지평을 열어주었다. 대학원 1학년 시절의 어느 날, 시카고대학의 게리 베커 교수가 쓴 『미시경제학Microeconomic Theory』이라는 책을 읽다가 애국심을 수요의 법칙으로 풀어 설명하는 부분에서 경제학에 대한 매력을 느끼게 되었다. 이후 그런 논리를 접하면서 세상사가 조금씩 눈에 들어온다는 느낌을 가졌다. 프리드먼이 쓴『가격론 Price Theory』의 부록B 문제는 어려웠지만, 현실 문제를 경제 원리에 입각해 새롭게 볼 수 있게 해주었다. 또한 학습 조교로서 그의 에세이집인『선택할 자유』를 바탕으로 만든 영상물을 학부 학생들에게 보여주면서 시장경제에 대한 믿음이 더욱 커졌다.

당시로서는 미국의 경제학 교육이 다 그럴 것이라고 생각했지만 지나고 보니 내가 다닌 오하이오주립대학교, 시카고대학교, UCLA등 몇몇 학교에서 가르치는 내용일 뿐이었다. 경제 현상을 기본적인 경제 원리에 입각해 직관적으로 인식하는 능력, 즉 분석 능력에 가르침의 중점을 둔 학교는 그리 많지 않았던 것 같고 지금도 미국 경제학은 그런 류에서 벗어나지 못하고 있다는 느낌이다.

자유주의자들과의 만남을 계기로
자유주의 이념에 대한 확신 깊어져

삶의 도정에서 '만남'이란 새롭고 소중한 기회다. 수동적이든 능동적이든 부모와 자녀, 친구, 선생과 제자, 직장 동료 등과의 만남은 단순한 만남을 넘어 한 개인의 미래에 커다란 영향을 미친다는 점에서 소중한 기회가 된다. 시대 상황과 어우러져 누구를 만나서 교류하느냐에 따라 삶의 달라질 수 있기 때문이다. 물론 만남이란 개인을 직접 대면하면서 만나는 것뿐만 아니라 책과 논문을 통해 만나는 것도 포함된다. 사실 학자로서 대부분의 만남은 책과 논문을 통한 것이다.

그것이 길이기에

그런 점에서 비록 소수이지만 한국의 시장주의자들과 직접 만나고 탁월한 사상가들의 저작을 접하면서 나의 시장경제에 대한 믿음과 확신은 더욱 커져 갔다. 그 믿음과 확신은 1997년 4월 1일 자유기업센터 설립과 함께 강위석, 공병호, 권혁철, 김이석, 김정호, 김한응, 민경국, 복거일, 신중섭, 안재욱, 이주선, 전용덕, 정기화, 조성봉, 최승노, 황인학 등의 시장주의자들과 만나고 미제스Ludwig von Mises, 하이에크, 로스바드Murray Rothbard, 커즈너Israel Kirzner, 프리드먼 등의 저서를 읽으면서 더욱 깊어졌고 자연스럽게 자유주의의 세계로 이동해 갔다.

이들 사상가들을 본격적으로 접하기 전에는 대학원 시절 강의계획서에 있었던 하이에크의 「사회에서의 지식의 활용The Use of Knowledge in Society」을 읽은 것이 전부였다. 그런데 박사학위 취득 후 전남대학교에 부임해 경제학 강의를 하면서 자주 느낀 것은 신고전학파 경제학은 기계론적인데 더욱 그런 방향으로 나아가고 있어, 현실 문제를 설명하는 데 자주 벽에 부딪힌다는 것이었다. 그래서 자연히 다른 설명 방법을 찾아 나서게 되었고, 이들 경제철학자들로부터 새로운 지식과 직관을 얻을 수 있었다.

신고전학파 경제학의 시장 분석에는 과정process이 없고 상태state만 있어 실제로 세상에서 일어나는 일을 분석하는 데 어려움이 많다. 세상사를 보는 시각 자체가 현실과 동떨어져 있기 때문이다. 경쟁 과정이 모두 끝나 경쟁하지 않는 많은 기업들이 존재하는 완전경쟁시장을 치열한 경쟁 모형으로 삼고 있는 허구, 경쟁 과정을 통해서 나타난 특정 시점의 상태를 기준으로 한 독과점 판단, 경쟁을 통해 이루어진 가격, 비용, 기술 등을 모두 주어진 것으로 간주하는 소비자 및 생산자의 행동 분석, 미시경제 이론에서 그토록 강조하는 자원배분의 '효율성'이라는 개념이 갑자기 사라져버리는 거시경제학, 계량경제학을 바탕으로 귀납적 추론을 중시하는 연구방법론 등이 대표적인 것들이다. 귀납적 추론방법으로는 인간 행동에 관한 어떠한 명제도 끌어낼 수 없고 개연적인 해석만 붙일 수 있을 뿐이다. 인간 행동에 대한 공리로부터 명제를 끌어내어 이를 설명하는 연역적 방법론이 경제학의 바탕이 되어야 한다는 생각들이 신고전학파 경제학에 대해 더욱 깊은 회의감을 들게 했다.

특히 거시경제학에 대한 회의는 정부가 경기변동을 제어할 수 있다는 정부 간섭주의에 대한 비판에서 비롯되었다. 홍수, 한해, 석유자원 같은 원자재 공급 감소 등 실질적 충격의 결과는 설명할 수 있지만, 그에 대한 특별한 처방책이 없음에도 불구하고 마치 있는 것처럼 구성되어 있는 이론이 문제다. 사실 거시경제학에는 경기변동과 경기순환 간의 차이에 대한 명확한 설명도 없다. 거시경제학 내에 이에 대한 반론이 전혀 없는 것은 아니나, 이는 소수의 견해에 불과하다. 더구나 집계변수 간의 관계 분석에 치중하는 거시경제학은 인간 행동을 분석할 수 없다는 치명적 약점을 가지고 있을 수밖에 없다. 많은 경제학자들이 미시경제학과 거시경제학 사이에 놓여 있는 다리를 넘어보고자 했으나 결국 실패한 사실이 경제학 방법론으로서의 거시경제학의 존립을 더욱 어렵게 만들었다.

케인즈 경제학으로는
대공황과 2008년 금융위기 설명 못해

또한 확장적 재정정책으로 대공황을 벗어났다는 설명에는 심각한 문제가 있다. 케인즈 이론에는 대공황의 발생 원인에 대한 설명이 매우 빈약하다. 유효수요의 부족이 원인이라는데, 유효수요가 왜 갑자기 줄어들게 되었는지에 대한 설명이 빈약하다. 또한 사람들이 갑자기 비관적으로 변함에 따라 소비와 투자가 감소해 유효수요가 줄었다는데, 미래에 대한 사람들의 전망이 왜 갑자기 비관적으로 바뀌었는지에 대한 설명도 없다. 미국으로 건너오는 이민자 수가 감소함에 따라 주택 건설 산업이 침체되어 유효수요가 감소했다는 것이 하나의 설명이지만, 이것은 한 산업의 침체가 경제 전체가 녹아내리는 결과를 야기하지는 않는다는 점에서 설득력을 잃는다.

대공황의 원인에 대한 설명이 빈약하니 처방 역시 논리적 근거가 빈약하다. 고작 재정 투입과 통화 공급을 확대해야 한다는 것뿐이다. 더욱 큰 문제는 그런 정책이 어떻게 경제를 회복시키는가에 대한 논리적 설명이 없다는 것이다. 상황을 더 악화시키지 않기 위해서라지만, 어떻게 더 악화시키지 않는지에 대한 설명도 없다. 2008년 미국에서 발생한 금융위기에 대한 케인지안의 설명은 마찬가지로 설득력이 없다.

반면에 대공황과 같은 경제위기는 은행권의 통화 증가에 그 원인이 있다는 오스트리아학파의 미제스, 하이에크, 로스바드 등의 설명이 훨씬 더 설득력을 가진다. 경제위기는 통화 공급의 증가로 시중의 대부이 자율이 낮아져 변하지 않은 사람들의 시간 선호에 따른 이자율과 장기 간 괴리되면, 증가한 통화를 저축 증가로 오인한 기업가들이 집단적으로 오류에 빠져 발생한다는 것이다. 생산구조가 길어지고 증가한 통화가 각종 생산요소에 대한 수요로 풀려 나감에 따라 소득과 소비가 증가하면서 경제는 호황을 이루나, 사람들의 시간 선호에 따른 소비와 저축 비율에는 변화가 없고, 따라서 호황 동안의 투자가 과오였다는 사실이 밝혀지며 거품이 걷어지면서 불황으로 접어든다. 그래서 불황은 소비재 산업이 아닌 생산재 산업에서 시작된다. 이는 곧 소비 부족이 불황의 한 원인이라는 케인즈 이론에 대한 비판의 한 축을 이룬다. 그리고 불황에서 벗어나는 방법은 시장과정에 의해 과오투자가 정리되도록 정부가 개입하지 않아야 한다는 것이 이들이 제시하는 처방책이다. 로스바드는 그의 저서 『미국의 대공황 America's Great Depression』에서 대공황 전의 통화 공급 증가로 인한 과오투자의 생성, 통화 공급의 증가에도 불구하고 생산성 증가로 상쇄된 물가 안정에 따른 판단 착오, 후버와 루스벨트 대통령의 정부 개입 정책이 불황의 골을 깊고 길게 했다는 점을 데이터를 제시하면서 명쾌하게 설명하고 있다. 저금리 정책의 결과로 빚어진 2008년의 글로벌 금융위기도 마찬가지다.

자유주의에 대한 믿음은 정부의 행태를 보면서 더욱 굳어졌다. 끊임없이 커지는 조직과 세금 증가, 민간의 상업활동은 물론 교육과 의료 등에 대한 간섭, 최근 이른바 경제민주화를 앞세운 민간 영역 개입 등이 정부의 부정적 측면이다. 선거에서 표를 얻어 당선돼야 하는 정치인들의

그것이 길이기에

인기 영합주의적 행동과 자신들의 이익을 위한 관료들의 행위 등이 큰 정부 하에서 더욱 기승을 부리고 있는 현상 역시 정부 간섭주의의 산물이다. 뷰캐넌James M. Buchanan과 털럭Gordon Tullock은 공공선택 분야를 새로이 개척해 관료나 정치인들의 사익 추구 행태를 분석했다. 이런 관찰과 그에 대한 학습으로 나의 정부 행태에 대한 부정적 사고는 더욱 깊어졌다.

정부에 대한 이러한 생각은 헌법에 대한 새로운 인식으로 이어졌다. 흔히 헌법은 국가 권력의 행사를 위해 만들어진 것으로 이해되지만, 사실은 국가 권력으로부터 개인의 자유를 보호하기 위한 장치로 만들어진 것이다. 사회 질서가 유지되기 위해서는 남에게 해를 끼치는 행동은 억제되어야 하고, 그러한 억제는 군대, 경찰, 교도소 등을 갖춘 국가 권력의 위협에 의해 효과적으로 달성될 수 있다는 사실에 국가의 존재 이유가 있다. 그러나 국가는 개인의 동의 없이 권력을 행사할 수 있는 강제력을 가진 존재이므로 본연의 임무를 벗어나게 되면 도리어 개인의 생명과 재산을 위협하는 존재가 된다. 이를 효과적으로 막을 수 있는 장치가 바로 헌법이다.

자유주의는 평화와 번영에 이르는 유일한 길

그렇다면 이제 많은 사람들이 그다지 달갑게 생각하지 않는 '자유주의 사상과 이념이 왜 이 땅에 뿌리내려져야 하는가'와 '자유주의 운동이 얼마나 성공적일 것인가'에 대한 질문에 답을 해야 할 차례다. 자유주의 이념은 개인의 자유와 평화롭고 풍요로운 인간 세상의 구현이며, 이를 위한 필수 요소가 사유재산임을 강조한다. 재산이 사적으로 소유될 때 사회 구성원들의 분업을 통한 자발적 협동이 가장 활발하게 이뤄져 생산이 증가하고, 더불어 모든 사람들의 물질적 삶이 개선되기 때문이다. 즉 사유재산을 허용하지 않는 사회주의는 구성원들을 가난과 질곡으로 몰아넣고 그 아류인 정부 간섭주의 역시 사유재산의 침해에 따른 개인의 자유 억압으로 구성원들의 물적 토대를 취약하게 만들기 때문이다. 또한 자유주의는 행복 등과 같은 인간의 내면적 정신세계는 개인적인 범주에 속하므로 분석 대상이 아닌 '주어진 것'으로 받아들이며, 이런 내면적 생활을 발전시킬 수 있는 외형적 조건인 물적 토대에 대해서만 논의함으로써 다른 어떤 주의나 주장보다 겸손한 특성을 가진다. 결국 자유주의 사상과 이념이 이 땅에 뿌리내려야 하는 이유는 자유주의가 모든 개인의 행복 수준을 높일 수 있는 유일한 길이기 때문이다.

다음으로 자유주의 운동은 얼마나 성공할 수 있을까에 대한 생각이다. 한국에 자유주의 운동이 본격적으로 전개되기 시작된 것은 1997년 자유기업센터가 설립되면서부터다. 자유기업센터에 자유주의자들이 결집해 연구, 교육, 홍보를 도왔으며, 한국하이에크소사이어티도 이 무렵 탄생했다. 그 결과 1990년대 후반기와 2000년대 전반기에 이 땅에 자유주의와 시장경제라는 용어가 명시적으로 등장했고, 그런대로 성공적이었다고 평가할 수 있다. 물론 지금도 자유주의와 시장경제가 환영받지 못하고 있지만 예전의 자유의 토양이 척박했던 시절과는 다르다. 이는 곧 경제 운용의 하나의 대안적 인식으로 확실하게 자리 잡았다는 것을 의미한다.

그것이 길이기에

　　그러나 자유주의와 시장경제를 지향하는 학자들의 수가 늘어나지 않고 있다는 사실이 자유주의의 미래에 어두움을 드리운다. 경제학의 경우, 신고전학파 경제학의 철학적 빈곤과 현실성 결여 등으로 자유주의 성향의 학자들이 배출되지 않고 있다. 시장에서 그런 학자를 찾기 어렵다면 만들어 쓰는 수밖에 없다. 한국경제연구원장으로 재직하던 시절 내가 연구 인력을 충원할 때 가장 중점을 둔 사항은 학력보다는 자유주의 원리와 시장경제에 대한 공감 정도를 보는 것이었다. 당시로서는 관련 지식이 잘 축적되고 만들어진 인력이 시장에 거의 없다고 판단했기 때문이다.

　　사실 새롭게 시장에 진입하는 소장 학자나 중견 학자 중에 자유주의와 시장경제를 지향하는 학자는 희소하다. 그러나 한국의 국책 연구소나 민간 연구소는 모두 인력을 키워 쓸 수 있는 시간적 여유를 가지기 어렵다. 하루하루의 업무가 자금 지원 기관과 그 사이에 끼어 있는 대리인들의 이해에 따라 달라지기 때문이다. 그래서 설립된 지 수십 년이 지났지만 연구소 특징적인 브랜드 이미지를 형성하지 못했다. 특별한 환경 변화가 수반되지 않는 한, 앞으로도 그럴 가능성이 높을 것이라는 어두운 예상이다.

대중에 의해 강요되는 자유주의 정부 출현을 위해 지적 활동 배가해야

　　자유주의 사상과 이념의 실천을 위해서는 대중을 설득해 궁극적으로 자유주의 정부가 들어서도록 하는 길 외에는 다른 방법이 없다.

그런데 지금으로서는 한국에서 그 길은 상당히 요원해 보인다. 자유주의의 원리를 가장 잘 실천하고 있는 자본주의와 시장경제에 대한 대중의 적대감이 좀처럼 수그러들고 있지 않기 때문이다. 또한 자유주의 사상과 이념의 중요성을 깊게 인식하고 이의 전파를 위한 두뇌집단의 설립과 운영에 필요한 자금을 쾌척할 만한 인사도 없어 보이기 때문이다.

그렇다면 자유주의자로서의 나는 지금 어떤 생각을 하고 있으며 앞으로 무엇을 할 것인가? 자유주의의 길을 걸어온 것에 대한 후회는 없고, 앞으로 그 길을 가는 데 따른 두려움도 없다. 물론 자유주의의 길이 험난한 가시밭길은 아니다. 그러나 선학先學들이 그랬듯이 자유주의의 길은 낭만적이 아니며 외로운 길이다. 자유주의 사상과 논리에 경청하고 동조하는 사람들이 소수이기 때문이다. 미제스는 노년에 자신의 심경을 이렇게 표현한 바 있다.

"나는 사상적 혁명가가 되려고 했는데, 벌써 회고하고 있구나."

하이에크는 노벨 경제학상을 받은 후 어느 질문에 이렇게 대답했다.

"나는 노벨상이 그렇게 대단한 것이라고 생각하지는 않지만, 한 가지 좋은 점은 노벨상을 받고 나니 이제 사람들이 내 말을 듣더라."

그만큼 자유주의의 길이 개인적으로는 행복하거나 즐겁지만은 않다는 사실을 이들은 표현한 것이리라.

자라나는 젊은이들의 '자유를 향한 성향' 등에서 일말의 희망을 볼 수는 있으나 이 땅에 자유주의 정부가 등장하기까지는 상당히 긴 시간이 걸릴 것이다. 그렇다고 인류의 생존과 번영을 약속하는 자유주의의

길을 포기할 수는 없는 일이다. 그렇기 때문에 자유주의 사상과 이념의 실천을 위한 지적 활동을 게을리 하지 않으려고 노력할 것이다. 몇 명 안 되지만 확실하게 자유주의의 길로 들어선 나의 제자들이 지적 싸움에서 이기고 이 땅의 등불이 될 것이라는 믿음과 함께.

민경국 (강원대학교 경제학과 교수)

정치사상을 배우기 위해 독일 유학 신청을 했는데, 공교롭게도 경제학으로 입학허
가를 받은 것이 계기가 되어 경제사를 연구하던 중 하이에크의 자유주의 사상을
만나게 되었다. 그 사상을 만난 것을 자랑스럽게 생각하면서 하이에키안 자유주의
자가 되었다. 저서로 『진화냐 창조냐』, 『하이에크 자유의 길』, 『헌법경제론』, 『자유
주의의 지혜』 등이 있다.

자유주의를 만난 건 내 일생 최대의 행운

숭고한 자유주의 정신

자유주의 정신은 한마디로 말하면 '내가 너를 지배하지 않을 테니 너도 나를 지배하지 말라'는 원칙이다. 그것은 인간은 그 자체로 목적이지 수단일 수 없다는 칸트Immanuel Kant의 정언명령에 해당된다. 그런 정신은 참으로 숭고하다.

그래서 자유주의 정신은 일생을 바쳐 헌신할 만한 가치가 있다. 경제적 부를 가져다 주거나 계몽된 이기심을 충족시키기 때문이 아니다. 그 정신 자체에 가치가 있기 때문이다. 자유주의가 중시하는 시장경제, 작은 정부, 법치주의는 바로 그런 정신을 보호하기 위한 것이다.

이처럼 숭고한 정신을 지닌 자유주의를 나는 어떻게 만나 자유주의자가 되었는가?

반공주의에서 시작한 나의 자유주의

어렸을 때부터 나는 반공주의자였다. 1953년 6·25 때 좌익으로부터 두 삼촌이 희생당했다는 할머니의 비통한 말씀 때문이었다. '공산당', '공산주의'를 '빨갱이'라고 말씀하시면서 분노하셨다. 할머니는 붉은색을 보면 질색하셨다. 이런 할머니로부터 공산주의에 대한 적대감이 내 마음 속에도 각인되었다.

지금도 붉은색을 보면 예사롭지 않다. 1988년 올림픽 때와 그 이후 '붉은 악마'가 서울 시내를 붉게 물들이던 모습, 심지어 새누리당의 붉은색 상징을 보면 '빨갱이'라는 말로 반공을 표현하시던 할머니 생각이 났다. 북한의 인공기와 크렘린의 붉은 광장에서 볼 수 있듯이 붉은색은 솔직히 말해서 혐오스럽다.

나의 반공주의는 이처럼 확고하게 머릿속에 각인되어 있었기에, 박정희 대통령 시기에 반공이라는 명분으로 가해지는 정부의 통제를 나는 어렵지 않게 용납했다. 지금도 나는 그 정부가 반공주의를 남용한 잘못은 있지만 반공주의 자체는 잘했다고 믿는다. 이런 믿음 때문에 '보수꼴통'이란 욕도 먹고 면박을 당하기도 했지만.

지금도 나는 스스로를 반공주의자라고 서슴없이 말한다. 만약에 동유럽이나 러시아, 중국과 같이 대한민국이 공산화되었다면 오늘의 대한민국은 없었을 것이다. 반공주의는 체제 유지를 위한 중요한 수단이었다고 믿는다. 또한 반공주의는 자유주의자가 되기 위한 첫 단계라고 믿는다.

어쨌든 돌이켜보면 어린 시절에 형성된 반공주의가 오늘날 내가 자

유주의자가 되는 데 중요한 역할을 했고, 그래서 나에게는 반공주의가 소중하다.

자유주의로 이끈 독일 프라이부르크대학교

나를 자유주의로 이끈 직업적 계기는 독일 유학이다. 한국에서는 서울대학교 문리대학 독일문학과를 졸업하고 군대에 사병으로 입대했다. 군복무를 마치자마자 회사에 취직했지만 직장생활이 잘 맞지 않았다. 학문을 계속 하고 싶었다. 1974년 말쯤으로 기억하는데 고민 끝에 정치사상에 입문하기 위해 독일로 유학하겠다고 마음먹었다.

문리과대학을 다닐 때 정치학을 부전공으로 택했는데 그때 이홍구 교수의 정치사상 강의를 들었다. 그 과목이 참으로 흥미로웠다. 독일에서 정치사상을 공부할 각오를 하게 된 것도 그런 연유였다. 그러나 정치학으로는 입학 허가를 받지 못하고 대신에 경제학으로 입학 허가를 받았다. 허가받은 대학이 독일 남부에 있는 프라이부르크대학교였다.

우선은 경제학과에 입학한 다음 적절한 기회에 정치학으로 전공을 바꾸겠다는 마음을 먹고 1975년 4월 말 독일 유학을 떠났다. 경제학 공부를 처음 시작하게 된 나는 학점 따기에 정신이 없었다. 그러나 하다 보니 점차 경제학에도 흥미가 생겼다.

나의 유학 목적은 부지런히 대학을 졸업하고 박사학위를 취득하는 것이었다. 어느 교수가 무슨 사상을 갖고 있는가 하는 것은 나에게 수강 신청의 중요한 잣대가 아니었다. 그리고 당시만 해도 자유주의자가 되겠다는 생각조차 나에게는 없었다.

학점을 받고 졸업시험 준비를 위해 여러 교수들의 과목을 수강했다. 그러나 그런 교수들 가운데 유독 자유를 강조하고 사회주의와 케인즈주의나 신고전파 경제학을 비판하는 강의를 제공하는 교수들이 있었다. 그런 교수들의 강의는 매력적이었고 나를 유혹했다.

그런 교수 가운데 가장 두드러진 한 분이 에리히 호프만Erich Hoppmann 교수였다. 그 교수는 '질서자유주의' 창시자였던 발터 오이켄Walter Eucken 교수의 자리를 계승한 유명한 분이었다.

호프만 교수의 강의는 경제체제이론이었다. 강의 첫날 교수가 던진 한마디는 '시장의 가치는 효율성에 있는 것이 아니라 자유에 있다'는 것이었다. 효율성이라는 말만 들어온 나에게는 신선한 충격이었다. 그의 강의는 사회주의 체제와 자본주의 체제의 기능조건과 기능원리에 관한 것이었다. 이는 경제사상, 정치철학 강의나 다름이 없었다. 미제스와 하이에크가 사회주의자들과 벌인 '사회주의 경제계산 논쟁'을 비롯해 어떻게 지식의 문제 때문에 계획경제가 불가능하고 붕괴할 수밖에 없는가에 대해 소상하게 설명해주었다. 그리고 하이에크의 유명한 저서 『노예의 길』도 소개해주었다. 그의 강의는 '자유의 정신은 칸트의 정언명령'이라는 말로 끝을 맺었다.

그의 사회주의 강의를 듣고 나의 반공주의가 옳다는 생각이 들었다. 호프만 교수를 통해서 자유주의와 자유시장이란 무엇인가를 알게 되었다. 게다가 자유주의만이 자유와 번영의 길이라는 것을 다시 한 번 확인하게 되었다.

경제체제론에 관한 호프만 교수의 강의는 시장에서 자생적으로 질서가 형성되기 위해서 필요한 법적·제도적 조건의 문제도 다루었다. 그는

 자유주의를 만난 건 내 일생 최대의 행운

애덤 스미스, 오이켄, 하이에크 전통의 시장에 대한 관점을 소상히 알려주었다. 즉 그 석학들이 제도이론, 법이론, 윤리학의 관점에서 시장을 어떻게 보는가를 설명해주었다.

나는 그 다음 학기에도 호프만 교수의 경쟁정책에 관한 강의를 수강했다. 시장은 균형도, 배분기계도 아닌 지식의 창출 과정이라는 점을 강조하는 그의 강의는 매혹적이었다. 경쟁과 발견 절차, 시장과정과 진화 등에 관한 나의 생각은 그를 통해서 형성되기 시작했다.

나는 호프만 교수의 사상에 심취했다. 나의 마음속에 반사회주의와 친자유주의 사상이 자리 잡고 있었다. 그러나 졸업시험 준비 때문에 마음에 들지 않는 강의도 들어야 했다. 답답하기는 했지만 할 수 없었다.

호프만의 강의를 통해서 나는 하이에크 사상도 접할 수 있었고, 1978년에는 직접 하이에크의 강의를 들을 수 있는 행운도 만났다. 이 무렵 내 경제학적 지식의 수준은 하이에크와 케인즈가 어떤 사상적 입장에서 있는가를 짐작할 수 있는 정도였다.

하이에크는 한 학기 동안 사회주의의 오류가 무엇인가에 대해 강의를 했다. 이 강의는 10년 뒤에 『치명적 자만』이라는 책으로 출판되었는데 그의 강의는 지식의 문제의 관점에서 사회주의를 비판하는 내용이었다. 시장경제는 스스로 지식의 문제라는 해결하는 능력 때문에 번영한다는 것이다. 그는 문화적 진화와 생물학적 진화를 엄격히 구분하면서 시장경제와 자유주의는 문화적 진화의 선물이라는 것을 강조했다. 하이에크의 강의는 자유주의에 관한 나의 지식과 확신을 확대·심화시켰다. 그는 경제학을 철학·윤리학·인식론적으로 다룰 수 있다는 것, 균형이론을 기반으로 하는 주류경제학을 가지고는 자유주의와 시장경제를 이해하기 곤란하다는 것을 나에게 가르쳐주었다. 자유주의 경제학이야말로 긍지를 갖고 추구할 학문이라는 확신을 심어주었다.

나를 자유주의로 끌어준 또 한 분이 있는데 바로 카를 브란트 교수다. 그의 '경제사상사' 강의는 나를 매료시켰다. 그의 강의는 모든 이념을 역사적 인적 관점에서 다루었는데 독일 자유주의의 초석을 마련한 칸트와 훔볼트 등 자유주의 사상가들에 관한 내용에선 나도 모르게 더욱 친근감이 생겼다. 내가 경제사상사, 특히 자유주의 역사와 사상에 관심을 갖고 이 분야의 연구에 몰입한 것도 브란트 교수의 영향이 아닐수 없다.

1980년 10월 그 지긋지긋하던 졸업시험을 성공적으로 마쳤다. 그리고 박사학위 과정에 들어가야 했는데 학위논문 주제와 관련해 심각하게 고민한 끝에 나는 롤스의 학위논문 주제를 정의론으로 정했다.

전부터 정치사상을 연구하고 싶기도 했고, 또 당시 독일에서는 존 롤스의 정의론이 대단한 인기를 끌고 있었기 때문인데 이는 복지정책을 철학적으로 정당화하기 위해서였다.

내가 연구하고 싶었던 것은 롤스 정의사상의 구조적 문제였다. 그의 정의관에 대한 문제점을 밝히는 것, 시장경제와 맞지 않는다는 것을 보여주는 것이 나의 논문 주제였다. 마침 분배이론과 분배정의 분야에서 전문가로 평가받고 있던 프라이부르크 대학교의 자유주의 교수 게롤드 블륌믈레 교수가 그 주제를 받아들여 그의 지도를 받았다.

드디어 나는 1984년 10월 박사학위를 취득했다. 경제철학을 전공했다는 자부심, 자유주의자가 되었다는 심리적 우월감도 커졌다.

 자유주의를 만난 건 내 일생 최대의 행운

자유주의 사상가로 이끈 한국사회의 좌경화

1984년 12월 귀국한 나는 1985년 3월 강원대학교 경제학과에 직장을 잡았다. 당시 전두환 정권이 집권하고 있던 때였는데 그 정권에 대한 비판은 엄두도 못 낼 판이었다. 학생운동이 격심했다. 이런 속에서 내가 무엇을 해야 할지 막막했다. 학위과정에서 다루었던 경제철학, 즉 경제사상 연구에 매진하겠다는 마음가짐으로 호반의 도시 춘천에서 첫 출발을 했다. 그러나 나를 불러주는 사람도 없었고 연구에 대한 동기부여도 없었다. 세월만 지나고 있었다.

1980년대 중반 이후 학생운동은 강력해졌다. 정부의 독재는 심해지고 있었다. 그런데 흥미로운 것은 학생운동의 이념적 방향이 사회주의였다는 사실이다. 좌경화된 지식인들의 지적 운동도 매우 강력하게 작용했다. 한국사회가 빠른 속도도 좌경화되어가고 있었다.

그때 내가 할 일은 바로 자유주의를 연구하고 그 지식을 알리는 일이라는 생각이 뇌리를 스쳤다. 한국의 문헌을 조사해보니 자유주의와 관련된 저서는 거의 없는 상태였다. 나는 우선 하이에크의 중요 논문을 번역·편집해『자본주의냐 사회주의냐』라는 제목으로 책을 발간했다. 반응이 매우 좋았고 성공적이었다.

이후 나는 집중적으로 자유주의 사상연구에 매진했다. 하이에크와 뷰캐넌의 자유주의 사상을 비교연구한『헌법경제론』, 정치·관료 시스템이 어떻게 자유를 유린하는가를 연구한『신정치경제학』, 하이에크의 사상을 연구한 저서『진화냐 창조냐』, 시장경제를 진화론적으로 해석하면서 그에 적합한 입법 원리와 입법정책을 밝힌 저서『시장경제의 법과질서』 등 1990년대 초까지 거침없이 여러 가지 자유주의 관련 책을 집필하는 데 주력했다.

원고를 받아주는 출판사를 찾기가 쉽지 않았으나 다행스럽게도 큰 어려움 없이 모두 발간되었다. 경제사상과 관련된 무거운 논문도 학회에서 자주 발표했다. 저서와 논문들은 읽고 당장 휴지통에 들어가는 소비재 글이 아니다. 그것들은 소비재 글을 쓰기 위한 자본재 글이기에 나는 무거운 저서와 논문 쓰기에 자부심도 가질 수 있었다. 솔직히 말해서 나의 저서들, 나의 논문들에 대한 반향도 나쁘지 않았다.

왜 독일에서 공부한 사람이 자유주의자냐고 이상한 눈으로 보는 사람도 많았다. 신자유주의자, 과격한 자유주자라는 비판도 받았다. 그러나 그런 비판이 나에게는 영광으로 들렸다.

1990년대에는 한국에 자유주의자도 그리 많지 않았다. 다행스럽게 '자유기업원'이 설립되어 나에게도 좋은 활동 무대가 되었다. 자유기업원은 자유주의에 대한 나의 논설, 칼럼, 번역서, 저서를 출판해주었다. 유감없이 글도 쓸 수 있었다.

나는 2000년에 자유주의 지식인들의 모임인 '한국하이에크소사이어티'를 창립하는 데 결정적인 역할을 했다. 이 모임을 통해 자유주의자들이 서로 자극과 동기를 부여할 수 있는 계기도 마련되었다. 나는 이 학회를 통해서 보배로운 자유주의자들을 만날 수 있었고 그들을 통해서 자유주의에 대한 나의 신념을 강화할 수 있었다. 나는 자유주의의 지적 투사가 되었다.

자유주의를 만난 행운아

자유주의를 만날 수 있었던 프라이부르크대학교에서 공부한 것은 대단히 큰 자랑이고 행운이다. 게다가 하이에크 사상을 만난 것, 반면교사로서 사회민주주의자 존 롤스를 만난 것도 자랑이다. 좁은 의미의 경제학을 떠나 경제철학을 전공한 것이 자랑스럽다.

요컨대, 나는 자유주의를 만난 행운아였다. 자유의 투사가 된 것도 자랑스럽다. 그래서 자유주의라면, '못살아도 나는 좋아! 외로워도 나는 좋아!'라고 마음속으로 되뇌면서 오늘도 자유의 철학을 연구한다.

김정호 (연세대학교 경제대학원 특임교수)

'스스로 책임지는 삶'을 강조하신 아버지 덕에 아주 어린 시절부터 스스로 선택하고 결과에 책임지는 자유주의자의 삶을 살아왔다. 자유주의가 옳다는 확신은 갖고 있지만, 누군가를 설득하고 세상을 바꾸는 일에는 관심이 없었던 '소극적 자유주의자'였다가 딸에게 선물 받은 책 한 권으로 '행동파 자유주의자'의 삶을 살게 된다. 강의실에서 직접 랩을 하는 교수이자, 시민들로부터 출자받은 싱크탱크 프리덤팩토리를 설립, 운영하는 대표로 있다. 저서로 『K-POP, 세상을 춤추게 하다』, 『비즈니스 마인드 셋』, 『누가 소비자를 가두는가』 등이 있다.

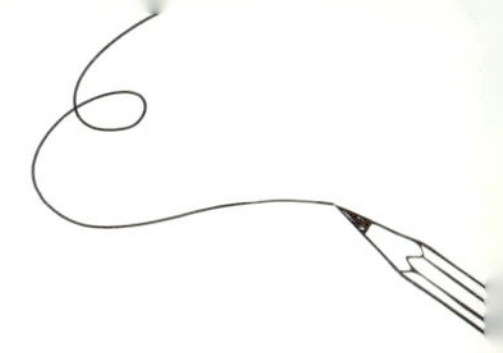

생활 자유주의에서 강단 자유주의자로, 다시 길거리 자유주의로

생활 태도로서의 자유주의

나는 간섭받는 것이 싫다. 나는 내 방식대로 살고 싶고, 지금까지 대부분 그렇게 해 왔다. 물론 그 결과도 내 책임이다. 56년간 살아오면서 좋은 일도 있었고 부끄럽고 고통스러운 일도 겪었지만, 그 때문에 남을 탓하지는 않는다. 나는 자유주의자다.

나의 이런 성향은 아버지의 영향 때문이었다. 비록 당신 자신은 항상 그렇게만 사시지는 못했지만, 내게는 가혹할 정도로 '네 삶은 네가 알아서 살라'고 하셨다. 초등학교 3학년 때는 아버지의 강요에 못 이겨 이웃집에 가서 청소를 해주고 용돈을 벌어야 했다. 나중에 알고 보니 아버지가 미리 짜놓은 일이었다. 그 집 아주머니에게 미리 돈을 주고 나를 고용하게 하셨던 것이다. 아버지는 심지어 나를 중학교에도 보내지 않으려고까지 하셨다. 중학교 입학시험에 떨어졌을 때의 일이다. 그때 어머니는 나를 재수시키려 했었는데, 아버지는 재수는 무슨 재수냐며 야산을 하나 사 줄 테니 나무 농사를 시작하라고 몰아붙이셨다. 학교는 성공하고 나서 다니면 된다는 것이었다. 초등학교를 강원도 묵호에서 다녔던 나는 다행히 어머니가 우겨서 서울로 유학까지 갈 수 있었다. 어머니가 아니었다면 나는 지금과 전혀 다른 삶을 살고 있었을 것임이 분명하다.

이처럼 아버지는 내게 가혹하리만큼 자기 책임을 요구하셨지만, 동시에 무한정에 가까운 자유를 주셨다. '네 일은 네가 알아서 하라'는 것이었다. 그 덕분에 내 어머니는 아들에게 잔소리 한 번 제대로 못 해보시고 나를 키우셔야 했다. 잔소리하시는 것을 아버지가 보는 날이면 왜 자식의 삶에 간섭하느냐며 어머니를 몰아세웠으니 말이다. 심지어 학교 선생님에게까지 그렇게 하기를 요구하셨다. 고등학교 3학년 때였던 것 같다. 내 성적이 떨어졌다고 담임선생님이 아버지를 호출한 적이 있었다. 담임선생님을 만나서도 아버지는 독립과 자율을 요구하셨다. 성적이 좋든 나쁘든, 대학을 가든 안 가든 김정호 본인이 알아서 할 문제이니 선생님은 간섭하지 말라는 것이었다. 한국인의 상식으로는 이해하기 힘들 정도로 자식에게 자유와 책임을 요구하셨던 분이 나의 아버지시다.

그렇다고 해서 아버지 본인이 당신 말씀처럼 그렇게 철저히 스스로에게 책임지는 삶을 사신 것은 아니다. '왜 당신은 그렇게 살지 못하면서 내게만 그런 것을 요구하나' 속으로 생각했던 적이 많다. 마찬가지로 나도 철저히 독립적인 삶을 살지는 못했다. 무엇보다도 유학생활이 그랬다. 미국 생활 1년이 지나고부터 학습 조교 일을 하면서 등록금과 약간의 생활비를 벌기는 했지만 그래도 아이까지 딸린 생활은 그것만으로

부족했고, 그 돈들은 모두 당시 처가의 도움으로 충당했다. 그 생각만 하면 아직도 부끄럽다.

나의 실제 생활이 이렇기는 했지만 생각만은 늘 남에게 신세를 지지 않고 사는 것이 옳다고 여겼다. 그래서 대학에 다닐 때는 책 외판원 생활을 시도해보기도 하고, 방학 중에는 군고구마 장사, 포장마차를 직접 해보기도 했다. 대개는 실패로 끝났지만 말이다. 무엇보다 나의 어려움을 남의 핑계로 돌리는 것은 스스로 창피하게 여겼던 것 같다. 이렇게 보면 최소한의 행동과 태도만으로는 어릴 때부터 어느 정도 자유주의자의 모습을 갖췄던 것 같다. 그러나 내가 스스로 자유주의자라고 말할 정도로 체계적인 사고를 가지고 있었던 것은 아니다. 그런 의미에서 소싯적 나는 생활 자유주의자였다.

일관된 자유주의적 사고를 가지게 되다

내가 본격적이고 체계적인 자유주의자가 되기 시작한 것은 한국경제연구원에 들어가 공병호, 이승철 두 박사를 만나면서부터다. 정확히 언제부터 그 사람들과 친해졌는지 기억이 안 난다. 내가 한국경제연구원에 들어간 것이 1990년이었으니까 아마도 91년 또는 92년부터였을 것 같다. 그 전까지 나의 주된 관심사는 토지 문제였다. 이 문제에 대해서만은 누구보다도 자유주의적 입장을 가지고 있었지만 다른 분야에 대해서는 아는 바가 없었다. 그러던 차에 연구원 동료였던 이승철 박사와 가끔 나눈 대화는 나의 머리를 뒤흔들어놓곤 했다. 그가 머리가 좋아서이기도 하고, 오하이오주립대학교OSU에서 시카고학파식의 산업조직론과 미시경제학을 훈련받은 결과이기도 했다. 아무튼 이승철 박사와의 대화는 기업문제, 노동문제 등으로 나의 관심과 지식을 넓혀 주었다.

나의 자유주의는 지금은 고인이 되신 SK 최종현 회장과의 정기적인 대화 자리에 참석하면서 더욱 폭이 넓어졌다. 1993~1994년까지 그는 매달 한 번씩 한국경제연구원 박사들을 회장실로 초대해 대화를 나누곤 했다. 호기심이 대단한 분이라 기업, 노동, 세계정세 등 매우 다양한 분야에 대한 대화가 오가곤 했다. 게다가 시카고대학교 경제학과를 다녔기 때문인지 대부분의 분야에서 자유주의적 견해를 가지고 있어서 나의 자유주의가 자라는 데에 상당한 자극제가 되었다.

하이에크와의 만남은 어설픈 자유주의자였던 나로 하여금 확신과 자신감을 가지게 해주었다. 그리고 그 과정은 공병호 박사와 함께하는 과정이기도 했다. 공병호 박사와 나는 1994년 어느 날부터 자유주의 공부를 같이 하기로 하고, 정기적으로 만나 공부한 결과를 나누게 되었다. 그때 우리는 그야말로 무지막지한 독서를 했다. 우리의 독서는 경제를 넘어서 역사, 인지심리학, 진화생물학, 브레인사이언스 등으로 퍼져나갔다. 그러다가 나는 우연히 읽게 된 '인간 가치의 세 가지 근원'이라는 하이에크의 글에 포로가 되어버렸다. 민경국 교수가 번역 편집한 『자본주의냐, 사회주의냐』에 포함된 글이다. 하이에크 사상의 깊이와 넓이에 탄복한 우리는 그의 다른 저서들도 읽어 나갔다. 그러면서 나도, 공박사도 자유주의 사상에 자신감을 가지게 되었다. 쉽게 말해서 이 정도의 깊이라면 어떤 반대자가 덤벼도 이겨낼 수 있겠다는 자신감이 생긴 것이다. 공박사와 내가 공저로 1996년에 출간한 『갈등하는 본능』은 이와 같은 자신감의 표현이었던 셈이다.

생활 자유주의에서 강단 자유주의자로, 다시 길거리 자유주의로

자유기업센터라는 모험

요즈음의 한국경제연구원은 우리나라에서 자유주의자들이 가장 많이 모여 있는 곳이지만, 90년대 초중반만 해도 그렇지 않았다. 진심으로 시장경제를 지지하기보다는 최종현 회장이 그런 방향으로 나가니까 마지못해 규제완화 등의 내용을 담은 보고서를 내는 사람이 많았었다. 나나 공병호 박사처럼 열렬한 시장주의자는 한국경제연구원에서도 예외적 존재였던 것이다. 몇 년 동안의 공부를 통해서 자유주의에 자신감과 사명감을 갖게 된 우리는 그런 현실이 못마땅했다. 진정한 자유주의 싱크탱크를 만들어보고 싶었다. 영국의 앤소니 피셔가 하이에크의 권유로 설립해서 훗날 대처 수상의 철학적·정책적 가이드가 되었던 IEAInstitute of Economic Affairs 같은 연구소를 만들어보자고 뜻을 모았다. 그리고 뜻이 간절하면 길은 생긴다. 손병두 씨가 당시 한국경제연구원의 부원장당시는 부원장이 대표이사였다으로 부임했는데 공병호 박사는 그를 설득해서 한국경제연구원이 지향하는 방향을 자유기업주의로 분명하게 세우게 했다. 한국경제연구원에 들를 때마다 입구에서 마주치게 되는 'Free Market, Free Enterprise, Free Competition' 라는 로고는 그때 손병두 부원장이 내걸기 시작한 것이다.

이제 자유기업센터 이야기를 할 때가 되었다. 그 이야기의 대부분은 공병호 박사의 이야기이기도 하다. 1996년 가을쯤이었던 것 같다. 공 박사가 손병두 부원장을 모시고 이스탄불에서 열린 아틀라스 재단의 워크숍에 참석했고, 거기서 자유기업센터를 만들겠다는 허락을 받아 한국

경제연구원 내부에 자유기업센터를 설치했다. 그러다가 1997년 3월 새로 전경련 상근 부회장이 된 손병두 씨로부터 자유기업센터를 독립시키겠다는 약속을 받아냈다. 그 과정은 마치 영화의 한 장면처럼 드라마틱했다. 공 박사와 식당에서 같이 설렁탕을 먹으며 이야기를 하다가, 연구소를 만들기에 지금이 최적기라는 데에 의견이 모아졌다. 공 박사는 밥을 먹다 말고 일어나서 손부회장의 비서에게 전화했더니 부회장이 하얏트 호텔에서 점심식사를 하고 있다고 했다. 우리는 약속도 없이 바로 택시를 타고 하얏트 호텔로 향했다. 그리고 점심식사를 마치고 나오는 부회장을 다시 모시고 들어가 자유기업센터 설립 허락을 받아냈다. 모든 설득은 공 박사가 하고 나는 옆에 앉아만 있었음에도, 긴박했던 그날의 담판 장면을 생각하면 스릴과 쾌감이 느껴진다. 여세를 몰아서 최종현 회장도 설득했고, 그렇게 해서 자유기업센터가 재단법인으로 만들어지게 되었다.

그랬음에도 불구하고 정작 내가 직접 센터에 참여할 것인지에 대해서는 참 많이 망설였다. 안정된 한국경제연구원을 놔두고 돈도, 사람도 없는 자유기업센터로 간다는 것은 그야말로 '개고생'을 자청하는 일이었으니 말이다. 간다, 안 간다를 세 번이나 번복한 끝에 결국 공 박사를 믿고 모험을 하기로 결심했다. 그 후 많은 우여곡절이 있었고, 안 겪어도 될 일들을 많이 겪었지만 결과적으로는 잘했다는 생각이 든다.

자유기업센터에서 나의 직책은 법경제실장이었으며 실질적 임무는 외국 싱크탱크에서의 'editorial director' 즉 편집장의 역할이었다. 거의 모든 출판물, 연구물들에 대한 최종 편집권을 행사했다. 한국에 번역해 소개할 원전들을 골라서 발주하고, 연구 용역들도 관리했다. 내 글이 아

생활 자유주의에서 강단 자유주의자로, 다시 길거리 자유주의로

니라 남의 글, 남의 연구를 관리한다는 것은 내 취향과 썩 맞는 일은 아니었다. 하지만 열심히 했다. 그 과정에서 복거일, 민경국, 김영용, 안재욱, 전용덕, 박동운, 신중섭, 전삼현 등 많은 분들을 알게 되었고, 그 분들의 참여와 도움으로 많은 일들을 해냈다. 그러면서 우리들의 자유주의 사고가 더욱 깊고 체계화되었다. 그렇다고 해서 우리가 한국 사회를 바꾸어놓은 것은 아니지만, 최소한 시장경제라는 단어가 통용되도록 만드는 데에는 결정적 기여를 했다고 자부한다.

소극적 강단 자유주의자

자유기업센터에 투신함으로써 졸지에 자유주의 운동가가 되기는 했지만, 나는 소극적 자유주의자였다. 자유주의가 옳다는 확신은 가지고 있었지만, 그리고 그렇지 않은 세상이 안타까웠지만 세상을 그렇게 만들기 위해 나의 한계를 넘어설 수는 없었다. 내가 할 수 있는 일은 그저 글 쓰는 일이었다. 그 글들을 누군가 읽어주면 고마운 일이지만 안 읽는 사람들에게 그것을 읽힐 능력도 방법도 없었다. 혼자서 중얼거리는 자유주의자, 그것이 솔직한 나의 모습이었다.

그런 면에서 공병호 박사의 적극성이 부러웠다. 그는 TV 방송에 나가서 반대편과 맞서 싸웠고, 출판사를 찾아다니며 책도 적극적으로 냈다. 여러 사람들을 만나서 설득하고 모금을 하기도 했다. 내가 안정된 한국경제연구원을 나와서 자유기업센터를 설립하는 일에 동참한 것은 나의 소극성에도 불구하고 공 박사를 통해서 세상을 바꿀 수 있을 것이라 생각했기 때문이다.

그런데 공병호 박사가 자유기업원을 떠나게 되었다. 2000년의 일이었다. 그리고 이러지도 저러지도 못하는 나날들이 다가왔다. 그러다가 나는 2003년 원장 직무대행을 시작으로 자유기업원의 원장 생활을 하게 되었다. 하지만 나에게 맞지 않는 옷이었다. 원장을 하지 않으면 회사를 떠나야 할 형편이고, 회사를 떠난 이후의 삶에는 자신이 없어서 어쩔 수 없이 하는 일이었다. 나름 열심히 하려고 애는 썼지만 내가 좋아하는 일도, 잘하는 일도 아니었다. 특히 남을 시켜서 결과를 만들어내는 일이 싫었고, 잘 하지도 못했다. 내가 아닌 자유기업원의 성과에 대해서 책임을 져야 한다는 사실이 두려웠다. 그래서 그만두겠다는 생각을 자주 했고, 실제로 인사권을 가진 분에게 가서 두 번이나 사의를 표하기도 했다. 하지만 그나마도 대안이 없었던지 사의는 받아들여지지 않았다. 그렇게 시큰둥한 날들이 흘렀다.

그래도 뿌듯한 것은 하나 있다. 대학시장경제 강좌라는 프로그램을 만들고 키운 것이다. 원래 단국대학교의 박동운 교수와 경희대학교 안재욱 교수지금은 부총장으로 있다가 하고 있던 사업이었는데, 이것을 큰 사업으로, 전국의 대학들을 대상으로 확대한 것이다. 쉽지 않은 일이었지만 시도를 했고, 이제는 대학들이 서로 유치하고 싶어 하는 프로그램으로 자리를 잡았다. 이 아이디어를 제안한 당시 기획실장 이완재 씨와 욕먹을 각오를 하고 과감하게 첫 강좌를 설치해 주신 숭실대학교 전삼현 교수님의 기여가 컸다.

그처럼 소극적 자유기업원 원장 생활은 2009년 5월 8일까지 6년간이나 계속되었다. 나의 자유주의도 연구실과 강단에만 머물러 있었다.

생활 자유주의에서 강단 자유주의자로, 다시 길거리 자유주의로

길거리 자유주의자로의 변신

2009년 5월 9일, 나의 인생이 바뀐 날이다. 내 딸에게서 『꿈꾸는 다락방』이라는 책을 선물 받았다. 이 글의 독자들이 보면 정말 하찮게 여길 자기계발서다. 큰 꿈을 가져라, 그 꿈을 절대 포기하지 말라, 뻔한 그 메시지가 그날은 다르게 다가왔다. 얼마나 애비가 한심해 보였으면 자기 아버지에게 꿈을 가지란 말을 할까. 꿈 없이 그럭저럭 살아온 53년이 내 딸에게 부끄럽게 느껴졌다. 그날 나는 꿈을 세웠다.

'말로만 할 것이 아니라 정말 대한민국을 자유주의의 나라로 만들어보자. 5천만 국민을 자유주의자가 되도록 설득해보자. 그것을 할 수 있도록 나 자신을 바꿔보자. 당연하게 생각해 온 나의 한계를 극복해보자.'

그 다음 날부터 실천을 시작했다. 습관부터 바꿔 나갔다. 올빼미 형 습관을 아침형으로 바꾸고 싶었다. 내 출근 시간이 늘 9시 반이었던 것은 늦게 일어났기 때문이었다. 그러던 내가 새벽 6시에 일어나 월드컵 공원의 새벽길을 달리기 시작했다. 하기 싫은 일은 죽어도 못 하던 그 습성도 바꿔, 필요하다고 마음먹은 일은 싫든 좋든 무조건 실천하는 습관도 들어 갔다.

차츰 내 성격이 바뀌어 갔다. 그 덕분에 많은 새로운 일에 도전도 할 수 있었다. 세상을 설득하자면 방송국이 필요하다는 생각이 들었다. 그래서 2009년에는 '프리넷 뉴스'라는 인터넷 방송을 만들어서 활동을 했다. 김진국 교수와 둘이서 1년 동안 주 5회 아침마다 전화 대담인 '희망탐사'를 진행했고 데일리언 TV로, 이데일리 TV의 정규 프로그램으로 발전시켜 나갔다.

래퍼가 된 것은 나의 또 다른 도전이었다. 자유주의 메시지를 노래에 담아 전하면 도움이 될 것 같았다. 처음에는 할 때마다 틀리고, 그래서 할 때마다 두려웠다. 그러나 이젠 제법 실력이 괜찮아졌는지, 청중들이 나의 랩을 흥미로워 한다. 아직 어설프지만 언젠가는 강연과 토론에 라임을 섞어서, 노래하듯 말하고 싶다. 그래서 자유주의가 재미있다는 생각을 심어주고 싶다. KBS TV의 생방송 토론에 나가서도 랩을 할 기회가 생긴 것을 보면 머지않아 그런 날이 올 것 같다.

2011년 12월, 김정일이 연평도에 포격을 가한 사건은 내 자유주의 운동에 새로운 전기가 되었다. 인터넷문화협회 박성현 회장이 광화문 네거리에서의 연평도 포격 규탄 촛불집회를 제안해 왔고, 내가 응함으로써 4주간의 촛불집회가 시작되었다. 춥고 어두운 거리, 지나가는 행인들이 힐끔힐끔 쳐다보는 데서 소리를 지르며 서 있어야 하는 일이었다. 춥고, 두렵고 힘들었다. 하지만 한계를 또 하나 극복한 계기이기도 했다. 그 이후로 거리가 그리 두렵지 않다. 마음먹으면 1인 시위도 얼마든지 할 수 있을 것 같았다. 낯선 사람들 앞에서 거리 연설도 그리 두렵지 않게 되었다.

2012년 3월 자유기업원장 직을 그만둘 일이 생겼다. 퇴직 후 무엇을 할까 고민하던 중에 생각지도 못한 행운이 내게 왔다. 비록 계약직이긴 하지만 모교인 연세대학교에서 특임교수 자리를 맡게 된 것이다. 정말이지 연세대학교 교수가 된다는 것은 꿈에도 생각해본 적이 없었는데, 그 행운이 내게 왔다. 영광스럽고 뿌듯했다. 그렇게 또 다른 세계가 내게 펼쳐지기 시작했다.

 생활 자유주의에서 강단 자유주의자로, 다시 길거리 자유주의로

교수로서, 프리덤팩토리의 CEO로서

4년간이나 내 자신을 바꿔 가면서 자유주의 세상을 만들기 위해 노력을 했지만 나로 인해 바뀐 사람은 거의 없다. 하지만 실망하지 않는다. 나의 목표 시점인 2017년 말까지는 아직도 4년 반이나 남았기 때문이다. 또 아주 미미하지만, 그래도 세상이 바뀌어 가는 기미가 느껴지기 때문이다. 경제진화연구회와 프리덤팩토리 이야기다.

2013년 7월 6일, 광화문 평안도 만두집에서 네 명의 자유주의자들이 만났다. 복거일, 민경국, 안재욱, 김정호를 만나 만두와 김치말이 국수로 식사를 한 후 옮겨 간 찻집에서 복거일 선생님이 진화경제학회를 만들어보라는 제안을 했다. 조직생활을 하다가 교수가 되었으니 시간과 힘이 남을 것 아니냐며 진화경제학회를 만들어 대중적인 조직으로 키워보라는 말씀이셨다. 필요한 일이라면 무조건 저지르고 보는 것이 새로운 습관이 된 터라 맡겨 주시면 하겠다고 했다. 바로 일에 착수해서 8월 30일 창립세미나를 가질 수 있었다. 한국경제신문의 협조를 받아서 규모도 제법 성대하게 치렀다. 이름은 경제진화연구회로 했다. 그리고 매월 마지막 목요일, 세상에 대한 자유주의적 해석을 가지고 강연과 토론하는 모임을 가져 왔다. 나는 경제진화연구회가 가지는 가장 큰 의미를 젊은 자유주의자들이 모이는 계기를 만든 것이라고 본다. 김소미, 변종국, 송상우, 이유진, 김경수, 류한미… 젊은 자유주의자들이 경제진화연구회를 이끌어 간다. 그리고 그들의 영향을 받은 젊은이들이 하나둘씩 자유주의자로 변해 가고 있음을 느낀다.

경제진화연구회의 또 다른 의미는 자유주의자들이 스스로 돈과 노력을 출자해서 모임을 꾸려가게 되었다는 것이다. 연구회의 모든 발제 토론자는 재능기부이고, 기타 비용들은 모두 참석자들이 내서 충당한다. 스스로 책임지는 원리, 자유주의 원리로 자유주의자들의 모임이 운영되기 시작한 것이다.

그러던 중에 송상우를 비롯한 경제진화연구회 부회장들이 2013년 3월의 모임 주제는 자유주의 싱크탱크의 설립 방안으로 하고, 형식은 여러 단체들의 연합행사로 하면 어떻겠냐는 제안을 해 왔다. 좋은 생각이었다. 곧 바로 사람들을 모았고, 행사비용을 협찬받는 데에도 성공했다. 발제는 한국경제신문에 자유주의 싱크탱크가 필요하다며 칼럼을 썼던 안재욱 교수가 맡아주었다. 모인 많은 분들이 공감을 표해주었다. 3월 28일, 그날 바로 설립준비위원회를 만들었다. 이어지는 모임에서 준비위원 중 한 분이 우리가 먼저 돈을 내자고 제안했다. 그래서 천만 원씩을 내기로 했다. 또 다른 분의 제안으로 주식회사 형태를 취하기로 했다. 자유 시민이 주주인 싱크탱크, 프리덤팩토리의 씨앗은 그렇게 심어졌다. 발기인은 40분이 수락했고, 8천만 원을 출자해주셨다.

문제는 시민주주들이었다. 1,000명에 3천만 원이면 대성공일 거라는 생각으로 시민주주 모집에 들어갔다. 정규재TV에 나가서 취지를 설명하고 투자를 호소했다. 뭔가는 해야겠기에 그렇게 한 것인데 결과는 뜻밖이었다. 생각도 못했던 분들, 생면부지의 분들이 귀한 돈을 투자해주셨다. 만 원, 십만 원, 심지어는 천만 원을 출자하신 분도 있다. 페이스북과 이메일로도 투자가 들어왔다. 732명의 주주께서 총 1억 8,478만 원을 투자해 주셨다. 기적 같은 일이 일어난 것이다. 나는 이 기적의 3분의 2는 한국경제신문 정규재 실장 덕분이라고 생각한다. 정 실장이 칼럼과

방송토론과 정규재TV를 통해서 변화시킨 사람들의 숫자가 엄청나다는 것을 시민주주 모집을 통해서 확실하게 느꼈다. 그리고 그들이 선명하게 자유주의 가치를 내건 싱크탱크에 자신들의 귀한 돈을 투자한 것이다. 이 책이 나올 때쯤이면 프리덤팩토리는 설립 등기를 마치고 본격적인 활동을 시작했을 것이다.

이 과정을 거치면서 나는 확신을 가지게 되었다. 세상은 변할 준비를 하고 있다. 스스로 판단하고 그 결과에 책임지는 것이 옳다고 생각하는 시민들이 많다. 자유주의 운동의 새로운 시대, 시민의 지지를 받는 자유주의 운동의 시대가 시작되고 있다. 그리고 시민들의 지지가 있기에 우리는 새로운 차원의 자유주의 운동을 펴 나갈 수 있다. 시민의 이름으로 포퓰리스트들, 좌파들을 압박할 수 있고, 시민의 이름으로 자유주의 입법을 이뤄낼 수도 있을 것이다. 그렇게 해서 대한민국은 성공할 것이다. 또 그 성공의 비결인 자유주의를 세계에 수출하게도 될 것이다. 지금도 나는 그런 꿈을 꾸고 있다. 그 꿈을 이루기 위해 나를 바꾸어 나가고 있다.

신중섭 (강원대학교 윤리교육과 교수)

한때 마르크스에게도 관심을 가졌으나, 포퍼와 하이에크를 읽고 마르크스와 결별한 자유주의자. 모든 정치이념 가운데 가장 위험한 이념은 '사회와 인간을 완전하고 행복하게 만들려는 희망'이라고 생각하며, 모든 사회가 어쩔 수 없이 갖게 되는 불완전한 면을 개선하려는 의지가 보다 나은 사회를 만든다고 믿고 있다. 현재 대학에서 서양철학을 강의하고 있으며,『포퍼와 현대의 과학철학』,『포퍼와 열린사회와 그 적들』,『현대 과학철학의 문제들』(공저) 외 다수의 저서와『현대의 과학철학』(차머스),『과학적 연구프로그램의 방법론』(라카토슈),『치명적 자만』(하이에크) 외 다수의 번역서가 있음.

나는 어떻게
자유주의자가 되었는가

'왜'와 '어떻게'

'나는 왜 자유주의자가 되었는가?'라는 물음이 던져졌다. 나는 내가 왜 자유주의자가 되었는가에 대해 심각하게 생각해본 적이 없어, 이 물음은 나에게 도전적이다. 우리는 어떤 사실이 왜 발생했는지 궁금할 때 또는 이해할 수 없을 때 그 사실에 대한 설명을 요구하게 된다.

우리는 '왜'라는 물음을 제기할 뿐만 아니라, '어떻게'라는 물음도 제기한다. '왜'와 '어떻게'는 같은 물음인가 다른 물음인가? 내가 왜 대학교수가 되었는가를 설명하지 않고서도 어떻게 대학교수가 되었는가는 설명할 수 있다. '어떻게'는 대학교수가 된 과정에 대한 설명이며, '왜'는 대학교수가 된 이유에 대한 설명이다. '왜'와 '어떻게'는 구별되는 물음이다. 그러나 때때로 '어떻게'에 답함으로써 '왜'에 대한 답을 할 수도 있다. '그 사람이 왜 넘어졌지?'라는 물음에 대해 '돌부리에 걸려 넘어졌다'라고 하면 '왜'에 대한 대답으로 충분하다. '왜 나는 자유주의자가 되었는가?'라는 물음도 이와 같은 물음일까.

'왜 자유주의자가 되었는가?'라는 물음에 대해 '어떻게 자유주의자가 되었는가?'에 대한 설명을 제시하는 것은 충분한 대답이 아닐 수도 있다. 앞의 물음은 자유주의자가 된 이유를 묻는 것이지 어떻게 자유주의자가 되었는가를 묻는 것은 아니기 때문이다. 사도 바울에게 당신은 왜 기독교인이 되었는가라고 묻는다면, 예수를 탄압하던 자신이 왜 예수를 따르게 되었는가에 대한 합당한 이유를 제시하지는 못할 것이다. 그는 길을 가다 갑자기 생각도 하지 못한 일을 당하고 나서 그냥 기독교인이 되었기 때문이다. 그는 의식적인 선택으로 기독교인이 된 것이 아니라 그냥 그렇게 된 것이다.

내가 자유주의자가 된 것을 사도 바울이 기독교인이 된 것에 비유할 수는 없지만, 바울처럼 "내가 왜 자유주의자가 되었는가"에 대한 마땅한 대답은 떠오르지 않는다. 자유주의자가 될 것인가 아니면 다른 주의자가 될 것인가를 깊이 고민하다 자유주의자가 될 것을 의식적으로 선택한 것은 아니기 때문이다. 내가 자유주의자가 된 것은 나의 의식적이고 의도적인 선택이 아니었다는 이야기다. 그냥 어떻게 하다 보니까 자유주의자가 된 것이다. 그것도 바울처럼 단번에 자유주의자가 된 것이 아니라, 이러저러한 일을 계기로 조금씩 자유주의자가 되어 간 것이다. 그러나 '자유주의자가 되었다'고 했지만, 내가 완전한 자유주의자인지는 나 자신도 아직 모르겠다.

함석헌과의 만남

60년대 후반 어느 날 오산중학교 전교생이 운동장에 모였다. 그 날 유명하신 분들이 강연을 위해 학교에 오셨기 때문이다. 그 당시에는 유명한지 몰랐지만, 뒤에 알고 보니 유명한 분들이었다. 한 분은 함석헌, 다른 분은 그분의 스승인 유영모, 또 다른 한 분은 숭실대 안병욱 교수였다. 그분들이 무슨 이야기를 했는지 정확히 기억하지는 못하지만, 나라 발전을 위해 인재가 필요하다는 이야기를 한 것 같다. 함석헌은 오산학교 선배로 학교에 간혹 오셨던 것 같다.

오산중학교는 남강 이승훈이 평안도 정주에 세운 학교로 6·25때 남쪽으로 내려와 서울 보광동에 교정을 마련했다. 이 학교를 세운 남강은 원래 그릇 가게를 운영했는데, 도산 안창호의 강의를 듣고 감동해 사업을 접고 교육에 몰입했다고 한다. 우리들은 그분의 애국심과 오산학교의 일제에 대한 저항정신과 독립정신에 대해서 귀에 못이 박히도록 들었다. 학교 당국은 중학생들에게 민족에 대한 세뇌교육을 했음에 틀림없다. 중학교를 다니면서 내 머릿속에 민족과 애국, 독립과 같은 말들이 각인되어 지금까지 영향을 미치고 있는지도 모른다.

알게 모르게 이런 영향으로 고등학교에 들어가서는 학교 공부보다 이런저런 책을 읽기에 바빴다. 함석헌의 글이 실린 《사상계》도 헌책방을 뒤져 찾아 읽고, 함석헌이 발행한 《씨앗의 소리》도 구해 읽었다. 함석헌의 글을 읽다 보니 간디와 퀘이커에 대해서도 알게 되었다. 《씨앗의 소리》에 실린 함석헌의 글, 퀘이커의 영성 훈련 장소인 '펜들힐의 명상'은 대단히 인상적이었다. 뒤에 시간을 내서 펜들힐에 가보고 싶다는 생각도 하게 되었다. 그러나 필라델피아까지는 갔지만, 그곳 가까이 있는 펜들힐에는 가보지 못했다. 필라델피아 시내에 있는 퀘이커 관련 기관들을 몇 곳 방문했을 뿐이다.

고등학교 때 슈바이처도 감명 깊게 읽었다. 이런 저런 인연으로 기독교를 가까이하게 되었고, 고등학교를 졸업하고 신학교에 진학했다. 경상도 골짜기 유교적인 가정에서 자란 사람이 신학교에 가는 것을 환영하는 가족은 없었다. 그러나 신학교에 입학해 한 학기도 마치기 전에, 신앙과 신학교에서 알게 된 실제 목회자 세계와의 괴리를 메꾸지 못해 신학교를 제 발로 걸어 나와 철학을 공부하게 되었다.

이런 경험들의 주조를 이룬 것은 개인의 인격 완성과 사회봉사가 좋은 삶이라는 인식이다. 춘원 이광수의 〈민족개조론〉의 영향이었는지도 모른다. 사람이 바뀌어야 세상이 바뀐다는 생각이 당시 내 의식을 지배했는지도 모른다. 나부터 시작해서 좋은 사람으로 바뀌면 세상이 좀 더 좋아질 것이라는 믿음을 갖고 있었던 것이다. 그러나 사회를 보는 또 다른 관점이 있다는 것을 알게 되면서, 그것만으로는 부족하다는 것을 알게 되었다. 물론 지금도 이 믿음을 버린 것은 아니다.

같은 땅 다른 나라

오래 전 미국 여행 중에 멕시코에 잠깐 들른 적이 있다. 샌디에이고에서 내려가 미국 국경을 넘어 티화나로 들어갔다. 그런데 완전히 다른 세상이 전개되었다. 미국 인접도시 티화나는 전혀 다른 도시였다. 분위기가 음산해 그냥 핸들을 돌려 미국으로 향했다. 미국으로 재입국하

기 위해서는 꼼꼼한 입국 절차를 밟아야 했다.

이 경험을 통해 나는 사람의 삶을 결정하는 것이 무엇인가를 다시 한 번 생각하게 되었다. 지리적 환경으로 본다면 멕시코와 미국의 캘리포니아는 차이가 없었다. 캘리포니아도 멕시코 땅이었으니 말이다. 그런데 나에게 두 나라는 완전히 다른 나라였다. 두 나라의 차이는 어디에서 오는 것일까? 사람의 차이인가, 제도의 차이인가?

두 나라가 엄청난 차이가 나는 이유는 무엇일까? '코이'라는 비단잉어가 생각났다. '코이'라는 비단잉어의 생태는 신기하다. 사는 공간의 크기에 따라 몸의 크기가 달라진다고 한다. 작은 어항에 넣어두면 5~8센티미터밖에 자라지 못하지만, 커다란 수족관이나 연못에 넣어두면 15~25센티미터까지 자란다는 것이다. 강물에 방류하면 90~120센티미터까지 성장한다고 한다. 이처럼 이 비단잉어의 성체 길이는 환경에 따라 달라진다. 멕시코인과 미국인들의 삶의 양상을 보면서 인간은 '코이' 잉어와 같을지도 모른다는 생각이 들었다. 인간은 태어난 환경에 따라 탱자가 되기도 하고, 오렌지가 되기도 한다는 사실을 새삼 깨닫게 되었다. 1890년대 중반 조선을 여행한 비숍Isabella Bird Bishp도 이와 유사한 이야기를 했다.

비숍의 여행기에 따르면 당시 우리 조상들은 참으로 안타까운 상황에 있었다. 그들은 약하고 나태하고 가난하고 의존적이었다. 소작농들은 정부 관리들과 귀족들의 가혹한 세금 징수 때문에 고통을 받고 있었다. 이런 상황을 목격하고서도 비숍은 한국은 발전 가능성이 충분한 나라라고 단정했다.

부존자원과 농업의 잠재력은 개발되지 못한 채 그냥 방치되어 있었다. 기후는 최상이며 강우량도 풍부했다. 구릉과 계곡에는 철, 구리, 납과 금 같은 지하자원이 있었고 해안선을 따라 풍부한 어장이 개발될 수도 있었다. 온갖 어려움을 견디어 온 강인한 민족이 그 당시 빛을 발하지 못하고 있다고 본 것이다.

비숍은 "불행히도 한국 국민의 잠재된 에너지가 사용되지 않고 있다. 중산층이 진출할 수 있는 길이 열려 있지 않다. 중산층이 그들의 에너지를 쏟을 숙련된 직업이 없다. 하층 계급들은 열심히 일할 기회를 찾는 것은 고사하고 굶어죽는 것을 면하는 것이 급선무였다. 심지어 한양에 있는 가장 큰 상점조차도 제 모습을 갖추고 있지 못했다. 조선의 모든 것은 낮고, 가난하고, 천한 수준에 머물고 있었다"고 한탄하면서 그 원인을 특권 계급의 착취, 관공서의 가혹한 세금, 총체적인 정의의 부재, 고위 공직자들의 약탈 행위, 민중을 공포의 도가니로 몰아넣는 미신에서 찾았다.

그러나 비숍은 조선의 미래에 대해 희망을 잃지 않았다. 그는 조선의 기근으로부터 시베리아로 도망쳐 온 조선의 난민들에게서 희망을 보았기 때문이다. 그들은 시베리아 땅에서 부농이 되었고, 근면하고 훌륭하게 행동하는 성품을 가진 사람들로 변했다. 이들 역시 한국에 있었다면 근면하지도 않고 절약하지도 않고, 여전히 가난했을 것이다. '무엇이 조선인의 고질적인 나태함, 노예근성을 사라지게 하고 주체성과 독립심을 가진 인간으로 변모시켰는가'라고 묻는다. 그는 돈을 벌 수 있는 기회와 양반들의 착취가 사라진 것에서 찾는다. 수탈 없는 세상이 사람들에게 열심히 일할 유인을 제공했다는 것이다. 시베리아에서 조선 사람들의 생활상을 보고 비숍은 조선인은 세계에서 가장 열등한 민족이 아닌

가하는 의심을 버리게 되었다. 그는 시베리아 조선인들의 번영을 보면서 "조선에 남아 있는 민중들이 정직한 정부 밑에서 그들의 생계를 보호받을 수만 있다면, 느리기는 하겠지만 진정한 의미의 '시민'으로 발전할 수 있을 것이라는 믿음을 갖게 되었다"고 고백했다. 그의 믿음이 잘못된 것이 아니라는 사실은 거의 100년 뒤에나 밝혀지게 되었다.

나는 비숍이 목격한 조선의 두 양상을 설명하기 위해서는 강단 철학만으로는 충분하지 않다는 것을 인식하게 되었다. 뒤에 애덤 스미스를 읽으면서 '재산권의 안정'이 보장되지 않는 사회는 절대로 발전하고 번영할 수 없다는 사실을 알게 되었다. 그런 사회에서는 인간의 '자신의 처지를 개선하려는 본능'과 '교환 본능'이 꽃피울 수 없기 때문이다.

마르크스 곁눈질

나는 이런 경험을 통해 사회 체제나 제도의 중요성을 깨우치게 되었다. 인간의 삶에 절대적인 영향을 미치는 것이 사회라는 사실을 일깨워 준 사람은 자유주의자가 아니라 마르크스다. 그는 나보다 100년 이상 앞서 『정치경제학 비판』에서 "인간의 의식이 그들의 존재를 규정하는 것이 아니라, 거꾸로 그들의 사회적 존재가 그들의 의식을 규정한다"라고 했다. 나의 소박한 깨달음을 완벽한 언어로 벌써 오래 전에 설파했던 것이다.

그러나 내가 대학에 다니던 1970년대 중반은 이념적으로 엄혹한 시대였다. 서양 중세와 같이 '금서 목록'이 있었고, 금서를 소지하는 것만으로도 감옥에 갈 수 있었다. 어느 날 나는 친구 자취방에서 마르크스에 대한 서적을 발견하고, 그것을 복사 집에서 복사를 하다 복사 집 주인에게 발견되어 복사물을 압수당하고, 통 사정을 한 적이 있다. 내가 그 복사물을 가지고 있다 걸렸으면, 복사 집 주인도 봉변을 당할 수밖에 없었던 그런 시절이었다. 내가 초등학교 입학할 때 대통령이었던 사람이 졸업할 때까지 대통령이었으니 그럴 수밖에 없는 시절이었다. 그 책은 1982년에 해금되어 번역 출판되었다. 세상이 변한 것이다.

그렇다고 세상이 완전히 변한 것은 아니다. 당시 해금된 책은 학계에서 정평 있는 마르크스주의 비판서로 평가되고 있던 책들이 번역되었을 뿐 마르크스 원전에 대한 접근은 여전히 엄격하게 금지되어 있었다. 철학과를 졸업해 전공을 살려 특별히 할 것이 없었던 시절이라 그냥 대학원에 진학했다. 대학원에 진학해 그 당시 유행하던 프랑크푸르트학파를 공부하려고 했지만 지도교수의 만류로 그만둘 수밖에 없었다. 그 당시 헤겔과 프랑크푸르트학파는 마르크스로 나아가는 우회로로 여겨졌다. 이 사실을 김일성대학교를 다니다 월남한 교수가 모를 리가 없었다. 그는 누구보다도 사상과 이념의 위험성을 잘 알고 있었다. 그는 프랑크푸르트학파와 이념 논쟁을 벌였던 포퍼Karl Raimund Popper를 권했고, 그것도 그의 사회철학이 아니라 과학철학을 권했다.

그의 지도를 따라 '과학과 비과학의 구획기준으로서 반증 가능성'이라는 주제로 석사학위를 받고 박사과정에 진학했다. 포퍼를 읽으면서 마르크스에 대한 애정은 많이 식었다. 포퍼에 따르면 마르크스는 사이비 과학자에 불과하고, 마르크스가 권장한 사회혁명의 방법으로는 더 좋은 사회를 건설할 수 없다. "지옥으로 가는 길은 선의로 포장되어 있고, 이 세상을 천국을 만들려는 시도는 결국 지옥을 만들고 말았다"는

포퍼의 주장에 공감하게 된 것이다. 그러나 아직도 내 책꽂이에는 마르크스 전집과 그에 관한 연구서들이 빼곡히 꽂혀 있다. 마르크스 전집을 가지고 있다고 해서 마르크스주의자는 아닌 것이다.

나는 마르크스를 읽으면서, 항상 가난에 찌든 아들을 보고 "자본을 연구만 하지 말고, 자본을 좀 벌어보라"고 충고한 마르크스의 어머니의 세속적인 지혜를 익히게 되었다. 이렇게 익힌 지혜는 '부富를 옮기는 사람'보다 '부를 생산하는 사람'에 관심과 존경심을 갖게 되었다.

공병호와의 만남

내가 '자유주의자'라는 이름을 갖게 되는 데 결정적인 역할을 한 사람은 공병호다. 대학에 다닐 때부터 알고 있던 공병호가 어느 날 갑자기 하이에크의 『치명적 자만』 번역을 제안해 왔다. 그때까지 나는 주로 과학철학의 전문서를 번역하고, 과학철학 관련 연구서를 출판했다. 하이에크는 낯선 인물이었다. 물론 포퍼를 공부하면서 하이에크와 포퍼 사이의 긴밀한 관계를 알고 있긴 했지만, 그들이 고향 친구 이상으로 어떤 학문적 공통성을 갖고 있는지는 알지 못했다.

그들은 서로 책을 헌정하는 사이였다. 포퍼는 하이에크를 자신의 인생을 바꾸어 준 사람이라고 고백했다. 하이에크는 포퍼를 자신의 세미나에 초청해 발표의 기회를 주기도 하고, 『열린사회와 그 적들』을 발간해 줄 출판사를 찾지 못해 애를 태우고 있을 때, 출판사를 주선해 주었다. 뿐만 아니라 뉴질랜드 변방에서 철학 선생을 하고 있는 포퍼를 런던으로 불러 교수자리를 마련해 주었다.

하이에크의 문장은 포퍼의 문장과 달리 쉽게 읽혀지지가 않았지만, 계약을 했으니 중도에 포기할 수도 없었다. 『치명적 자만』의 한국어 번역본은 1996년 말에 출판되었다. 나는 『치명적 자만』을 번역하면서 새로운 또 하나의 세계에 눈을 뜨게 되었다. '자생적 질서'라는 하이에크의 말에 매료되었다. 나는 '자생적 질서'라는 말을 습득함으로써 '국가에 대한 신뢰'에서 벗어나게 되었다. 그리고 하이에크의 사회철학이 포퍼와 '가족 유사성'이 있다는 사실도 알게 되었다. 그들은 그들이 체험했던 공산주의와 히틀러의 전체주의라는 '역사적 폭력'에 '열린사회'와 '자생적 질서'라는 언어로 대항했던 것이다. 『치명적 자만』의 번역을 계기로 나의 머릿속에 '자유주의'라는 새로운 언어가 씨를 뿌린 것이다.

『치명적 자만』을 번역하면서 내 내면에서 일어난 변화가 있다면 그것은 그동안 아무런 관심이 없었던 경제학의 중요성을 깨닫게 된 것이다. '경제학'을 '돈'의 사촌쯤으로 여기는 낡은 사고방식에서 벗어나 인간과 사회를 이해하고 설명하는 넓고 깊은 학문으로 인식하게 되었다. 뿐만 아니라 경제학을 조금씩 알아 가면서 '추상 명사'로만 인식하던 삶의 구체성을 조금씩 깨닫게 되었다. "인류를 사랑한 적은 없지만, 쓰레기통 옆에 버려진 아이를 돌본 적은 있다"고 말한 어느 성인의 말을 조금 이해할 수 있게 된 것이다.

또 다시 공병호의 권유로 1999년에 『포퍼의 열린사회와 그 적들』을 자유기업센터에서 출간했다. 이 책을 쓰면서 나도 포퍼가 말하는 의미에서 '자유주의자'라는 사실을 알게 되었다. 포퍼는 "나는 자유주의자를 어떤 정당에 동조하는 사람이란 의미로 사용하지 않고, 단지 개인의 자유를 존중하고 모든 형태의 권력과 권위가 안고 있는 위험을 민감하게

포착하는 사람이라는 의미로 사용한다"라고 했다. 나아가 그는 "나는 개인의 자유를 찬성하며, 단지 한 개인으로서 국가의 폭력과 관리의 횡포를 증오한다. 그러나 유감스럽게도 국가는 필요악이다. 국가가 없으면 아무 일도 되지 않는다. 슬픈 일이지만 사람이 많아질수록 국가도 많아진다는 것은 타당하다"고 말한다. 나는 포퍼가 설정한 자유주의에 동의한다는 의미에서 자유주의자다.

공병호의 권유로 시작한 책 두 권의 발간은 나의 학문적 여정에 하나의 전환점이 되었다. 강단철학에서, 과학철학이라는 전문분야에서 한 걸음 나와 인간과 사회, 역사를 좀 더 실제적인 관점에서 사유할 수 있는 또 다른 지적 세계를 개척하게 되었다. 1997년 자유기업원이 출발하면서, 청탁받아 쓰기 시작한 칼럼은 논문을 벗어나 새로운 글쓰기 훈련의 장이 되었다. 뿐만 아니라 자유기업원을 허브로 많은 사람들_{자유주의자들}과 지적 교류를 할 수 있었던 것도 나의 학문적 인생에 큰 도움이 되었다.

자유주의자도 가져야 할 좌파적 문제의식

나는 지금까지 '자유주의자'가 어떤 사람인가를 정확히 정의하지 않고 '자유주의자'라는 말을 사용해 왔다. 자유주의자를 정의도 하지 않은 채 '나는 자유주의자'라고 전제해 온 것이다. 그러나 무슨 주의자가 된다는 것은 나에게는 부담스러운 일이다. 구약 성경의 예언자들은 "형제여, 나는 합의를 원한다'라고 말하지 않았다. 그들은 '이것이 나의 믿음이다. 나는 이것을 열렬히 믿는다. 당신도 나와 같이 이것을 믿으면, 우리 함께 가자'라고 했다"라고 말한 대처보다는 "나는 나의 글을 통해 다른 사람들의 생각하는 수고를 덜어주고 싶지 않다. 오히려, 가능하다면 사람들이 자신의 사고에 이르도록 북돋워 주고 싶다"는 비트겐슈타인Ludwig Wittgenstein에게 마음이 쏠리기 때문이다. 나는 아직도 하이에크가 말하는 '자유주의 전사戰士'는 되지 못하고, 자유주의 지식의 '중개상仲介商'에 머물고 있는 것이다.

나는 제한적인 의미의 자유주의자로서 "빈곤의 처참함이 자연의 법칙에서 기인한 것이 아니라 인간이 만든 제도에서 기인한 것이라면 우리의 죄는 막중하다"는 찰스 다윈의 말에는 공감한다. 뿐만 아니라 "강자가 아닌 약자의 편에, 억압하는 사람이 아닌 억압받는 사람의 편에, 괴롭히는 사람이 아닌 괴롭힘을 받는 사람의 편에 서고 싶다", "세상에 존재하는 엄청난 고통과 수난을 조금이라고 줄이기 위해 무엇인가를 하고 싶다"라는 생각을 가진 사람을 좌파로 규정한 피터 싱어Peter Albert David Singer적 의미의 좌파라면, 이렇게 제한적 의미의 좌파라면, 자유주의자도 좌파적 문제의식은 있어야 한다고 생각한다.

싱어는 "우리가 노력을 기울이기만 하면 해결할 수 있는 약자와 빈자의 문제에 무관심하고, 착취받고 괴롭힘을 당하는 존재들이 느끼는 고통에 관심을 갖지 않는다면, 그리고 인간에게 필요한 최소한의 조건조차 보장받지 못하는 사람들의 고통 앞에서 주저한다면, 우리는 더 이상 좌파가 아니다. 만일 세상이란 곳이 원래 그렇고 또 앞으로도 그러할 것이라고 이야기한다든지, 또는 여기서 우리가 할 수 있는 일이 없다고 말한다면 우리는 좌파일 수 없다. 좌파는 이러한 상황에서 뭔가를 하고자 하는 사람들이기 때문이다"라고 했지만, '이러한 상황에서 뭔가를 하고자 하지 않는다'면 그는 만족스러운 자유주의자는 될 수 없다고 생각한다. 자유

주의에 대한 나의 믿음은 포퍼의 다음과 같은 말에 근거하고 있기 때문이다. "우리가 알고 있는 모든 사회체제에는 불의와 억압, 빈곤과 결핍이 존재했다."

우리가 살고 있는 서구 민주주의 사회도 예외는 아니다. 그러나 우리 체제는 이 악들과 투쟁하고 있다. 그리고 나는 우리가 알고 있는 어느 사회보다 이 사회에 불의와 억압, 빈곤과 결핍이 적다고 믿는다. 우리가 살고 있는 서구 민주주의 사회도 여러 면에서 완전하지 못하고 개선의 여지가 있지만, 지금까지 존재한 사회 가운데 가장 좋은 사회다. 그리고 계속적인 개선이 이루어져야 한다. 그러나 모든 정치이념 가운데 가장 위험한 이념은 아마도 인간을 완전하고 행복하게 만들려는 희망이다. 이 땅에 천국을 만들려는 시도는 언제나 지옥을 만들었다.

나는 '좌파의 꿈'은
자유주의를 통해 효과적으로 실현될 수 있다고 믿는다

나는 요즘 두 다리로 자전거 페달을 밟는 재미에 푹 빠졌다. 자전거를 타 본 사람은 안다. 흙길을 달리는 것보다 아스팔트길 위를 달리는 것이 얼마나 쾌적한가를. 그러나 아스팔트가 그냥 자연적으로 생긴 것은 아니다. 누군가의 노력으로 생성된 것이다. 아스팔트 위에서 자전거를 타는 사람들은 그냥 '프리라이더free rider, 무임승차자'일 뿐이다. 물웅덩이와 흙길이 많아 자전거 타기가 불편하다고 불평하는 것만으로 아스팔트길이 생기지는 않는다.

황수연 (경성대학교 행정학과 교수)

'한 우물을 파지 못하고 산만한 사람'이라 스스로 말하지만, 사회의 다양한 현상들을 궁금해하고 그것을 움직이는 원리를 찾고자 하는 전형적인 학자 스타일이다. 대학에서 공공선택론과 오스트리아학파 이론을 연구하고 가르치고 있으며 이를 널리 알리기 위한 번역, 집필활동을 하고 있다. 고든 털럭과 루드비히 폰 미제스, 랜들 홀콤의 글을 좋아한다.

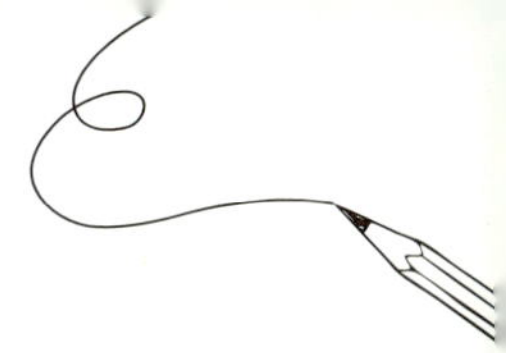

공공선택론과 오스트리아학파 이론을 공부하다가

탐색의 시간

이 글에서 나는 '나는 왜 자유주의자가 되었는가?'라는 질문에 답하기보다는 '나는 어떻게 자유주의자가 되었는가?'라는 질문에 답하려고 한다. 이러한 질문에 대한 답으로 먼저 나의 기질이 후보가 될 법하다. 남의 간섭을 받기 싫어하고 남에 대한 간섭도 안 하는 편인 기질, 그리고 군거성이기보다 독거성인 기질, 그런 것들이 나를 자유주의자로 만드는 데 도움이 되었을지 모른다. 그러나 기질만 가지고는 자유를 좋아하는 사람이 될 수 있을지언정 자유주의자가 될 수는 없을 것이다. 자유주의자가 되기 위해서는 자유와 관련해 무엇을 배웠느냐가 중요할 것인데, 나는 우연히 공공선택론과 오스트리아학파 이론을 공부하다가 자유주의자가 되었다.

나는 자유주의자란 사회적 협동을 위해서 정부의 강제는 최소한으로 줄이고 시장과 자발적 협동에 의존하는 것이 최선이라는 신념을 가지고 있는 사람이라고 규정하고 싶다. 나는 이러한 신념을 지니고 있으므로 자유주의자의 반열에 오를 자격이 있지 않나 조심스럽게 권리 주장을 해본다. 그런데 어떤 것에 신념을 가진다는 것은 그것을 옳다고 여긴다는 것인데, 그렇게 되기 위해서는 먼저 그것을 접하고 배워야 한다.

나는 학문적으로 원래 한 주제를 깊이 파기보다는 주제넘게 이 분야도 들여다보고 저 분야도 건드려 보는 좀 산만한 사람이었다. 이것저것 집적거리고 싫증도 쉽게 느껴 진득하게 한 우물을 파지 못했다. 대학에서는 경영학을 전공했지만 이것만으로는 만족스럽지 못해 부전공으로 법학을 공부했다. 법학도 만족스럽지 못하기는 마찬가지여서 대학원에서는 정책학과 행정학으로 전공을 바꾸기도 했다. 왜 이렇게 갈팡질팡했을까?

나에게 이런 학문들은 사회 현상이 일어나는 원인을 설명해주는 체계와 이론을 결여하고 있는 것으로 여겨졌다. 나는 사회의 움직임에 관심이 있어 사회의 움직임을 하나의 거대한 이론적 체계 밑에서 설득력 있게 설명하는 이론을 배우고 싶었다. 이론적 체계라는 면에서 수학이 대안이 될 수 있었다. 박사과정을 수료하고 뒤늦게 수학 공부를 하겠다고 카이스트 대학원 수학과에 들어갔던 것도 그런 생각을 가졌기 때문이다. 그러나 나중에 수학이 사회 현상을 설명하는 효율적인 방법이 아니라는 결론을 내렸고, 중도 포기했다. 물론 수학을 한다는 것이 능력에 부치기는 했다. 그렇지만 만약 효율적이라고 생각했더라면 포기하지는 않았을 것이다. 경제학 역시 이론적이긴 했지만 학교에 다니면서 배운 경제학은 사회 현상을 설득력 있게 설명해주지 못했다.

공공선택론과 오스트리아학파 이론을 공부하다가

공공선택론에 접하다

석사 과정을 마치고 1982년 1월부터 한국개발연구원KDI에서 연구원으로 근무하고 있었다. 어느 날 KDI 도서관에서 앤서니 다운스 Anthony Downs라는 학자가 쓴 『An Economic Theory of Democracy』라는 책을 우연히 접하게 되었다. 정당 이야기하는 것을 보니 정치학 책 같았는데 그때까지 읽었던 정치학 책과는 전혀 달랐다. 서술되어 있는 방식이 논리적인 것이 꼭 기하학 같았다. '참 희한한 책도 있네'라고 생각하면서 복사해서 시골에 갈 때 가지고 다니면서 읽었다. 이것이 공공선택론 분야의 책이라는 것을 그때는 잘 몰랐지만, 공공선택론에 접한 최초의 책이었던 것으로 여겨진다.

공공선택론은 박사과정에 있으면서 재정학의 한 부분으로 혹은 정치경제학이라는 이름의 강좌에서 조금씩 알게 되었다. 그러나 교과서의 한 부분으로 읽는 이론은 재미도 없고 지적 욕구를 충족시키지도 못했다. 저서와 논문을 읽어야 묘미가 있었다. 1984년 9월부터 계량분석을 가르치는 교수로 경성대로 옮기게 되었고 이것저것 강의를 했지만, 공공선택론에 비공식적인 관심을 키우며 독학으로 공공선택론에 관한 국내외 저서와 논문을 조금씩 읽어 나갔다.

그 당시 입수할 수 있는 공공선택론에 대한 저서와 논문은 많지 않았다. 그렇지만 이런 독서를 통해 공공선택론에 대한 확신이 조금씩 굳어졌다. 공공선택론은 알고 싶은 정치·행정 현상을 이론적, 체계적으로 설득력 있게 설명하고 있었다.

영문 저서와 논문은 읽는 데 상당한 인내가 요구되었는데, 입수되는 순서대로 자료를 읽다 보니 기초부터 차근차근 읽을 수 없었기 때문이었다. '경제학적 제국주의'에 관해 쓴 고든 털럭의 글을 해운대 집 근처 동산 잔디밭에서 어렵게 읽어 나가던 기억이 난다. 털럭은 이 글에서 '앞으로의 사회과학은 크게 두 부분으로 나누어질 것이다, 심리학과 경제학이 그것이다, 심리학은 선호가 어떻게 형성되는가를 다루고, 경제학은 선호가 주어졌을 때 사람들이 행하는 선택을 다룬다, 경제학은 정치·행정 현상, 법 제도, 생물학 등에 적용된다'는 이야기를 하고있었다. 분과 사회과학들이 경제학으로 통합된다는 주장이 퍽 인상적이었다. 어쨌든 그런 글을 읽으면서 '아, 이거다!' 하는 믿음이 더욱 강화되었다.

힘들게 독학하던 차에 미국에 가서 자료도 얻으면서 저명한 공공선택학자로부터 배우고 싶다는 생각이 들었다. 그래서 풀브라이트 교환교수를 신청하게 되었고 고맙게도 장학금을 받게 되었다. 한미교육위원단 KAEC으로부터 방문하고 싶은 학자 세 사람을 적어 내라는 주문을 받았을 때 고든 털럭, 맨서 올슨Mancur Olson, 랜들 홀콤Randall G. Holcombe 순으로 적어냈다. 그러면서 털럭은 워낙 유명한 분이니까 시간도 없을 것이고 좀 귀찮아할 것이라 생각했다. 그런데 그분으로부터 자기가 외교관으로 한국에서 근무했으며 전쟁 중에는 부산에도 있었다는 이야기와 함께 애리조나 대학으로 기꺼이 초청한다는 편지를 받았다. 참으로 기뻤다.

털럭을 따라다니다

1991년 9월, 나이 40이 다 되도록 비행기를 타 본 적도 없고 아직 제주도 여행도 안 해 본 터에, 난생 처음으로 바다 건너 미국에 도착했다. 아무런 준비 없이—한미교육위원단이 준비를 잘 해 준 탓도 있다—미국에 갔다. 집사람은 6살 아들의 손을, 나는 3살 딸의 손을 잡고 다른 사람들을 따라 출구를 향해 걸을 때는 좀 불안하고 어리벙벙했다. 그러나 출구에 이르러 어디서 뵌 것 같은 낯익은 노老교수님이 A4 용지에 'Sooyoun Hwang'이라고 써서 들고 계시는 것을 보았을 때의 그 감격과 감사함은!

교수님의 차에 짐을 실은 후 교수님으로부터 책 한 권을 받았다. 존슨David B. Johnson이 쓴 『Public Choice』라는 책이었는데, 가을 학기의 공공선택론 과목 수업 교재였다. 그 수업은 내 최초의 체계적인 공공선택론 수업이 된다. 호텔로 달리는 차 안에서 내다보는 투산Tucson의 바깥 풍경은 야자수, 선인장 등 참으로 낯설고 이국적이었다. 내가 앞으로 평생 전공하려고 결심한 공공선택론이 처음에는 낯설고 이국적이었던 것처럼.

교수님이 잡아 주신 호텔에서 하룻밤을 묵고, 다음 날 교수님이 예약해 주신 학교 앞 아파트에 계약을 한 후 짐을 풀었다. 그날 밤 우리 가족은 털럭 교수님의 초대로 고급 레스토랑에서 저녁을 먹게 되었다. 딸아이는 받침대 있는 의자에 앉아 흡족한 미소를 띠면서 음식을 맛보는데 아들놈은 계속 떠들면서 까불고 있었다. 내가 눈짓으로 위협해도 막무가내였다. 교수님이 알아보시고 아이들은 원래 그러니까 괜찮다고 하시면서 선택의 자유를 제한하지 말라고 하셨다. 그분으로부터 자유에 대해서 처음 들은 말이다.

교수님 댁으로 갔다. 딸아이가 거실에 들어가기 전에 문지방에 걸터앉아 신발을 벗으려고 하니, "오, 아니야, 대통령도 백악관에서 신발 신고 다녀"라고 하셨다. 유머가 풍부한 분이라는 것을 직감하게 되었다. 언젠가는 교수님께 공공선택론을 학교에서 배우지 않아서 잘 모른다고 했더니 자기도 배우지 않았다고 하셨다. 노벨상 이야기가 나와 교수님이 노벨상을 타셨으면 좋겠다고 하니, 자기도 탔으면 좋겠다고 하셨다. 유머로 상대방을 즐겁게 해 주시는 분이지만, 학문에서는 상대방을 가리지 않고 신랄하게 비판하는 분이었다. 이 점 때문에 노벨상을 못 받는다고 이야기하는 분들이 여럿 있었다.

1997년에 또 투산에 가게 되었다. 투산에 더 친숙해졌으며 투산을 더 좋아하게 되었다. 공공선택론도 더 친숙하게 되고 더 좋아지게 되었다. 조지 메이슨 대학으로 옮기신 교수님을 따라 2004년에는 버지니아 주 페어팩스에 있는 공공선택연구소로 갔다. 교환교수로 갈 때마다 내 나름대로 최선을 다해 공공선택론을 배웠다. 털럭 교수님의 모든 강의뿐만 아니라, 다른 교수들의 게임이론 강의, 실험경제학 강의 등 최대한 강의를 많이 들었다. 교수님은 대개 점심 때마다 나를 데리고 다니셨다. 영어실력이 부족했고 특히 털럭 교수님의 발음은 알아듣기 힘들었지만 최대한 배우려고 노력했다.

털럭 교수님은 나에게 정말 많은 사랑을 베풀어 주셨다. 학문적 가르침은 물론이고, 우리 가족이 고급 레스토랑에서 프랑스 요리와 이탈리아 요리 같은 고급 음식을 맛볼 수 있는 기회도 많이 주셨다. 수많은 책

들을 선물로 받았고, 식기를 비롯한 가재도구 등 소소한 것까지 받은 것이 너무 많다. 인간의 사익 가정에 토대를 두고 이론을 구축하신 분이지만 아주 이타적인 분이었다. '이성은 감정의 노예'라고 했던가. 털럭 교수님이 나에게 사랑을 베풀어 주시니 나도 털럭 교수님을 좋아하게 될 수밖에 없었고, 공공선택론을 더 많이 공부하게 되었을 뿐만 아니라 공공선택론을 더 좋아하게 된 결과 자유주의에 대한 신념이 강화되는 선순환이 일어났다.

공공선택론은 기본적으로 정부 실패의 이론이다. 공공선택론을 공부하니 정부가 지닌 결함을 더 잘 이해할 수 있게 되었고 그 결과 자유 시장의 장점을 더 잘 인식하게 되었다. 점차 경제적 자유주의자가 되게 된 것이다. 좌파 학자들의 주장을 읽거나 들어보면 그 사람들이 잘못된 주장을 하는 근본 원인이 기본적으로 공공선택에 대한 이해 결여에서 비롯됨을 알게 되는 경우가 많다.

요즘 언론에서 크루그먼Paul Krugwan과 스티글리츠Joseph Stiglitz 등이 정부 종사자들의 잘못된 행동 가정에 근거해 잘못된 이론과 처방을 많이 제시한다. 정치가나 관료는 공익을 추구하지도 전지하지도 전능하지도 않은데, 그들은 그렇게 가정한다.

오스트리아학파 이론에 관심을 가지다

털럭 교수님이 공공선택론이라는 새로운 분야를 개척하게 된 것은 루트비히 폰 미제스의 『인간행동』을 읽으면서라는 것을 알게 되어 나도 미제스에 관심을 가지게 되었다. 교수님은 그 책을 여러 번 읽었다고 하셨다. 미제스는 우리가 경제학이라고 부르는 분야를 교환학이라고 부르고 이것 외에도 교환을 다루지 않는 인간행동을 포함해 널리 인간행동학이라는 거대한 사회과학 체계를 구축하려고 했다. 인간행동학이란 결국 교환학과 공공선택론이라는 두 부분으로 나뉠 수 있다고 바꾸어 말할 수 있다. 나는 사회 현상을 설득력 있게 설명하는 미제스의 거대한 이론 체계에 매력을 느꼈다. 언젠가는 부산에서 멀리 앨라배마 오번까지 가서 미제스 연구소의 '인간행동 세미나Human Action Seminar'에 참여해 하루 8시간씩 1주일 동안 강행군으로 공부하기도 했다.

오스트리아학파에 관심을 기울인 것은 그것이 정책적 처방에서 공공선택론과 생각이 상당히 비슷했기 때문이다. 버지니아학파의 공공선택론은 기본적으로 신고전학파에 속하므로 오스트리아학파 이론과는 방법론 면에서 다르다. 신고전학파와 오스트리아학파는 연구 초점이 균형이냐 불균형혹은 과정이냐, 연구 목적이 현상의 예측이냐 이해혹은 설명냐에 따라 차이를 보인다. 그러나 자유주의 정책 처방을 제시하는 점에서는 두 이론이 일치한다.

공공선택 운동의 두 거두 제임스 뷰캐넌과 고든 털럭은 오스트리아학파와 관련이 있다. 털럭이 미제스의 영향을 받았듯이, 뷰캐넌은 하이에크에 관심이 많았다. 이론의 기본 가정에서 뷰캐넌은 크누트 빅셀Johan Gustaf Knut Wicksell의 영향을 받아 만장일치 합의를 강조한다. 털럭은 미제스의 영향을 받아 인간의 사익을 강조한다. 스웨덴 학자 크누트 빅셀도 오스트리아학파 학자로 간주되므로, 뷰캐넌과 털럭 모두 오스트리아학파와 관련 있는 셈이다. 뷰캐넌은 헌법적 정치 경제론 쪽을, 털럭은 지대 추구론 쪽을 특화해 나갔는데, 그것은 아마도 그들이 서로 다

른 기본적인 가정들을 강조했기 때문일 것이다. 미제스의 『관료제』를 읽어 보면 털럭의 지대 추구 개념과 유사한 개념을 볼 수 있다.

사실상 공공선택론자이면서 오스트리아학파 이론가인 랜들 홀콤 같은 학자도 있다. 풀브라이트 교환교수로 나갈 때 세 번째 후보로 홀콤 교수를 적어냈던 것은 그가 글을 명쾌하게 쓴다는 점 때문이었다. 그는 버지니아 공대에서 뷰캐넌과 털럭에게 배웠고 박사 학위 지도교수가 뷰캐넌인 공공선택학자지만 또한 오스트리아학파 학자이기도 하다. 나의 관심이 공공선택론과 오스트리아학파 이론 양쪽에 겹치기 때문에 자연적으로 그의 글에 관심을 많이 가지게 되었다.

홀콤은 한국의 경제 정책과 관련해 좋은 논문을 쓴 바 있다. 그 글은 한국의 경제성장이 어떻게 가능하게 되었는지 설명할 뿐만 아니라 앞으로 한국이 경제성장을 위해서는 어떤 방향의 정책을 실시해야 할 것인지에 대해 시사한다. 한국의 경제성장과 관련해 학자들은 한쪽에서는 그 답을 산업정책에서 찾고 다른 쪽에서는 경제민주화에서 답을 찾는다. 이쪽이 옳은가 저쪽이 옳은가 논쟁이 있지만, 홀콤에 따르면 답은 그 어느 것도 아니라는 것이다. 산업정책은 정치적으로 대기업을 돕는 것이고 경제민주화는 정치적으로 노동계를 돕는 것으로, 다 정치적으로 해결하겠다는 것이기 때문에 공공선택론의 시각으로 볼 때 문제가 많고, 따라서 답은 자유방임 자본주의라는 것이다.

나는 기본적으로 공공선택론자이면서 오스트리아학파 이론가다. 양쪽에 관심을 가지고 글도 읽고 강의도 듣는다. 오늘날 경제학을 크게 왼쪽부터 오른쪽으로 마르크스 경제학, 케인즈 경제학, 시카고학파 경제학 그리고 오스트리아학파 경제학의 네 부류로 나눌 때, 왼쪽 두 이론

들의 오류는 쉽게 눈에 들어오는데, 오른쪽 두 이론들은 서로 대립되는
주장을 할 경우 어느 쪽이 옳은지 판단하기가 어려울 때가 종종 있다.
기본적으로 자유주의 경제학이라 할 수 있는 오른쪽 두 경제학은 연구
방법이나 내용에서 차이가 있다 하더라도, 자유주의 제도적 처방은 대
체로 일치하는데, 때때로 양쪽의 의견이 심하게 대립될 때도 있다.

사상의 자유 경쟁으로 다져지는
자유주의 사상

하나의 예가 금 본위제에 관한 것이다. 경제적 자유와 제한된 정
부의 옹호자들 모두가 금 본위제를 주장하지는 않았다. 20세기 후반 지
폐 본위제의 가장 유명한 옹호자는 자유주의자 밀턴 프리드먼이었다.
미제스 등 오스트리아학파 학자들이 금 본위제를 주장한 반면 시카고
학파의 프리드먼은 지폐 본위제를 옹호했던 것이다.

밀턴 프리드먼은 금 본위제를 유지하는 것이 사회적 자원의 낭비라
고 주장했다. 남아프리카공화국 땅속에서 금을 캐어 배에 싣고 와서 미
국 포트 녹스에 파묻는 것은 어리석은 짓으로, 그 과정에서 인력, 재료
그리고 기계를 낭비하게 된다는 것이다. 그런 희소 자원은 사람들의 생
활수준을 올릴 수 있는 일상적인 재화와 서비스를 생산하는 데 사용되
어야 한다는 것이다. 그래서 지폐 본위제를 사용해야 한다는 것인데, 그
렇다면 중앙은행의 자의성은 어떻게 통제할 것인가? 밀턴 프리드먼은 화
폐 '준칙'을 설정하는 것에서 그 답을 찾으려고 했다. 지폐 공급을 매년
소규모의 일정률, 이를테면 3~5%로 증가시키고 통화 관리자에게 재량

을 주지 말라고 제안했다.

그러나 노벨 경제학상을 수상한1976 후 프리드먼은 이러한 화폐 처방을 재고하게 되었다. 1986년의 논문 「불환 지폐의 자원 비용The Resource Costs of Irredeemable Paper Money」에서 그는 20세기에 정부와 중앙은행에 의해 야기된 잘못된 화폐 관리와 실수를 검토해 볼 때 '화폐 체제의 기초로서 금을 채굴하고 주조하고 저장하는 비용이 지폐 인플레이션과 중앙은행의 화폐 및 이자율 조작으로 야기된 경기 순환의 호황과 불황 때문에 사회에 부과된 파괴적이고 교란적인 비용보다 훨씬 더 적었을 것'이라고 주장했다.

또한 1985년 서부 경제학회 회장 취임 연설인 '경제학자들과 공공 정책Economists and Public Policy'에서도 그는 화폐제도를 어떤 가상적인 '공익'에 따라 관리하는 것이 정부나 중앙은행의 장기적 자기 이익이 결코 아닐 것이라는 공공선택론에 의해 설득되었다고 말했다. 정부에 있는 사람들이나 화폐 인쇄기의 레버를 잡고 있는 사람들은 항상 화폐 팽창으로 쌓을 수 있는 단기적 정치적 이득의 유혹과 압력을 받기 쉬울 것이기 때문이라는 것이다. 그리하여 그는 정부와 중앙은행에 화폐 준칙에 대한 자기의 견해를 따르게 하려고 애썼던 것이 '시간 낭비'였다고 인정하게 되었다.

자유주의자는 이제 금 본위제에 대한 확신을 더 가질 수가 있다. 혹자는 내가 스스로 생각하지 않고 대학자의 권위에 의존하려는 사대주의적 태도를 보인다고 나를 비난할지 모르나, 미제스와 프리드먼이 의견 일치를 보았다는 것은 우리 자유주의자에게는 반가운 소식임에 틀림없다. 또 시카고학파가 버지니아학파의 공공선택론을 수용하는 모습을 보는 것도 흐뭇하다. 물론 넓게 보면 버지니아학파도 시카고학파에 속하긴 하지만 말이다.

버지니아학파 내에서도 의견이 대립된다. 뷰캐넌은 계량경제학 기법을 사회 현상 연구에 별로 도움이 안 되는 것으로 생각한다. 대신 게임 이론은 유용하다고 생각한다. 털럭은 게임 이론도 계량분석도 다 유용하다고 생각한다. 후자에 대해서는 그가 미제스의 영향을 받았는데도 그렇다. 방법론뿐만 아니라 제도적 처방에서 의견이 대립되기도 한다. 예를 들면 상속세와 관련한 첨예한 의견 대립이다.

털럭은 상속 재산에 과세하는 것을 좋아하지 않는데, 그래도 만약 상속 재산에 과세해야 한다면 조세는 정부 세입을 극대화하는 금액을 넘어서는 안 된다고 주장했다. 반면 뷰캐넌은 사실상 부의 상속을 전적으로 폐지할 것을 지지했다. 그는 설사 부유한 사람들로부터 걷는 세입이 더 낮아지는 결과가 된다 할지라도 상속 재산을 줄이고 싶어 했다. 참고로 뷰캐넌은 결혼을 했지만 자녀가 없고, 털럭은 결혼을 하지 않아서 역시 자녀가 없다. 털럭은 학부에서 법과 대학으로 월반해 학사 학위가 없다. 그는 대학이 요구하는 5달러를 부당하다며 내지 않았고 그 결과 학사학위bachelor's degree를 받지 못했다. 그렇지만 독신bachelor이다.

이렇게 자유주의 경제학 내에서도 학자들은 서로 선의의 아이디어 경쟁을 하고 있다. 공공선택론과 오스트리아학파 경제학은 연구 방법이나 실체적 내용에서 차이가 있지만, 경제적 자유와 제한 정부라는 목표는 같다. 나는 공공선택론과 오스트리아학파 이론을 공부하다가 자유주의자가 되었다. 처음에는 혼자 이 분야들을 공부하다가, 2005년 말경 한국 하이에크 소사이어티에 가입하게 되었고, 나뿐만 아니라 많은 학

자들이 나와 비슷한 생각을 가지고 있다는 것을 알게 되었다. 나는 그들로부터 학문적으로나 학문 외적으로 많은 도움을 얻고 있다. 나 또한 그들에게 학문적으로 도움이 되고 싶은데, 그러기 위해서는 공공선택론과 오스트리아학파 이론을 더 열심히 공부해야 할 것이다.

조동근 (명지대학교 경제학과 교수)

"사상의 무게가 저울의 기우는 방향을 결정한다"는 말을 마음에 새기며 물결을 일으키는 바람을 보고자 끊임없이 배우고 연구하는 경제학자. '가격기구의 정보적 효율성'을 수리적으로 논증했으며, 현재는 대학에서 경제학을 가르치고 있다. 인간은 모두 자기 경험의 노예이므로, 누구든 그 함정에 빠지지 않도록 늘 스스로를 돌아봐야 한다고 역설한다. 자유의 짝은 '책임, 자조, 배려'라고 믿는 따뜻한 자유주의자.

많은 사람들이 들어서지 않는 좁은 길이기에

질문, 그리고 성찰의 시간

　'나는 왜 자유주의가자 됐는가?'라는 주제로 원고를 청탁받았을 때, 나는 한순간의 망설임도 없이 승낙했다. 평소에 자유주의 확산을 위해 이러한 책이 만들어져야 한다고 생각했기 때문이다. 하지만 승낙을 하고 나니 흔히 하는 말로 머리에 '쥐가 나기' 시작했다. 내가 이런 글을 쓸 자격이 있는가에 대한 합리적인 의문을 떨칠 수 없었기 때문이다. 고민 없이 너무 쉽게 생각하고 응낙한 것이 이내 후회가 됐다. 하지만 이미 시위를 떠난 화살을 되돌릴 수는 없는 법이다. 스스로 성찰하고 자문했다. 그동안 내 삶의 철학과 자세에 비춰볼 때 내가 과연 자유주의자 인지, 그리고 무엇이 나로 하여금 자유주의의 길로 들어서게 했는지.

　이 책의 기획 의도가 기성 자유주의 학자의 자전적 소회를 묻는 것만은 아닐 것이다. 그렇다고 엄정한 논리 전개에 바탕을 둔 자유주의 전문서적 출판은 더욱 아닐 것이다. 이 프로젝트에 참여한 인사들의 무언의 초점은, 이 땅의 젊은 세대들에게 보다 편한 문체로서 자유의 가치를 설명하고 '왜 자유주의의 길에 동참해야 하는가'를 설득하는 것일 것이다. 일찍이 미제스는 궁극적으로 저울을 기울게 하는 것은 '사상'의 무게라고 설파했다. 척박한 이 땅에 자유주의가 뿌리내리는 데 이 글이 하나의 작은 밀알이 되었으면 한다.

프로스트의 '가지 않은 길'

프로스트 Robert Frost의 '가지 않은 길'은 잘 알려진 시다. 나는 문학도는 아니지만 프로스트의 '가지 않은 길'만큼 내가 '자유주의를 선택한 상황과 소회 그리고 입장'을 잘 표현하는 것은 없는 것 같다.

The road not taken

Two roads diverged in a yellow wood

두 개의 길이 노란 숲속에 나 있었네

And sorry I could travel both

하지만 두 개의 길을 동시에 갈 수는 없기에

And be one traveler, long I stood

하나의 나그네 되어 오래 서서 내려다보았네

And looked down one as far as I could

많은 사람들이 들어서지 않는 좁은 길이기에

To where it bent in the undergrowth;

⋮

I shall be telling this with a sigh

Somewhere ages and ages hence;

Two roads diverged in a wood, and I

I took the one less traveled by,

And that made all the difference.

우리가 발을 딛고 사는 이 땅에서 '자유주의'는 많은 사람들이 가는, 그리고 선뜻 가고자 하는 '넓은 길'은 아니다. 스스로 자유주의자임을 드러내놓고 이야기하는 것조차 용기가 필요한 것이 우리의 현실이다. 김대중, 노무현 정부는 말할 것도 없고, 이명박, 박근혜 정부도 자유주의에 대한 이해가 부족하기는 마찬가지다. 이념의 시대가 가고 '실용의 시대'가 도래했다고 선언한 이명박정부였지 않은가. 모든 것을 '경제민주화'에 연계시켜 자유를 질식시키는 박근혜정부 아닌가?

사정이 이러하면 자유주의자의 길을 걸은 것이 후회스러울 수도 있다. 계란으로 바위를 친 격이기 때문이다. 이런 연유에서 프로스트 시時의 4연의 'sigh'가 마음의 울림을 준다. 'sigh'의 사전적 해석은 '한숨'이다. 'sigh'는 '회한의 한숨'일 수도 '안도의 한숨'일 수도 있다. 그러나 내게 '자유주의 길'은 '회한의 한숨'은 아니다. '많은 사람들이 가지 않은 길을 들어선 것'이 회한은 아니기 때문이다. 시류에 편승하는 것보다 안전한 것은 없다. 하지만 '누구나 반길 만한 말'과 '그럴듯한 말'이 반드시 진실은 아닐 터다. 따라서 내게 'sigh'는 차라리 '안도의 한숨'이다. 현실과 여론에 순응하지 않았기에 소수가 걷는 길을 걸었지만 그 길에서 우리의 미래를, 그리고 기적을 보았기 때문이다. 굳이 앙드레 지드Andre Gide를 떠올리지 않더라도 기적과 번영에 이르는 길은 좁을 수밖에 없다.

현실은 늘 현재형이다. 한국의 '이념 지형'도 현재형이다. 모든 것이 종료된 상태라면 '선택의 의미'가 사라질 것이다. 경제학에서 말하는 장기 균형은 존재하지 않는다. 그래서 희망을 가질 수 있는 것이다. 프로스트의 시는 과거시제로 표현되어 있지만 길을 처음 선택하는 '새로운' 사람들이 늘 존재하기에 현재 진행형이다. 숲속에 난 두 갈래 길에서 '자유주의'의 길을 예전에 선택한 나도, 그러한 선택이 가져올 결과를 기다리기에 아직은 '현재 진행형'이다. 자유주의 씨는 언젠가는 발아할 것이다. 자유의 씨가 발아하면 보다 많은 젊은이들이 기성세대들이 '들어서지 않은 좁은 길the one less traveled by'로 들어서리라. 글은 생각을 바꾸고 생각은 행동을 바꾸게 한다.

많은 사람들이 들어서지 않는 좁은 길이기에

원시공동체에 대한 향수

　　우리는 '경쟁과 개인, 시장'에 거부감을 보이는 반면 '연대와 협동, 단결, 공동체' 등의 단어에는 친숙함과 편안함을 느낀다. 원시공동체에 대한 향수에서 벗어나지 못하는 이유는 무엇인가? 인류의 역사에 그 답이 있다.

　　공병호는 수백만 년의 인류 역사를 24시간으로 환산할 경우, 시장이나 경쟁이 나타난 시간은 '23시 57분'이라고 했다. 인류는 24시간 중 23시간 57분 동안을 원시공동체 속에서 단결과 협동, 연대를 생명처럼 여기며 살았다. 그런 인류가 시장과 경쟁, 개인을 경험한 것은 불과 3분에 지나지 않는다. 현대인의 뇌리에는 공동체와 단결이라는 '문화적 유전자'가 이미 깊이 새겨진 터다. 따라서 시장경제와 경쟁 그리고 개인에 대해 당혹감을 느끼는 것은 오히려 당연하다. 우리의 인지구조는 단결과 협동, 공동체에는 친숙하게 반응하고 시장과 경쟁, 개인에는 반감을 느끼게 되어 있다. 좌파 지식인들이 이를 놓칠 리 없다.

　　다음 소재는 강병태의 '페이스북facebook'에 소개한 것이다. '코사Xhosa족'은 남아프리카공화국 남부에 사는 종족이다. 부계 씨족단위로 조직되어 있으며 우두머리인 추장은 하위 씨족이나 혈통집단의 대표들로 구성된 회의체를 통해 부족을 다스린다. 인류학자가 코사족 아이들에게 게임을 신청했다. 그는 과일 바구니를 나무에 매달아 놓고, 제일 먼저 도착한 아이에게 그 바구니를 상으로 주겠노라고 했다. 그가 "달려라!"라고 하자, 뜻밖에 아이들은 모두 손을 잡아 함께 달리고 함께 앉아 함께 과일을 즐겼다. 인류학자는 "한 명이 전부 받을 수 있었는데 어째서 그렇게 달리는 방법을 선택했는가?"라고 물으니 아이들은 "우분트, 다른 사람이 모두 슬픈데 어째서 한 명만 행복해질 수 있습니까?"라고 대답했다. '우분트'는 코사족의 말로 '나는, 곧 우리'라는 의미다. 우리 말로 옮기면 '우리가 남인가?'이다. 승자독식이 아닌 나눔, 경쟁이 아닌 배려가 묻어나는 정경이다.

하지만 인간다움은 여기까지다. 아이들은 바구니 속의 과일을 나누어 행복해졌을 수 있으나, 그중 어떤 아이가 가장 달리기를 잘하는지 결코 알지 못할 것이다. 달리기뿐만 아니라 모든 일에서도 공평하게 나누려 한다면, 수영을 잘하는 아이가 잡은 물고기와 나무를 잘타는 아이가 딴 과일이 교환될 수 없을 것이다. 교환시스템이 만들어질 수 없다. 하루는 모든 아이들이 물고기를 잡고 또 하루는 모두 과일을 따서 공평하게 나눌 것이다. 평등한 사회는 누가 어떤 일을 잘하는지 알 수 없으며 공동생산과 공동소유로 분업과 교환을 할 수 없다.

자본주의 사회의 경쟁과 그 과실의 분배는 이야기 속의 바구니를 나누는 과정과는 다르다. 이야기 속의 바구니는 그것이 어디에 있고 과일이 얼마나 있는지 미리 알려져 있지만, 현실에서의 바구니는 그런 것이 있기는 한지, 있다면 그것이 어디에 있고, 얼마나 있으며, 어떤 경로를 통해 접근해야 발견할 수 있는지 알려져 있지 않다. 시장경제에서는 기꺼이 비용을 지불하고 확실치 않은 바구니를 찾아 나서는 모험적인 사람

들이 그러한 바구니를 발견하는 것이다.

우리는 원시공동체가 아닌 익명의 세계에 살고 있다. 거대한 교환이 이루어지는 현대 산업사회와 소규모 대면對面사회를 동일선상에서 비교할 수 없다. 현실 세계에서 바구니의 위치를 알려준 인류학자와 같은 계획 주체는 없다. 현실에서의 삶이 고단하다고 '낭만적 원시공동체'를 꿈꿀 수는 없다. 자신의 삶을 집단이 아닌 개인이 책임지는 것은 원시본능을 극복한 문명인의 징표다.

러쉬, "우리는 경쟁한다, 그러므로 존재한다"

모든 사람들이 '아니요'를 외칠 때 '맞아요'를 외치는 것은 참으로 힘들다. 모두 경쟁을 혐오할 때, "우리는 경쟁한다. 그러므로 존재한다"를 외친 사람이 있다. 『죽은 경제학자의 살아 있는 아이디어』의 저자로 잘 알려져 있는 '부크홀즈T.Buchholz'다. 그는 '경쟁의 장場'에서 떠나는 순간 인간은 의욕과 탄력을 잃고 시든 사과로 변하게 된다는 것이다.

그는 『러쉬』에서 이렇게 적고 있다. "…이 책을 읽고 있는 여러분은 지금 분명 살아 있다. 그건 여러분의 조상이 돌팔매질과 활쏘기로 날카로운 어금니를 가진 '맹수'와 용감히 맞서 싸운 덕분이다. 이제 나는 여러분도 '에덴주의자낭만적 좌파지식인'들의 창에 맞서 싸우고 그들을 극복할 것을 권하려 한다."

반反자유주의자들은 통상적으로 현실 비판적이다. 현상을 볼 때 그 표면만 보거나 보고 싶은 것만 확대해 보기 때문이다. 그러다 보니 에덴주의자들이 휘두르는 창은 무수히 많다. '승자독식 사회, 착취와 피착취, 지배와 피지배, 1:99의 사회, 양극화, 신자유주의, 시장의 탐욕과 실패, 시장의 권력, 일등만 기억하는 비정한 세상' 등등이다. 위의 열거가 과장이 아니라면 우리 경제는 결단이 나도 몇 번은 났을 것이다. 그럼에도 우리 삶은 전반적으로 개선되었다,

'러쉬'는 캐나다의 3인조 밴드 이름이기도 하다. 우연의 일치라고 하기엔 참으로 묘하다. 정신세계를 공유하고 있기 때문이다. 밴드 '러쉬'의 타이틀곡은 〈나무들The Trees〉이다. '나무들'의 가사가 던지는 메시지는 의미심장하다. 획일주의와 규제주의를 통렬하게 질타하고 있다.

"…숲에 뭔가 술렁거림이 있었네, 그것은 떡갈나무의 키가 커서 햇볕을 독차지했기 때문이네. 키가 작은 단풍나무는 충분한 햇볕을 받지 못하자, '횡포oppression'를 외치며 항의했네. 떡갈나무가 대수롭지 않게 여기자, '떡갈나무의 탐욕greed'을 부르짖으며 단풍나무끼리 서로 '동맹union'을 맺었네. 그리고 도끼와 톱을 사용해 "모든 나무의 키를 똑같이 만들라"는 '평등법Noble Law'을 통과시켰네…"

'나무들' 노랫말에서 떡갈나무는 '강자', 단풍나무는 '약자'를 의미한다. 그리고 '떡갈나무의 횡포와 탐욕, 그리고 평등법품위법'은 '대기업의 횡포와 시장의 탐욕 그리고 경제민주화'와 놀라우리만큼 일대일로 대응된다. 인간이 개입하지 않으면 자연 생태계는 온통 떡갈나무로 빽빽이 들어찰 것인가? 결코 그렇지 않다.

이와 관련해 진화생물학자 스미스John Maynard Smith는 '진화적으로 안정적 전략ESS'이란 개념을 고안해냈다. ESSEvolutionary stable strategy는 게

임이론에서, '안정적 균형'이다. 표준적인 미시경제학 교과서에 소개되고 있는 ESS의 개념은 다음과 같다. '개체군population'에서 '개체'들이 채택하는 전략은 두 가지다. '매파' 또는 '비둘기파'의 행태를 보이는 것이다. 매파 개체는 속성상 서로 맹렬히 싸우고 심하게 다쳤을 때가 아니면 굴복하지 않는다. 하지만 비둘기파 개체는 상대를 위협하지만 상처를 주지는 않는다. 매파와 비둘기파의 장기 안정적 비율은 '보수행렬payoff matrix'에 의존한다. 매파가 비둘기파에 비해 '상대적으로 큰 이익을 보거나 큰 손실을 보는 것'으로 보수행렬이 설정되면, 매파의 장기적인 균형비율이 조금 높다. 도킨스의 『이기적 유전자』에서 주어진 보수행렬에 따르면 '매파와 비둘기파의 비율은 7/12와 5/12'이다. 공격적인 매파의 비율이 다소 높게 나타난다. ESS가 주는 시사점은 '매파가 전부를 차지하지 않는다'는 것이다. 기업도 마찬가지다. '작위적'이긴 하지만 기업을 매파와 비둘기파로 구분한다면, 호전적 기업과 방어적 기업, 대기업과 중소기업 간에 나름의 안정적인 ESS비율이 존재하게 된다. 기업도 일종의 생태계이기 때문이다. 따라서 국가가 나서서 '개입할 여지'는 생각보다 좁다.

도킨스의 『이기적 유전자』에서 대·중소기업 동반성장에 대한 은유metaphor를 찾을 수 있다. 조정경기에서 이기기 위해서는 선수들 간의 호흡이 잘 맞아야 한다. 즉 '보완관계'를 유지해야 한다. 한 명의 캡틴과 여덟 명의 선수를 한 팀으로 가정할 때, 가장 이상적인 팀 구성은 '네 명의 왼손잡이와 네 명의 오른손잡이'일 것이다. '네 명의 오른손잡이와 왼손잡이'의 팀 구성은 '안정된 상태'를 의미한다. 이때의 안정의 의미는 성적이 더 이상 오르지 않기 때문에 더 이상 멤버를 바꿀 필요가 없음을 의미한다. 이는 '균형상태'에 도달했음을 의미한다.

　그러면 '안정된 상태'에는 어떻게 도달할 것인가? 이는 시장에서 패자를 계속 솎아낸 결과 사후적으로 얻어진, 시장선택에 의해 얻어진 '결과'일 뿐이다. 코치^{정부}는 어떤 선수가 오른손잡이고 왼손잡이인지를 모르며 또 알 필요가 없다.

　선수는 '혼자 있을 때' 좋은 선수라기보다 '선수의 풀^{pool}' 속에서 다른 선수들을 배경으로 할 때 좋은 선수여야 선택된다. 서로 잘 보완되는 선수들의 묶음이 '하나의 단위'로 함께 선택된다고 보면 된다. '팀 구성'에 대한 '다양한 시도'가 이 같은 선택을 가능하게 한다. 조정경기에서 '선수'를 '기업'으로 치환하면, 대·중소기업 간 '동반성장'의 관계가 된다. 동반성장의 파트너는 서로가 서로를 모색하며 시장에서 경쟁을 통해 선택된다. 특정 대기업과 대기업을 둘러싼 중소기업 간에 그들 나름의 특정의 기업생태계가 만들어지는 것이다. 정부가 나서서 대기업과 중소기업을 짝 지어줄 이유는 없다. 정부의 판단에 의한 짝짓기는 인위적 '2인 3각'으로, 오히려 '동반지체'를 부를 수 있다.

　자연생태계에는 설계자가 없지만 여전히 질서정연하다. 그러나 인간은 '이성'으로 시장 질서를 설계하려 하지만 늘 '정책의 실패'를 낳는다. 경쟁을 백안시하고 교환이 이루어지는 시장을 억압하는 나라들은 가난하다는 공통점이 있다. 감성에 경도된 평등은 우리를 빈곤으로 이끌 뿐이다.

인간의 '구조적 무지'와 자유주의

'반자유주의자'들은 자유의 의미를 교묘하게 왜곡시켜 일반 대중으로부터 자유를 부정적으로 유리시켰다. 그들은 자유주의 원리를 실행에 옮기는 사회를 '자본가적' 사회, 그러한 사회조건을 '자본주의'로 부르면서 자유주의적 제도에 대한 그들의 경멸감을 '자본주의'에 결부시켰다. 그 결과 일반 대중의 마음에는 자유주의라고 하면 이웃을 착취하면서 자신의 부만을 키우는 비정한 자본가가 연상되었다. 반자유주의의 뿌리다. 자유주의자들은 소위 '가지고 누리는 자'들의 이해를 대변하는 사람으로 왜곡되었다.

상론할 겨를은 없지만 '자유주의'는 역사적으로 볼 때 특정 집단이 아닌 '모든 사람'의 복리를 증진하고자 한 최초의 정치운동이었다. 자유주의가 절대 전제정치 대신 입헌 대의정치제도를 수립해 농노제도를 비롯한 모든 형태의 예속을 타파하고 개인의 자유를 증진하고자 한 것은, 자유노동이 노예노동과 견줄 수 없는 만큼의 생산성을 발휘하게 함으로써 모든 사람에게 이익이 될 수 있다는 믿음을 가졌기 때문이었다. 따라서 자유주의 최대의 기여는 계급 신분사회에 사회특성상 누릴 수 없는 '역동성'을 불어넣어 준 것이다. 자유주의로 말미암아 인류의 물질적 생활은 비약적으로 발전했다.

'자유'의 개념에 대해 정의를 내리는 것은 결코 쉽지 않다. 하지만 "자유는 인간의 구조적 무지inevitable ignorance를 전제로 한다"는 하이에크 예지를 통해 '자유의 의미'를 반추할 수 있다. 누군가 전지전능하다면 그 사람의 뒤를 쫓으면 된다. 하지만 누구도 전지전능하지 않기 때문에 다양한 시도가 행해지도록 자유가 허용되어야 한다. 자유는 '선택과 결과에 대한 책임 그리고 타인의 자유 침해 금지'를 요체로 한다.

한편 선택을 하려면 의사결정에 대한 필요한 지식과 정보를 구해야 한다. 하지만 인간의 '구조적 무지'로 인해, 가용지식은 크게 제약될 수밖에 없다. 우리가 '무엇을 알고 있는지를 아는 것'은 극히 일부에 지나지 않는다. '무엇을 모르는지를 아는 것'도 따지고 보면 많이 아는 것이다. 대부분 '무엇을 모르는지조차 모른다'고 보면 된다. '지식의 문제'를 해결하기 위해서라도 개인에게 자유를 허용해야 한다. 개인의 자유는 '시장행동'으로 나타나고 시장은 개인 간에 사적으로 분산된 정보를 다른 주체에게 전파해 준다. 따라서 각자 지식범위 내에서 분권화된 행동을 허용하는 자체가 지식의 확산 메커니즘을 구동시키는 것이다. 분권화된 경제행위를 부정하는 사회주의는 계획 당국이 사적으로 분산된 지식과 정보를 취합해야 하지만 이는 원천적으로 불가능하다. 사회주의는 늘 정보와 지식의 부족에 시달릴 수밖에 없다. 사회주의 체제의 비효율은 불문가지다.

'지식의 문제'는 오늘 우리 사회의 규제당국에도 공히 적용된다. 규제 사례를 복기復棋해 보자. 특정계층을 보호하기 위한 '처분적 규제'가 난무하고 있다. 전통시장을 살리기 위해 대형마트의 영업시간을 제한하고 의무 휴일을 지정하는 것이 그 사례다. 하지만 사회적 약자를 보호하기 위한 이 같은 규제가 소기의 성과를 거두는 것은 불가능하다. 목동이

많은 사람들이 들어서지 않는 좁은 길이기에

양을 몰듯이 정책당국이 규제와 장치로 고객을 몰고 갈 수는 없다. 따라서 늘 '예기치 않은 결과'가 초래된다. 전통시장은 활성화되지 않고 소비자는 소비자대로 불편하다. 대형 마트에 연결된 납품업자, 계산원, 그리고 아르바이트생 등에게 피해가 돌아간다. 규제당국의 취약한 '경제계산능력'을 감안할 때, 서로 상충하는 이해집단 간의 이해를 규제로 조정하는 것은 처음부터 불가능한 일이다. 규제당국의 개입은 '공정거래가 이루어지는 울타리를 쌓는' 정도에 그쳐야 한다.

정책은 '원칙'의 문제이지, 특정 계층의 이익을 보호하는 '편의'의 문제가 아니다. 원칙에 어긋나는 것을 여론과 규제로 관철시켜서는 안 된다. '상식'이 '통념화된 몰상식'에 의해 압도될 때, 그 사회는 붕괴될 수밖에 없다. 최근 풍미하고 있는 '경제민주화'도 '시장 위에 정치를 두는' 국가개입주의에 다름 아니다. 국가개입주의는 특정 계층의 이익을 보존해 주는 지대추구행위를 부를 수밖에 없다. 자유주의는 국가개입주의를 반대한다.

'자유주의의 길'을 권면하면서

육식동물은 초식동물을 죽이기 위해 프로그램화되었다. 사자가 얼룩말을 잡아먹으면서 연민의 정을 느낄 리는 없기에 맞는 말이다. 생존을 위해 그렇게 할 뿐이다. 내가 자유주의자의 유전자를 갖고 태어났는지는 알 수 없다. 우리는 성격과 외모를 스스로 선택하지 않는다. 따라서 인간은 특정 유전자를 갖고 이 세상에 던져진 존재, 즉 '피투성^{被投}

性'인 것이다.

　하지만 내 자신의 인지구조와 현상을 보는 창이 전적으로 '유전적 자산DNA'에 의해 운명적으로 결정된 것으로 보지는 않는다. 바꿔 말하면, 내 유전적 자산이 '반자유주의적'이었다 하더라도, 지금의 사고와 크게 달라지지 않았을 것이다. 그렇다고 유전자의 영향을 벗어던졌다는 것은 아니다. 내 자신이 인지하지 못하는 유전적 영향을 받았겠지만, 시간이 흐르면서 내 자신의 생각이 조금씩 '자유주의로 구조화됐다'고 보는 것이 맞는 것 같다.

　자유분방한 철학자 러셀Bertrand Russel은 "20대에 사회주의자가 아닌 사람은 정열이 없는 사람이고 50대에도 사회주의자인 사람은 이성이 없는 사람이다"라고 했다. 나는 그 말에 동의한다. 나도 20대에는 '냉철한 이성' 대신 '뜨거운 가슴'의 명령대로 살았다. 세상은 온갖 악惡과 부패로 뒤덮여 있었으며 무질서해 보였다. 내가 세상의 고민을 다 짊어지고 있는 듯했다. 나는 당시 시내버스 정류장 근처에 있는 노점상에서 물건을 일부러 사고는 했다. 이왕 쓰는 돈이라면 '이 1원을 보다 필요로 하는 사람에게' 써야 한다고 생각했기 때문이다. 그렇게 해서 그들의 경제적 독립을 돕는 것이 도리이고 또 정의justice라고 생각했다. 자연스럽게 '번듯한 가게를 차려 장사하는 사람'에 대한 적대감이 생겨났고, 적대감의 색깔은 점차 짙어졌다. 하지만 다행스럽게도 시간이 지나면서 협애狹隘한 생각은 교정되었다. 번듯한 가게에 숨겨진, 즉 성공 이면의 '땀과 눈물'이 보였기 때문이다.

　나는 이 땅의 젊은이들이 '자유주의의 길'에 접어들었으면 하는 바람

을 갖고 있다. 이 글도 여기에 초점이 맞춰져 있다. 하지만 선뜻 자유주의의 길에 들어서기는 쉽지 않을 것이다. 자유주의는 직접적으로 가슴에 와 닿지 않기 때문이다. 자유는 평등처럼 원초적인 호소력이 없다. 자유의 가치를 설득하려면 긴 설명이 필요하다. 한 세기 전에 나왔던 마르크스 '공산당 선언'은 피를 끓게 했다. "노동자들은 그들의 사슬 말고는 잃을 것이 없다The workers have nothing to lose but their chains. 세계의 노동자들이여, 뭉쳐라"다. 하지만 원초적인 호소력을 가진 사회주의 실험은 실패로 판명되며 역사의 뒤안길로 사라졌다. 비판과 대안은 다른 차원이다. 사회주의가 처음부터 자본주의의 대안이 될 수는 없었다. 자유주의는 원초적 호소력을 갖지 못했지만 면면히 인류의 문명과 번영을 이끌어 왔다.

자유주의의 길로 들어서려면 사색과 독서가 필수다. 따라서 자유주의의 길에 들어서기 위한 서지 안내를 하고자 한다. 모든 독자가 자유주의 철학자가 될 필요는 없다. 자유주의의 소양을 갖추는 것이 중요하므로 처음부터 너무 어려운 책을 택하지 말고 잘 알려진 입문 고전을 정독하는 편이 효과적이다. 그런 점에서 미제스의 『자유주의』를 추천한다. 미제스는 자유주의에 대한 절박한 심정을 다음과 같이 적고 있다. "…오로지 사려 깊은 사람들로 하여금 고전적 자유주의가 지녔던 목표와 그것이 이룩한 성과들에 대해 배울 수 있는 기회를 줌으로써, 다가오는 파국 이후에 자유의 정신이 부활될 수 있는 길을 준비하는 데 있다…" 이 점에서 미제스의 예지는 놀랍지 않을 수 없다. 우리가 처한 현실과 유사한 점이 많기 때문에 더욱 시사하는 바가 크다. 하에에크의 『노예의 길』도 필독서로 추천한다. 이미 잘 알려진 고전으로, 경제민주화가 맹위를 떨치고 있는 한국의 현실에서 '국가개입주의'가 궁극적으로 가져올 폐해가 무엇인지를 간파하는 데 도움을 줄 수 있기 때문이다. 다른 맥락이지만 프롬_{Erich Fromm}의 『자유로부터의 도피』도 일독을 권한다. 자유로부터 도피해 '익명의 권위'에 귀의하려는 인간의 본성을 다룬 책이기 때문에, 예방접종 차원에서 읽을 필요가 있다. 하이에크의 사상에 대한 일반적인 지식을 얻기 위해서라면, 민음사에서 조순 교수 등이 펴낸 『하이에크 연구』를 추천하고 싶다. 경제학 그 자체는 아니지만, 자유주의에 대한 다면적 이해를 위해서는 『이기적 유전자』와 『러쉬』를 읽을 필요가 있다. 이 정도 기초를 닦은 뒤 리프킨_{Jeremy Rifkin}의 『유러피언 드림』을 읽으면 왜 이 책에 대해 그토록 많은 사람들이 열광했는지 의구심이 들 것이다. 자유주의의 길에 들어섰다는 '인증 샷'으로 여겨도 좋다. 자유주의에 대해 더 천착하기를 원한다면 미제스의 『인간행동론』과 하이에크의 『법, 입법 그리고 자유』를 읽어야 한다. 자유주의 경제철학을 전공한 학자의 조언은 필수적이다.

　자유주의의 길로 들어설 젊은이들이 유념해야 할 것을 언급하면서 이 글을 맺고자 한다. 자유는 '인간의 구조적 무지'에 기반을 두기 때문에 자유주의자들은 논리에서는 철저해야 하지만 지식의 태도에서는 무한히 겸손해야 한다. 인간은 모두 자기 경험의 노예다. 내 경험의 특수성을 자각하는 데서 겸손해지는 것이다. 그렇다고 '자유주의의 길'을 특수성으로 국한시키라는 말은 아니다. 자유주의자들은 반자유주의자들과 목숨을 건 일전을 불사해야 한다. 하지만 아직 자유주의를 받아들이지 않는 일반대중을 설득하는 데는 한없이 겸손해야 한다. 자신이 정

많은 사람들이 들어서지 않는 좁은 길이기에

통하면서도 지극히 협애한 자유주의에 대한 지식과 경험이 우월한 위치에서 대중을 인도할 지적 권위의 근거가 된다고 생각하는 순간, 자유주의 철학은 실종되고 기능만 남게 된다. 자유주의의 길에 들어선 사람들이 타인의 공감을 얻지 못하면 자유주의가 설 땅은 그만큼 좁아지게 된다. 오만한 자유주의자만큼 치명적인 것은 없다.

배진영 (인제대학교 국제경제학부 교수, 한국하이에크소사이어티 회장)

운명의 이끌림에 따라가다 보니 자유주의자가 되었다고 말한다. 그 이끌림에 감사하며, 세상의 참이 무엇인지를 깨닫게 된 것만도 가슴 벅차다는 자유주의자. 독일에서 유학하며 프라이부르크학파의 질서자유주의 사상에 크게 매료되었고, 귀국하여 대외경제정책연구원에서 독일 통일에 관해 연구하였다. 이후 한국하이에크소사이어티 회원으로 활동하면서 오스트리안 경제학에 심취하였고 자유와 시장경제에 대한 신념을 굳건히 하게 되었다. 지금은 대학에서 경제학을 가르치고 있다.

나의 민모습을 돌아보다

나는 적극적이고 먼저 나서는 성격이 아니다. 삶의 길에서 우연히 만나는 인연과 주어진 운명에 성심을 다하고 진실하게 따르는 것만도 벅차다는 생각을 늘 갖고 있기 때문이다. 그러니 무엇을 기획하고 의도하는 것은 나와는 거리가 먼 일이다. 나의 길에서 만나는 모든 사람은 내 하기에 따라 선인도 될 수 있고 악인도 될 수 있다는 아주 단순한 생각만이 내 행동의 지침이 되어 주었다. 나의 기억 속에 떠오르는 이렇다 할 악인이 없으니, 좋은 사람들을 만났고 나름대로 최선을 다해 살아오지 않았나 하는 생각이다. 이렇게 나는 근 60년을 살았고, 지금 '당신은 왜 자유주의자가 되었느냐'는 물음 앞에 섰다. 이제 지나온 나의 민모습을 되돌아보고 드러낼 시간이다.

미지 세계로의 도전

나는 1986년 독일 유학을 위해 한국을 떠났다. 내가 독일 프라이부르크Freiburg대학교를 선택한 것은 이 대학에 관한 지식이 많아서거나 오래 전부터 그곳에 가보고 싶어서도 아니었다. 단지 미국이 아니라 독일에서 공부하고 싶었을 뿐이다. 첫째 아이가 태어난 후, 나는 건강이 좋지 않아 병원에 입원까지 해야 할 정도였다. 다니던 산업연구원을 그만두고, 먼 길을 떠나 새로운 환경에 도전하고 싶은 마음이 강렬했다. 건강도 좋지 않으니 현재의 직장에 안주하라는 주위의 권유도 있었지만 모험의 길을 떠나고 싶었다. 문득 나의 군복무 시절이 생각났다. 비교적 시간이 많았던 고참병 때는 책 한 권 읽지 않았지만, 선임병 뒤치다꺼리까지 해야 했던 졸병 시절, 고전이라는 많은 책들을 흐릿한 전등 아래서 읽었던 기억이 새롭다. 어려운 처지에 놓일수록 더 강한 힘이 솟구치는 것은 그때나 지금이나 매한가지다. 나는 독일 지도를 펼쳤다. 우연히도 내 눈은 프라이부르크를 향했다. 그리고 그곳으로 떠났다. 프라이부르크대학교를 선택한 이유는 그것이 다였고, 그것이 나의 운명이었다.

나는 이 대학의 경제학부가 전후 서독의 경제부흥을 이끄는 이론적 뒷받침을 했고 질서자유주의를 주창한 '프라이부르크 학파'의 태동지였다는 사실을 전혀 몰랐다. 나는 나의 운명을 믿었고 그 어떤 운명도 피하지 않았다. 그리고 마음에서 우러나오는 진심으로 최선을 다해 그 운명에 대처했다.

경제학의 수학적 기법에 경도

프라이부르크에 도착한 후 사설 기숙사에 짐을 풀었다. 내 앞 방에는 이 대학교 경제학부를 다니던 독일 학생이 묵고 있었다. 나는 그와 친해졌고 자연스럽게 경제학에 관한 이야기를 나누었다. 다는 기억나지 않지만, 나는 그에게 소비자이론 중 모서리해corner solution을 자랑스럽게 설명했다. 대학원 석사과정에서 배웠던 그것을 경제학의 아주 고급 지식으로 생각하고 있었던 것 같다. 그런데 그 애의 반응이 영 신통치 않았다. 그는 비웃는 듯한 눈빛으로 빙긋이 웃으며, 이것이 현실 경제와 무슨 상관이 있는지 물었다. 그는 다른 말을 하지 않고 계속해서 나를 쳐다보았고, 나는 그것의 쓸모를 내 나름대로 설명하려고 애썼던 것 같았다. 그 당시, 나는 이놈이 이것을 잘 모르니까 나에게 이렇게 묻는다고 생각했다. 지금 생각하면 내 모습이 참으로 구차했다.

나는 서강대학교 경제학부에서 대학원 생활을 보냈다. 입학 후 첫 학기, 미시경제학을 딕슨Peter B. Dixon과 베리안Hal R. Varian의 책으로 공부했다. 지금 나의 기억 속에는 한 학기 내내 그 강의를 채웠던 'max, min, s.t., utility function, production function, convex, concave, duality, indifference curve, Lagrangian'과 같은 단어들만 남아 있다. 나는 수학적 분석 방법에 의한 논리의 완벽함을 즐겼다. 이들 책에 나오는 문제를 풀고 나면 대단한 경제학적 지식을 습득한 양 도서관을 나서는 발걸음이 가벼웠다. 학교 뒷산의 아카시아 향내도 더없이 그윽했다. 첨단 경제학은 이런 것인 줄만 알았다.

역사학파의 영향을 받은 박사학위 논문

경제학의 수학적 기법에 관한 나의 자긍심은 독일 유학에서 지금 생각과는 전혀 다른 방향에서 힘을 쓰지 못했다. 나의 지도교수는 독일 역사학파에 익숙했던 분이셨다. 역사학파는 오스트리아학파와 방법 논쟁을 하면서 그 위세를 떨쳤다. 역사학파의 기본 입장은 역사적인 현상을 자세히 기술하는 것이 연구의 핵심이 되어야 한다는 것이다. 특히 신역사학파의 입장은 이론 개발은 역사기술이 완전히 이루어지고 난 뒤에야 비로소 가능하며, 경제정책의 운영도 이론은 필요하지 않다는 것이다. 그러니 내 머리 속에 있던 'max, min'과 같은 수학적 용어는 점차 잊혀 갈 수밖에 없었다.

나의 박사학위 논문, 「수출주도 국가에서의 수입대체Importsubstitution im weltmarktorientierten Land」는 이런 역사학파의 영향을 받았다. 정책의 정교함과 그 정당성을 이론적으로 그리고 경험적으로 분석했다. 나는 학위 논문을 쓰면서 다른 한편으로, 프라이부르크 학파의 질서자유주의 사상에 대해 큰 관심을 가졌고 이에 관한 서적들과 여러 단편 글들을 모으기 시작했다. 서고 한쪽 책장이 이들 책으로 가득 찰 정도였다. 학위를 취득한 후 나는 서강대학교에 문을 두드렸다. 그러나 단번에 돌아온 대답이 경제 질서의 정책과 이론이 무슨 쓸모가 있느냐는, 한마디로 문전박대였다.

장인어른과의 토론과
새로운 길을 향한 학문적 결단

나는 대외경제정책연구원에서 독일통일을 연구하면서 경제 질서에 더욱 심취했고, 인제대학교로 근무지를 옮긴 후 점차 자유로운 경제 질서와 시장경제, 그리고 정부 간섭의 위험성에 눈뜨기 시작했다. 그 전에도 시장경제를 신봉하지 않은 것은 아니지만, 정부의 적절한 시장 간여는 필요하다는 생각을 견지했다. 사람은 대체로 그렇지만, 한 번 가기 시작한 길을 벗어나 다른 길을, 그것도 지나온 길을 부정하고 정 반대의 길로 접어들기란 여간 어려운 일이 아니다. 낯선 길의 두려움에 대한 도전은 모험이며 이를 위해서는 큰 용기가 필요하다. 무엇보다 지금까지 지나온 길을 헛되어 버리는 것이 안타깝고 아쉬웠다. 이것이 돌아서려는 나의 발목을 끊임없이 잡았고, 기존의 사유체계에 정당함을 부여하기 위해 밀폐된 내면의 세계에서 혼자서 되뇌기를 계속했다. 여기에 큰 용기와 확신을 주신 분이 나의 장인어른이었다.

나의 장인어른은 국내의 그 누구보다 일찍 오스트리아학파의 대가들 하이에크, 미제스, 로스버드, 커즈너 등에 매료되어 있었다. 처갓집에 가면 그분은 내내 시장과 정부와의 관계에 관한 토론을 위해 나를 붙잡았다. 처갓집에서 편히 지내고 싶었지만 나를 그냥 내버려두지 않았다. 워낙 책읽기를 좋아하고 학문적 토론을 즐기는 분이라 피할 수가 없었다. 토론은 언제나 진지한 주제를 담고 있었다. '가치는 어디에서 나오는지?' '정부의 역할은 정당한지?' '이자는 무엇이며, 경기변동은 왜 일어나는지?' '대기업에 대한 비판은 옳은 것인지?' '경제학에서 윤리와 도덕적인 판단이 정당한가?' 등등. 장인어른이 주는 오스트리아학파 대가들의 책을 읽으면서 점차 세상을 보는 시야가 넓어지고 바뀌기 시작했다. 경제 문제의 원인이 어디에 있는지를 근본적으로 깨닫게 되었고, 국가의 폭력에 점차 눈뜨게 되었다.

대학 강단에서의 학자적 양심

무엇보다 대학 강단에서 학생들에게 정의롭다고 생각하면서 가르친 강의 내용이 얼마나 무책임한 것이었고, 그동안 강의를 위한 강의, 이론을 위한 이론에만 매달렸던 자신을 반성하기 시작했다. 여기에 강의 도중 한 학생의 항의성 불평은 나의 정신을 번쩍 들게 했다. 그는 당돌하게도 "교수님께서 가르치시는 내용이 우리가 살아가는 데 어떤 유용성이 있습니까?"라고 질문했다. 나는 논리적 정치함을 익히게 하고, 국민경제와 정부의 역할에 관한 지식을 통해 여러분의 경제생활에 도움을 주기 위한 것이라고 대답한 듯하다. 그러나 그 질문은 계속 내 머릿속에 남아 있었고, 나의 모든 강좌를 전면 바꾸기로 한 계기가 되었다. 그것이 거의 15년 전 일이다.

대학생이 그다지 많지 않던 과거, 대학교를 졸업하면 이들은 곳곳에서 이 사회를 이끄는 지도자 역할을 했다. 그중 적지 않은 학생들이 관료로서, 연구자로서, 정치가로서 실제의 정책에 관여했다. 그래서 국민경제를 설계하고 구성하는 강의내용은 그나마 그들에게는 도움이 되는 것이었다. 그런데 고등학교 졸업생의 80퍼센트 이상이 대학교에 진학하

는 오늘날, 대부분의 학생은 우리 사회의 한 일원으로 살아갈 뿐이다. 이들에게 필요한 것은 나라 경제를 설계하는 것이 아니라 하루하루를 생활해 나가는 경제학적 사고다. 경제학은 그렇게 짜여야 한다. 나의 강의가 나만을 위한 강의가 아니라 이들을 위한 강의가 되어야 한다는 것이 매학기를 맞을 때마다 마음속에 다짐하는 각오다.

하이에크소사이어티에서의 활동과
하이에크의 자생적 질서의 가르침

2013년 이후 나는 한국하이에크소사이어티의 회원으로 활동하면서, 자유와 시장경제에 대한 신념을 더욱 굳건히 해 나갔다. 나의 학문적 전환과 자유에 대한 신념은 무엇보다 나에게 겸손을 가르쳐 주었다. 그 겸손은 하이에크의 가르침으로부터 시작되었다. 그의 가르침은 "네가 아는 것은 그렇게 많지 않으며, 한 나라의 질서를 설계하고 무엇을 꾸며 보자고 하는 것은 세상의 복잡함과 인간인식의 한계로 턱없는 일"라는 것이다. 질서설계자가 구국救國과 공복公僕의 순수한 마음으로 한 나라를 설계한다고 하더라도, 사람의 손에 의해 기획되고 조정되며 통제되는 그 질서 속에는 부정, 부패, 비리가 똬리를 틀 수밖에 없다. 그래서 그는 사회주의 국가들의 필연적 붕괴를 확신에 차 예언했고, 그 붕괴를 목도한 후 숨을 거두었다.

사람들이 살아가는 이 세상의 질서 대부분은 자생적으로 형성된 것이라는 그의 가르침은 나에게 놀라움 그 이상이었다. 자생적 질서의 존재는 이미 하이에크 이전에도 멩거Carl Menger를 비롯해 여러 사람들에 의해 제시되었지만, 하이에크처럼 구체적이고 그 존재의 위대함을 역설하지는 못했다.

우리는 법 없이 살아간다고 하지만, 어떤 형태로든지 질서 속에서 살아간다. '법 없이 살아간다'는 말은 일반인들이 자생적 질서를 전혀 인식하지 못함을 웅변한다. 더욱이 그 자생적 질서가 얼마나 위대하며, 인위적 질서는 이것에 비하면 참으로 초라하고 위험한 것인지를 깨닫는 것은 더더욱 어려운 일이다. 스스로 지성인이라 자처하고 남보다 조금 더 많이 안다고 하는 사람들은 언제나 이 세상을 설계할 수 있다는 오만에서 벗어나지 못한다. 아리스토텔레스도 그렇고, 스스로 과학적이라고 자처하는 합리주의자들, 경험주의자들, 그리고 실증주의자들도 마찬가지다.

애덤 스미스와 데이비드 리카도의 위대한 발견

시장경제는 가장 대표적인 자생적 질서다. 시장은 교환의 상징적인 표현에 불과하다. 교환의 이득은 시장경제의 원리를 가르치는 교과서라면 모두 가르친다. 그러나 이것을 피부로 느낄 수 있을 정도로 깨닫기는 쉽지 않다. 한 나라의 국부는 오직 금화나 은화의 축적에 의해서만 증대된다는 중상주의 사상은 오늘날 도처에서 발호하고 있고 개인의 일상생활에도 깊숙이 자리 잡고 있다. 누가 항구도시 부산을 수입의 전진기지로서 한국의 경제개발 성공의 주역이라고 외치는가? 그 모두 수출의 전진기지라고 외칠 뿐이다. 수출은 좋은 것이지만 수입은 나쁜 것이다. 돈 버는 것은 좋은 일이고 돈 쓰는 것은 그다지 호의적이지

'참'을 아는 것만도 가슴 벅찬 일이다

않다. 한미 FTA를 반대하고, 국내경제가 조금만 힘들면 보호무역과 각종 산업정책이 다시 등장한다. 이것은 자유의 깃발을 가장 높이 휘날리는 미국이라고 다를 바 아니다.

그래서 우리는 애덤 스미스와 데이비드 리카도의 사상을 위대하다고 하는 것이다. 이들은 어떤 경우에도 교환을 하면 교환 당사자들 모두가 이득을 얻을 가능성이 있다는 사실을 발견했다. 이러한 발견은 중상주의 사상이 지배했던 그 시절에는 엄청난 사건이었다. 코페르니쿠스Nicolaus Copernicus적인 발상 전환이며, 세상의 참을 보여 준 놀라운 통찰력이었다.

현대 문명이 교환경제에 의해 급속히 발전했다는 점에 비추어볼 때, 이들의 통찰력은 인류발전의 역사에 큰 획을 그었다.

미제스와 로스버드의 만남

그러나 애덤 스미스를 위시한 고전파 경제학은 시장현상의 탐구에만 한정함으로써 스스로 학문적 영역을 좁혔다. 시장현상을 가져오게 하는 인간 행위의 보편적 사실을 탐구하고 규명하는 데는 이르지 못했다. 그 결과 고전파 경제학은 개인을 이윤과 부富만을 탐하는 이기적인 인간으로 비치게 했고 자본주의를 역사의 한 단계로만 인식하게 했다. 이것은 역사학파와 제도학파 그리고 사회주의자들에게 공격의 빌미를 제공했다. 이들은 사회과학이 언제나 타당한 규칙을 발견하는 것은 환상이라 했다.

그렇지만 모든 학문의 과제는 보편적인 사실에서 시작해 이로부터 자연과 사회 현상에 관한 규칙성을 발견해내는 것이다. 경제학도 마찬가지다. 경제학은 시간과 공간에 상관없이 인간이라면 그렇게 행동하는 인간 행위의 공리公理에서 시작해야 한다. 이로부터 인간 행위들이 상호관계를 맺으면서 얽혀 있는 사회의 변하지 않는 규칙성을 발견해내는 것이다. 언제나 타당한 인식론적이고 논리적인 원리는 어떤 학파나 이념의 공격대상이 될 수 없다. 여기에 경제학의 학문적 과제가 있다. 그래서 경제학의 학문적 대상은 자원배분이나 경제안정 그리고 분배와 같은 거창한 주제를 규명하는 학문이 아니라, 인간 행위에 관한 것이어야 한다. 이들 거창한 주제들은 인간 행위의 규명으로부터 간접적으로 유추할 수 있는 주제일 뿐이다. 나에게 이것을 깨닫게 한 스승은 바로 미제스와 그의 사상을 이어받은 로스버드였다.

미제스의 글을 읽다 보면, 자유와 시장경제의 토대 위에 어떻게 이렇게 수미일관되게 기술할 수 있을지 혀를 내두를 정도였다. 그는 나에게 경제학에서의 수학적 기술이 경제적 사고를 가린다는 사실도 깨닫게 해 주었다. 수학적 기술은 닫힌계closed system를 전제해야 하고, 이를 위해 우리가 진정으로 알고자 하는 많은 것들을 주어진 것으로 가정한다. 수학은 경제학의 학문적 과제를 기술하는 하나의 도구일 수 있지만 그 자체가 목적이 아니다. 경제학의 과제는 수학적 기술이 가정으로 치부해버리는 많은 것들을 규명하는 일이다. 그렇기 때문에 경제학에 수학적 기법은 도입되지 말아야 한다.

'참'을 아는 것만도 가슴 벅찬 일이다

자유주의자로 향하게 한 이끌림에 감사

자유와 시장경제에 대한 나의 신념은 두 손을 불끈 쥐고 다른 사람들을 깨우쳐야 한다는 소명까지 이르지는 못했다. 남을 깨우친다는 것 자체가 나의 성격에 어울리지 않고 나의 신념에 반하는 일일지 모르기 때문이다. 다만 누구를 깨우치겠다고 확성기에 큰 소리로 외치는 정치인과 관료, 그리고 거리에 나서는 사람들을 경계할 뿐이다.

세상의 참이 무엇인지를 깨닫게 된 것만도 가슴 벅찬 일이다. 여기에 이르기까지 좋은 사람들을 만나게 한 나의 이끌림에 감사할 뿐이다.

안재욱 (경희대학교 경제학과 교수)

우리나라의 대표적인 화폐금융 전문가이자 자유시장경제학자이다. 학부시절부터 대학원 유학 시절, 그리고 한국으로 돌아와 교수 생활을 하고 있는 지금까지 연구하고, 토론하고, 배우기를 계속해오며, 새로운 학문적 세계를 열어가는 것에서 즐거움을 느끼는 천상 학자다. 현재 경희대학교 경제학과 교수이자, 서울부총장직을 맡고 있다. 주요 저서로 『새경제학원론』, 『시장경제와 화폐금융제도』, 『응답하라! 자유주의』, 『얽힌 실타래는 당기지 않는다』, 『지식인과 한국경제』 등이 있으며, 2009년 전국경제인연합회가 주최하는 제20회 '시장경제대상'에서 기고문 부문 대상과 저서 부문 추천도서상을 받았다.

미제스를 만나다

미제스를 만나기 전

내가 본격적으로 자유주의자가 된 것은 미제스를 만나고 난 다음부터다. 물론 그 이전에도 연구와 강의, 그리고 글들을 통해 시장경제를 강조하며 활동했었지만 여전히 신고전학파의 프레임 안에 있었다. 신고전학파 모형은 주어진 가정 하에 경제주체들의 최적화 문제를 다룬다. 그리고 개개인의 주관성에 의한 인간 행동을 무시한다. 그러다 보니 주관적인 소비자 행동은 무차별곡선 하나에 모두 흡수되고, 불확실성 하에 이뤄지는 다양한 기업 행동은 단순히 생산요소를 고용하고 이들을 혼합해 제품을 생산하는 생산함수로 나타낸다.

이런 신고전학파 모형은 경제주체들이 불확실성 하에서 매일매일 의사결정을 하는 현실과는 크게 괴리가 있다. 그렇다고 신고전학파 모형이 경제현상을 전적으로 잘못 설명하고 있다는 것은 아니다. 그러나 비현실적인 것만은 사실이다. 물론 미제스를 만나기 전까지 신고전학파 모형이 비현실적이라는 사실을 인식하지 못했던 것은 아니지만 그것이 경제학의 전부라고만 알고 있었다.

오하이오주립대학교의 학문적 풍토

신고전학파 프레임 안에서 활동했지만 그래도 시장경제의 중요성을 인식하고 시장경제를 강조해 왔었던 것은 순전히 내가 오하이오주립대학교Ohio State University, OSU 경제학과 대학원에서 유학한 덕분이다. 나는 1981년 오하이오주립대학교 경제학과 대학원에 들어갔다. 사실 학부에서 경제학을 전공했지만 경제학에 대해 피상적인 지식만을 갖고 있었다. 학부에서 주로 배운 내용이 무차별 곡선, 수요와 공급, 정부의 재정정책과 통화정책, 인플레이션 등이었으며, 정부가 경제문제에 적극적으로 개입해 경제발전을 이끌어야 하고 경제계획을 세워야 한다는 이른바 케인즈 경제학들이었다.

그러나 OSU에서의 첫 학기 강의는 충격이었다. 'Econ 804'로 불리는 강좌는 단순히 경제이론만을 가르치는 것이 아니라 기본 경제이론을 가지고 어떻게 경제현상을 설명할 것인가에 초점을 두며 진행되었다. 우리 일상생활에서 쉽게 관찰할 수 있는 현상들을 경제학적으로 설명하는 문제와 경제현상에 대한 통찰력을 요구하는 문제들을 제시하며 우리들의 머리를 쥐어짜게 만들었다. 예를 들면, '뉴욕에서 마이애미까지 가는

데 보통 소득이 매우 높은 비즈니스맨은 비행기를 이용하고 소득이 적은 대학원생들은 자동차를 이용한다. 왜 그러한가?'와 같은 질문들을 하는 것이다. 지금이야 시간에 대한 가치가 다르기 때문에 그렇다고 쉽게 답할 수 있지만, 처음 문제에 부딪혔을 때 '그야 돈 많은 사람은 비행기 타고 돈 없는 학생은 자동차를 탈 수밖에 없지, 뭐 특별한 이유가 있나'라는 데에 생각이 머물러 있었다. 이러한 유형의 문제들로 세뇌를 해 가며 한 학기 동안 경제학적 마인드를 키워 나갔다.

내가 유학할 당시 OSU 교수들은 대부분 시장경제를 매우 중요시 하는 분들이었다. 레이Edward Ray, 마블Howard Marvel, 호린Donald Haurin, 매칼로크J. Huston McCulloch, 케인Edward Kane 교수 등이 그러한 분들이었다. 레이 교수와 마블 교수로부터 미시경제학의 강의를 들으며 경제학적 사고방법을 배웠고, 호린 교수의 강의는 저소득층을 위한 정부의 주택정책은 저소득층이 아닌 중산층에 혜택이 간다는 사실을 배웠고, 정부정책이라는 것이 의도한 대로 되지 않는다는 것을 배웠다. 나의 지도교수인 매칼로크 교수는 이자율 기간구조term structure of interest rates의 권위자이고, 신통화주의자이다. 그로부터 나는 이자율의 중요성과 화폐의 중요성을 배웠다. 그는 시카고 전통의 통화이론과 미제스의 화폐이론을 접목하려고 노력했다. 물론 이 사실을 나는 그 당시에는 몰랐었고 나중에 미제스를 공부한 후에서야 매칼로크 교수가 오스트리안의 이론들을 주류 경제학에 포함시키려 했다는 것을 알았다.

이러한 학문적 배경 하에 나에게 조금 더 시장경제에 가깝게 자극을 주었던 교수는 케인 교수였다. 그는 금융규제 분야의 석학으로서 그의 강의는 OSU에서 매년 최고의 명강의로 꼽혔다. 그는 그야말로 열정적으로 강의했다. 그는 헤겔의 변증법을 이용해 정부의 규제가 '규제regulation - 규제완화deregulation - 재규제reregulation'로 변천해 간다는 규제의 변증법을 주창했다. 그는 정부 규제에 대해 스티글러George Joseph Stigler의 포획이론을 강조했고, 정부가 규제를 할 경우 좋은 의도로 하지만 그 결과는 항상 나쁘다면서 정부 규제의 'good intension, evil performance좋은 의도 해로운 성과'를 강조했다. 이것은 나에게 매우 중요한 모멘텀이 되었다. 왜냐하면 내가 나중에 시장경제를 강조하게 되고 프리드먼을 만나게 되는 계기를 주었기 때문이다.

밀턴 프리드먼과의 조우

나는 화폐금융, 특히 이자율에 관심이 있었기 때문에 매컬로크 교수를 논문지도 교수로 정했다. 논문도 그의 전문분야인 이자율기간구조를 이용한 이자율 위험에 관해 썼다. 최종논문을 쓰는 과정에서 지도교수인 매컬로크 교수가 프랑스로 1년간 연구년을 떠났다. 그 기간 동안 논문을 더 이상 진척시킬 수 없어서 논문과 직접적인 관계가 없는 책들을 읽기 시작했다. 그 과정에서 만난 것이 프리드먼의 책들이다.

프리드먼의 책을 처음 만난 것은 그야말로 우연이다. 어느 날 학교 앞 서점에 들렀다가 책꽂이에 꽂혀 있는 조그만 문고판 도서 『Bright Promises Dismal Performances화려한 약속, 우울한 성과』라는 책이 눈에 들

미제스를 만나다

어왔다. 순간 케인 교수의 강의시간에 들었던 'good intention, evil performance'가 생각났다. 무슨 연관성이 있는 것 같은 직감에 책을 사 가지고 왔다.

그 책은 프리드먼이 1966년부터 1982년까지 《뉴스위크》에 연재한 칼럼들을 모아놓은 책이었다. 자유주의 철학, 시장과 정부의 역할, 인플레이션, 통화와 재정정책, 가격통제, 소비자보호, 사회보장제도, 복지정책, 조세, 환경보호, 독점, 교육, 환율, 국제무역, 관료 및 정치적 이해집단 등 매우 다양한 주제에 대한 주옥같은 글들이었다. 경제이론을 바탕으로 매우 간결하면서도 함축적인 언어로 경제 및 사회 문제를 분석해 나가는 그의 글들에서 큰 감동을 받았다. 거기에서 케인 교수가 강조했던 'good intention, evil performance'의 사례들을 수없이 보았다.

"정부는 좋은 의도로 시장에 개입한다. 중소기업과 이른바 경제적 약자들을 보호하기 위해 시장에 규제를 가한다. 가난한 사람을 위해 가격을 통제하고 복지정책을 세운다. 그러나 이러한 '화려한 약속'은 처음에 의도했던 좋은 의도와는 정반대의 결과인 '우울한 성과'만을 낳을 뿐이다. 보호하고 도와주려 했던 중소기업, 약자, 그리고 가난한 사람을 더욱 어렵고 고통스런 상황에 직면하게 만든다."

충격이었다. 머리가 텅 비어버리는 느낌이 왔다. 이전까지 기껏해야 프리드먼에 대해 항상소득가설을 주장한 사람, 통화주의자로서 준칙에 의한 통화 공급을 주장한 사람, 그 공로로 노벨상을 받은 사람으로만 알고 있었다. 그러나 그것이 다가 아닌 것을 알게 된 후부터는 그에 관한 책을 찾아서 읽기 시작했다. 그래서 읽은 책들이 『자본주의와 자유』, 『선택할 자유』, 『현상유지의 폭군』 등이었다.

그 책들을 읽고 시장경제에 대한 확신을 갖게 되었다. 시장경제의 본질이 자발적 교환에 의한 사회적 협동이고 그것을 이루게 하는 것이 가격제도임을 알게 되었다. 그리고 좋은 의도로 가격을 통제하는 경우 왜 의도하지 않은 결과를 초래하는지를 체계적으로 알게 되었다. 가격은 정보제공기능, 유인기능, 소득분배기능을 하면서 시장경제를 움직여 나가는데, 가격의 정보기능과 유인기능은 시장에 맡기고 소득분배를 정부가 맡으려고 할 때 앞의 두 기능이 작동하지 않아 가격 기능이 파괴된다고 프리드먼은 설명하고 있다.

귀국 후 활동

1987년 6월 박사학위를 취득하고 OSU 캠퍼스가 있는 콜럼버스에서 남쪽으로 80마일 떨어져 있는 오하이오대학교Ohio University에서 1년간 객원 조교수visiting assistant professor를 지낸 후 1988년에 귀국해 1989년 경희대학교 경제학과에 임용되었다. 경희대학교 경제학과에 임용된 후 대학원생들에게 공부도 시키고, 한국사회에 시장경제를 전파하는 것이 필요하다고 생각되어 1994년 내가 감동을 받았던 프리드먼의 『Bright Promises Dismal Performances』를 『자유시장과 작은 정부』라는 이름으로 번역 출판했다. 제목을 그렇게 붙였던 이유는 당시에 많은 사람들이 자유시장과 작은 정부를 주장하면서도 그 개념을 잘 이해하지 못하고 있었기 때문이다. 그 후 이 책이 절판되어 2005년에는 원제목

미제스를 만나다

에 맞게 『화려한 약속, 우울한 성과』라는 제목으로 다시 출판했다.

한편 시장경제가 정착되는 사회로 가야 향후 한국이 더욱 발전할 수 있다는 생각을 가진 전남대학교 김영용 교수, 대구대학교의 전용덕 교수, 현 전국경제인연합회 상근부회장인 이승철 박사와 함께 시장경제연구회를 조직하고 매월 한 번씩 나의 연구실에 모여 시장경제 관한 책들을 독회하고 토론했다. 우리는 참 열심히 했다. 한 가지 아쉬운 점이 있다면 당시 나는 1주일에 18~24시간 강의를 하고, 학교 내 연구소에서 보직을 맡고 있어서 시장경제 연구에 더 많은 시간을 투여하지 못했다는 점이다.

미제스와 만나다

그러다가 1997년 자유기업센터가 설립되고 초대 소장으로 공병호 박사가 활동했다. 어느 날 공병호 소장이 나에게 루드비히 폰 미제스의 『Planning for Freedom^{자유를 위한 계획}』을 번역해 보지 않겠냐고 의뢰해 나의 아내 이은영 박사와 같이 번역했다. 이 책은 미제스의 주요 논문과 강연들, 그리고 미제스의 제자와 그와 가까웠던 사람들이 그를 추모해 쓴 글들로 구성되어 있었다. 거기에는 자유주의 철학을 바탕으로 사회주의, 공산주의, 계획주의, 그리고 시장에 대한 정부 간섭의 효과가 다뤄져 있고 화폐 및 신용, 자본, 그리고 경기순환에 관한 것들이 개괄적으로 포함되어 있었다. 그의 논리성과 경제현상에 대한 통찰력에 감탄하지 않을 수 없었다.

나는 미제스에 매혹되었다. 그래서 그의 책들을 찾아 미제스를 연구하기 작했다. 『자유주의』, 『사회주의』, 『관료주의』, 『인간행동』, 『화폐 및 신용의 이론』 등을 읽어 나갔다. 또 다른 세상이 열리는 듯했다. 자유주의 경제학이 무엇인지 알 것 같았다. 그리고 왜 우리가 자유주의를 추구해야 하는지 깨달았다.

미제스는 자유주의만이 인류를 가난에서 구하고 풍요와 번영을 가져다주는 유일한 길임을 역설했다. 사회주의와 국가간섭주의를 끝까지 거부했다. 사회주의는 결코 실현될 수 없는 제도이고, 사회주의 국가는 망할 수밖에 없다는 것을 논리적으로 설파했다. 정말로 그의 주장대로 사회주의 국가는 멸망했다.

미제스의 말대로 자유주의가 인류를 맬더스의 함정에서 벗어나게 하고 잘살게 만들었으며 특정한 그룹이 아니라 일반 사람들과 사회 전체의 이익을 위한 사상이었다는 사실에 내가 경제학자로서 해야 할 일이 무엇인지가 분명해졌다. 우리 사회에 자유주의 이념을 세우는 일이 대한민국을 살기 좋은 나라로 만드는 일임을 확신하게 되었다. 사유재산권, 경쟁, 법치, 작은 정부 등을 실현하는 일에 매진하는 것이 나의 길이라고 마음먹었다.

이런 점에서 지금 우리 사회에서 자유주의가 많이 오염되어 가고 있어 안타깝다. 사유재산권이 상당히 훼손되고, 정부의 경제에 대한 개입이 심화되고 있으며, 정부가 커져 가고 있기 때문이다. 그래서 경제가 침체되고 실업이 증가하고, 직장을 잃어 가난한 사람이 더욱 가난해지는 현상이 나타나고 있기 때문이다.

미제스를 만나다

하이에크소사이어티 활동과 나의 학문 세계

인생에서 학문적 동지를 만난다는 것은 참으로 즐겁고 행복한 일이다. 내가 자유주의자로서 활동하는 것을 지켜보았던 강원대학교의 민경국 교수가 1999년 한국의 자유주의자들이 만든 학회인 하이에크소사이어티 가입을 권했다. 그 인연으로 회장을 역임하기도 했다. 거기에서 나는 시장경제연구를 같이 해 왔던 김영용 교수와 전용덕 교수 외에 복거일 선생, 강위석 선생, 신중섭 교수, 김우택 교수 등 많은 자유주의 학자들을 만났다. 하이에크 연구의 권위자인 민경국 교수로부터 하이에크 사상과 자생적 질서를 배웠고, 소설가이면서 경제평론가인 복거일 선생으로부터 진화론, 언론인 출신인 강위석 선생으로부터 동양의 자유주의 사상, 철학이 전공인 신중섭 교수로부터 자유주의 철학, 김우택 교수로부터 경제사에 대한 지식을 얻었다. 우리는 각자의 전공에서 자유주의를 연구하고 토론하며 한국 사회에 자유주의를 전파하는 데 노력했다.

나는 화폐금융 전공자로서 이자율, 화폐 문제, 경기변동에 관심이 많았다. 미제스를 만나기 전까지 경기변동에 관해 내가 갖고 있던 지식은 케인즈학파, 통화주의, 합리적 기대이론, 실물경기변동이론이었다. 그리고 나는 주로 통화주의나 합리적 기대이론을 추종하는 편이었다. 그러나 미제스를 만나고 생각이 달라졌다. 미제스의 『화폐 및 신용의 이론』을 접하고 미제스의 이론이 훨씬 현실을 잘 설명하고 있음을 알았다.

그 후 나는 오스트리안 경제학과 경기변동 이론에 관심을 갖고 공부하기 시작했다. 로렌스 화이트Lawrence White, 케빈 다우드Kevin Dowd, 조지 셀진George Selgin 등의 연구물로부터 자유금융Free banking과 민간화폐제도의 존재를 알게 되었으며, 시장경제 원리에 맞는 화폐금융제도가 중앙은행제도가 아닌 바로 자유금융과 민간화폐제도임을 알게 되었다. 또한 로스버드의 『정부는 우리 화폐에 무슨 일을 해왔는가?』와 '미국의 디플레이션에 대한 연구'를 통해 정부의 영화제도fiat money system가 얼마나 경제를 불안정하게 하는지를 발견했다.

　이러한 연구들을 바탕으로 나온 나의 책이 2008년에 출판된 『시장경제와 화폐금융제도』이다. 시장경제를 작동하는 것이 가격제도다. 가격이 왜곡되면 경제주체들이 정확한 정보를 전달받지 못해 잘못된 경제계산을 하게 되어 시장이 왜곡되고 경제가 불안정해진다. 그런데 모든 가격은 화폐로 표시되기 때문에 사람들이 경제적 계산을 하는 가격은 모두 화폐 가격이다. 그러므로 화폐가치가 왜곡되면 재화의 가격들이 왜곡되고, 재화의 가격이 왜곡되면 시장 참가자들의 경제적 계산이 왜곡되어 교환이 방해받고 시장경제가 잘 작동되지 않는다. 이 책에서 나는 화폐가치를 불안정하게 하는 요인이 정치적 영향을 받는 현재의 중앙은행시스템이라고 주장했으며, 이러한 중앙은행시스템을 개혁해 화폐가치가 안정적으로 유지될 수 있는 화폐제도를 제시했다.

　한편 호르위츠Steven Horwitz, 개리슨Roger Garrison, 휼스만Jörg Guido Hülsmann 등의 화폐와 거시경제에 대한 연구들을 통해 미제스의 경기변동이론을 더욱 신뢰하게 되었다. 미제스의 경기변동을 간략히 요약하면 다음과 같다.

사람들이 저축을 늘리면 금리가 하락하거나 중앙은행이 인위적으로 금리를 인하할 수 있다. 기업가들은 하락한 금리에 반응해 새로운 프로젝트에 착수하는데, 이런 프로젝트들은 이자율에 가장 민감한 부문인 채광업과 원자재 그리고 건설과 자본설비 등과 같이 최종소비재와 생산의 시간적 간격이 큰 생산부문에서 더 많이 발생하는 경향이 있다. 금리 인하의 원인이 저축의 증가와 같이 자연스런 것이라면 시장은 원활하게 작동한다. 즉, 장래의 소비를 위해 소비대중이 저축한 자원을 기업들이 새로운 투자 프로젝트에 사용함으로써 이런 프로젝트들은 완수된다.

그러나 금리 인하의 원인이 정부의 조작과 같이 인위적인 것일 경우 새롭게 착수된 모든 프로젝트가 완수될 수 없는데, 그 이유는 모든 프로젝트를 완성하는 데 필요한 자원을 대중이 저축한 일이 없기 때문이다. 투자자들이 지속할 수 없는 생산라인으로 잘못 인도된 것이어서 잘못 투자된 사업은 결국 중단될 수밖에 없다. 결국 불황에 빠질 수밖에 없고 사회는 그만큼 고통을 겪게 된다.

금리 조작이 일찍 끝나면 끝날수록 잘못된 투자가 제자리로 더 빨리 돌아가고 잘못 배분된 자원이 지속가능한 생산라인에 더 일찍 투입될 수 있지만, 인위적인 부양을 더 오래 하려고 시도할수록 불가피하게 찾아올 붕괴는 더욱 극심해진다.

이러한 내용은 1930년대 대공황과 2008년도 글로벌 금융위기를 아주 잘 설명한다. 1930년대 대공황은 1920년대 미국 정부의 통화팽창정책으로 거품이 형성되었다가 붕괴되면서 촉발되었고, 2008년 글로벌 금융위기 역시 2000년 들어서면서 저금리 정책으로 과도하게 통화를 푼 결과 붐과 버스트가 생기면서 발생한 것이다.

1930년대 대공황이 통화정책의 잘못 때문에 발생했다는 점에서, 그리고 경기변동의 원인이 화폐라는 점에서 오스트리안과 프리드먼의 주장은 동일하다. 그러나 그 내용은 매우 다르다. 미제스와 하이에크는 1930년대 대공황이 어떻게 발발했는지 그 근원을 말하는 것이고 프리드먼은 충격 이후, 즉 1930년대 초 통화량 감소에 따라 불황이 심화되었다고 한다.

다시 말하면 대공황의 시발점인 1929년의 주가 폭락에 대해 통화주의는 설명하지 못한다. 그 이유는 시카고학파의 경제학자들은 일반적으로 효율적 시장가설Efficient market hypothesis을 바탕으로 하기 때문이다. 강한 형태strong form의 효율적 시장가설은 주택거품과 같은 존재를 부인한다. 합리적 경제주체와 신속히 청산되는 가정을 바탕으로 하고 있고 자본구조에 대한 정치한 이론이 없기 때문에 시카고학파는 불황을 갑작스런 '충격'에 기인하는 '균형' 결과로 설명할 수밖에 없다.

역사적으로 통화주의는 시장금리 이하의 금리로 인해 야기되는 왜곡을 생각하지 못했다. 그렇기 때문에 2008년 금융위기도 전혀 예측하지 못했다. 통화량이 늘어도 소비자물가지수가 안정적인 것을 보고 통화팽창에 의한 주택시장에서의 거품을 간과한 것이다. 최근에서야 통화주의는 Fed미국연방준비은행제도의 제로금리 정책을 비난하기는 하지만 2008년 금융위기를 Fed의 '긴축통화' 정책에 있다고 주장한다.

프리드먼은 대공황의 원인이 자유시장의 실패가 아닌 정부 실패인 것을 밝힘으로써 자유시장경제를 케인스 경제학으로부터 복원하는 데는 커다란 공헌을 했지만 프리드먼 경제학을 바탕으로 한 통화주의는 경기

미제스를 만나다

변동을 잘 설명하지 못했다. 바로 이러한 문제 때문에 나는 프리드먼의 통화주의 이론이 아닌 미제스의 경기변동이론을 지지하고 있다.

김승욱 (중앙대학교 경제학부 교수)

기독교 가정에서 태어나 '가난한 사람을 돕는 방법'을 연구하기 위해 경제학자가
되기로 결심했고, 사회적 약자를 돕기 위해 산업재해를 주제의 논문을 써 박사학
위를 받았다. 많은 기독교인들이 자유주의자들에 대해 가지는 편견을 보기 좋게
깨뜨려주는 따뜻하고 이타주의적인 가슴의 소유자이다. 자본주의 정신의 상당 부
분은 기독교에서 유래되었다고 생각하며, 그래서 개인주의와 자유주의는 기독교
의 세계관과 이율배반적이 아니라고 주장하는 흔치 않은 기독경제학자.

기독교인도
자유주의자가 될 수 있는가

나의 과거 이야기

나는 주일 성수를 엄격하게 하는 4대째 기독교 가정에서 자랐다. 어릴 때부터 매주 성경을 한 구절씩 암송했고, 친한 친구들도 대부분 교회에서 사귀었다. 가난한 이웃을 도와야 한다는 말을 많이 듣고 자라서 그런지 고교 1학년 때 가난한 사람을 돕는 방법을 연구하기 위해 경제학자가 되기로 결심했다. 확연한 이과 적성에도 불구하고 경제학과에 진학하기 위해서 문과를 선택했다. 졸업 후 좋은 직장에 들어가게 되었지만 대학원에 진학해 경제학자가 되겠다는 꿈을 안고 유학길에 올랐다. 경제사 박사논문 주제도 사회적 약자를 돕기 위해 산업재해와 관련된 것을 선택했다. 1991년에 한국노총 근로자들의 청약으로 세워진 평화은행이 주주를 모집한다고 해서, 노동자들을 돕는다고 없는 살림에

딸 교통사고로 받은 위자료를 몽땅 털어서 그 주식을 샀다.[1]

중앙대 교수가 된 후에는 '샌프란시스코의 선지자'라고 불렸던 헨리 조지Henry George의 『진보와 빈곤』을 읽으며 헨리조지협회지금의 성토모, 성경적 토지정의를 위한 모임에 가입을 해서 함께 번역 작업도 하고 정기 공부 모임에도 참석했다. 철학, 윤리학, 신학, 과학 등 다양한 전공의 기독학자들과 학문적 교제를 나누며, '기독교학문연구회'를 창립하는 데 동참했다.

그리고 기독학자들 중에 공동체주의자, 사회주의자, 진보주의자, 좌파들이 더 많다는 것을 알게 되었다. 예수는 산상수훈에서 속옷을 가지고자 하는 자에게 겉옷까지도 가지게 하며 또 누구든지 너로 하여금 억지로 오 리를 가게 하거든 그 사람과 십 리를 동행하고, 네게 구하는 자에게 주며 네게 꾸고자 하는 자에게 거절하지 말라마태복음 5:40-2고 가르쳤다. 톨스토이는 산상수훈을 문자 그대로 실천하려고 노력했다.[2]

이렇게 성경은 약자에 대한 배려와 사랑을 강조하기 때문에 많은 기독교인들은 기독교가 추구하는 평등과 나눔을 강조하는 좌파 이데올로기와 더 가깝다고 생각한다. 미제스의 말처럼 사회주의 이념은 숭고하기도 하고, '인간 정신의 창조물 가운데 가장 야심적인 것 가운데 하나'라고 할 수 있기 때문에 많은 기독교인들이 사회주의와 공동체주의에 더 매력을 느낀다. 그래서 자유와 평등이 갈등을 일으킬 경우 자유보다 평등을

---

1 평화은행은 1997년 말 외환위기를 맞으면서 재무구조가 급격히 악화 되어 한빛은행에 합병되었다. 단기투자는 투기라고 생각하고, 잊고 지내다가 나중에 확인해보니 이미 주식이 휴지가 되었다.

2 톨스토이는 산상수훈을 문자 그대로 따르려고, 광대한 토지를 처분해 가난한 자들에게 나눠 주고, 하인을 놓아 주고, 저작권도 포기하고, 자신은 농부들이 입는 옷을 입고 손수 만든 신발을 신고 지내며, 밭에 나가서 일을 했다. 그래서 아내와 갈등을 겪고 교회에서도 파문당해서, 결국 명예도 잃고 가족도, 재산도, 자신의 정체성도 모두 잃어버린 채 방랑생활을 하다가 어느 시골 철길에서 죽고 말았다. 필립 얀시, 『내가 알지 못했던 예수』, 186-87

 기독교인도 자유주의자가 될 수 있는가

더 중요하게 여기고, 자유주의에 대해서 부정적인 인식을 가지고 있다.

　기독교인들이 사회주의에 더 매력을 느끼는 두 번째 이유는 개인주의와 이기주의를 동일시하며, 이기주의는 극복해야 할 것이라고 생각하기 때문이다. 비록 기독교인들은 예수의 가르침을 문자 그대로 다 실천하지 못하더라도, 교육을 통해서 이기적인 사람도 욕심을 덜 부리고, 베풀 줄 아는 인격자가 될 수 있다고 본다. 게다가 기독교인들은 창조주가 창조만 하고 세상을 내버려두는 것이 아니라, 성령Holy Spirit을 보내어 개인들을 돕고 섭리하기 때문에 성령의 도움을 받으면 이기심까지 극복할 수 있으므로, 불쌍한 이웃에게 아낌없이 베풀며 나누는 삶이 가능하다고 생각한다. 그리고 사회 구성원 모두가 그런 노력을 할 때 보다 살 만한 사회로 변화된다고 생각하기 때문에 기독교인들은 개인적 자유주의보다는 사회주의가 더 바람직하다고 여기는 경향이 있다.

　기독교인들이 자유주의에 대해서 매력을 갖지 못하는 세 번째 이유는 기독교가 하나님의 주권을 매우 강조하기 때문이다. 모세 오경토라의 첫 번째 책인 창세기는 인간이 타락해 죄인이 된 근본적인 동기가 하나님처럼 자율적인 존재가 되려는 것이라고 본다. 오늘날에도 인간은 하나님으로부터 독립된 자율적인 존재가 되려고 한다. 그러나 타락의 결과로 인간은 하나님과의 관계가 단절되어 불완전하고 이기적인 존재가 되었기 때문에 각종 문제가 야기된다. 이 문제를 해결하기 위해서는 하나님의 도움이 필요하므로 하나님의 주권이 매우 중요하다.[3] 따

---

3 물론 인간의 의지적 결단이 어느 정도 중요한가는 교파에 따라 견해 차이가 있다. 요한 웨슬레의 영향을 받은 감리교나 성결교는 인간의 의지를 강조하기는 하지만, 칼뱅의 영향이 큰 장로교는 구원의 예정설을 강조한다.

라서 개인의 자유를 추구하는 것이 신앙과 위배된다고 생각하는 경향도 있다.

마지막으로 기독교인들이 사회주의나 공동체주의에 매력을 느끼는 이유는 기독교가 교회공동체를 강조하기 때문이다. 기독교에서는 가정과 교회만이 하나님이 손수 만드신 조직이라고 본다. 교회의 머리는 예수 그리스도이고, 신자들은 몸이라고 비유한다. 즉 교회는 하나님의 선한 뜻을 세상에 펴는 몸이다. 따라서 어떤 사람은 손의 역할을, 어떤 사람은 발의 역할을 하는 등, 각 지체는 서로 협동하면서 머리인 예수 그리스도의 뜻에 따라 자신의 역할을 감당한다고 본다. 따라서 기독교인들은 공동체주의가 더 기독교적이라고 느낀다.

이러한 이유들로 인해서 많은 기독교인들은 개인주의자와 자유주의자들에 대해서 자기만 잘 먹고 잘 사는 데 관심을 갖는다는 부정적인 인식을 가지고 있다. 그리고 주류경제학은 물질적 인센티브를 긍정하기 때문에 인간의 이기심을 극복하려고 하기보다는 이기심을 만족시키기 위한 선택에 초점을 맞추고, 빈부격차 문제 해결에 만족할 만한 대안을 제시하지 못하기 때문에 많은 기독교인들은 주류경제학에 대해서 의혹의 시선을 보낸다. 마치 '개인주의적 사회주의'가 모순된 용어이듯이[4] 기독교 경제학도 모순된 단어의 결합이라고 생각하는 기독교인들이 많다. 그들은 시장경제를 옹호하는 경제학자들을 시장지상주의자라고 비난하면서, 맘몬의 경제학을 수용한다고 비판한다. 특히 기독학자들 사이에 토지 등 부동산분야를 보는 시각에서는 큰 차이가 있어서 열띤

---

4 하이에크, 『노예의 길』, 1943, 김영청 역(1999), 자유기업센터, 52

논쟁이 있었다.[5]

그런데 나는 왜 자유주의를 지지하는가?

나는 대학시절부터 경제학만을 전공했다. 박사과정에서 주 전공으로 경제사를 선택해 더글러스 노스의 신제도주의 경제사학을 공부하면서 인류경제발전을 제도적 측면에서 설명했는데, 새로운 생활방식의 선택을 억압하는 전제 권력이 없는 곳에서 자본주의가 자라나고 경제가 성장했다는 견해가 오늘의 서구 경제성장을 설명하는데 매우 합당하다고 여겼다.

교수가 된 이후에는 미국과 유럽의 기독경제학자들이 쓴 시장경제에 대한 비판 서적을 읽으며, 기독교 세계관으로 내가 배운 경제학을 평가

---

5 아마 기독교 경제학자들 사이에 가장 큰 견해 차이가 나타나는 분야가 토지소유권이라고 생각된다. 일찍이 헨리 조지가 모세 오경의 세 번째 책 레위기의 희년제도에 대한 언급 중에 있는 "토지를 영구히 팔지 말 것은 토지는 다 내 것임이니라(25장 23절)"라는 구절을 근거로 『진보와 빈곤』에서 토지는 다른 재화와 다르기 때문에 공유해야 한다고 하는 토지공유제와 토지단일세론을 주장했다. 이것을 한국에서 평생을 보낸 토레이(대천덕) 신부가 소개하면서 한국의 많은 기독교인들이 수용해서, 헨리조지연구회가 발족되었다. 다음의 글들을 참고: 김윤상·박창수(2007), 『진보와 빈곤 - 땅은 누구의 것인가』 서울, 살림, 남기업(2007), "토지는 다른 재화와 명백히 구별된다" 『목회와 신학』,172-177; 대천덕(2003), 전강수·홍종락 역 『토지와 경제정의』, 서울, 홍성사; 대천덕 편(1988), 『토지와 자유: 성서적 경제관』, 도서출판 무실, 전강수·한동근(2002), 「한국의 토지문제와 경제위기」, 헨리조지연구회, 『헨리 조지 100년 만에 다시 보다』, 경북대학교출판부, 이에 대해서 주류경제학을 전공한 여러 기독학자들이 반론을 폈다. 김승욱, 〈참여정부 부동산정책에 대한 기독교적 평가〉, 《신앙과 학문》 2007, 12월, 이상원(2006. 10), 「토지 단일세는 성경적 경제 제도인가」, 『목회와 신학』 두란노, 이상원(2007. 1), 「토지단일세론의 타당성에 대한 논증」, 『목회와 신학』, 두란노, 이재율(1998), "헨리 조지의 분배이론 연구", 『경제학연구』, 46(2), 301-327; 이재율(2001), 「토지가치세의 공정성 문제」, 『국제경제연구』, 7(2); 이재율(2005), 「헨리 조지의 빈곤의 원인과 대책에 대한 비판적 고찰」, 『한국경제연구』, 14; 이재율(2006), 「헨리 조지의 토지가치세제와 성경적 토지제도」, 『신앙과 학문』, 기독교학문연구회, 11(2), 169-93; 곽태원(2005), 『토지는 공유되어야 하는가? - 진보와 빈곤에 나타난 헨리 조지의 토지사상 평가』, 한국경제연구원

했다. 나에게 큰 영향을 미친 사상가들은 『자본주의와 진보사상』을 쓴 네덜란드의 경제사학자 하우츠바르트Bob Gauzwaard, 가난한 자에 대한 관심을 촉구한 로널드 사이더Ronald Sider,[6] 자본주의와 사회주의에 대한 기독교적 관점을 다룬 도널드 헤이Donald Hay,[7] 막스 베버Max Weber의 저서들과 그 비판서,[8] 칼뱅Jean Calvin의 경제윤리,[9] 현대 사회문제에 대한 존 스타트John Stott[10] 등을 꼽을 수 있다. 그리고 기독교세계관에 대한 여러 철학자와 신학자들의 책이 도움을 주었다. 토마스 쿤Thomas Kuhn의 패러다임 전환,[11] 기독교 세계관에 대한 제임스 사이어James Sire와[12] 월터스Albert M. Wolters의 저작들이 있다.[13] 그중에서도 특히 주로 내게 영향을 많이 준 것은 19세기 네덜란드의 목사로, 일간신문을 창간하고 자유대학 총장과 네덜란드 총리까지 역임한 아브라함 카이퍼Abraham Kyper였으며, 그의 신학노선인 신칼뱅주의Neo-Calvinism가 가장 옳은 신학으로 여겨졌다.[14] 그리고 이 패러다임을 가지고 역사에 나타난 기독교문화의 유

---

6 사이더, 로널드, 『기아와 빈곤으로부터의 해방』, 보이스사, 『가난한 시대의 부유한 그리스도인』

7 도널드 헤이(1989), Economics Today: A Christian Critique, Leicester, UX: Inter Varsity. 도널드 헤이(1990), A Christian Critique of Capitalism/Socialism, 김정식 역, 『자본주의와 사회주의』, IVP

8 막스 베버(1988), The Protestant Ethic and the Spirit of Capitalism, 박성수(역), 『프로테스탄티즘의 윤리와 자본주의 정신』, 문예출판사, 로버트 그린, 『프로테스탄티즘과 자본주의: 베버명제와 그 비판』, 종로서적, 1987

9 앙드레 비엘러, 『칼빈의 경제윤리』, 성광문화사, 1985

10 존 스타트, 『현대사회문제와 기독교적 답변』, 기독교문서선교회, 1985

11 토마스 쿤, 『과학혁명의 구조』, 1962

12 제임스 사이어, 『기독교세계관과 현대 사상(Universe Next Door)』, 김헌수 역, IVP

13 알버트 월터스, 『창조 타락 구속』, 양성만 역, IVP

14 Kyper, Abraham(1987), Christianity as a Life-system: the Witness of a World-view, 서문강 역, 『삶의 체계로서의 기독교: 기독교의 세계관과 인간 이해』, 새순출판사

기독교인도 자유주의자가 될 수 있는가

형을 다섯 가지로 분류한 리처드 니이버 Richard Niebuhr에게도 큰 영향을 받았다.[15] 이러한 학습들을 통해서 기독교 신앙과 경제학을 어떻게 조화를 이룰 것인가를 가지고 고민을 했다.[16]

기독교에도 수많은 분파와 견해가 있으므로 신칼뱅주의에 입각해 내가 왜 자유주의를 수용하는지 다섯 가지 이유를 설명한다. 첫째, 자유주의자들이 주장하는 자유가 하고 싶은 대로 하는 적극적 자유가 아니다. 자유주의란 가능한 한 강제력에 적게 의존해야 한다는 기본적인 원리 하에,[17] 개인의 자유를 무엇과도 바꿀 수 없는 가장 소중한 가치로 인정하는 것이다. 자유주의란 "배타적, 특권적, 독점적 조직을 반대하고, 강제를 반대하는 주장이다."[18] 기독교에서 나쁘게 보는 것은 하나님을 부인하고, 하나님의 위치에 오르려고 하는 인간의 오만함, 즉 신으로부터의 자유를 나쁘다고 하는 것이지, 인간 자유의 소중함을 부인하는 것은 아니다. 자유주의자들이 말하는 소극적 자유를 기독교는 자유주의자들과 거의 유사할 정도로 소중하게 생각한다.

내가 기독교가 자유주의를 수용한다고 생각하는 두 번째 이유는 하나님이 인간에게 자유의지를 주었기 때문이다. 창세기의 선악과 이야기에 의하면 하나님은 자유의지를 인간에게 주었다. 인간에게 주어진 자유의지는 천사에게도 허락하지 않았고, 그래서 천사도 인간을 흠모한다

---

15 리처드 니이버(1951), Christ and Culture, 홍병룡 역(2007), 『그리스도와 문화』, 서울, IVP

16 김승욱(2000. 10), 「새로운 세계관으로서의 자본주의 세계관」, 『목회와 신학』, 2000, 10월호, 김승욱(2002. 3. 9), 「경제학 분야에서 기독교학문을 어떻게 해야 하는가?」, 기독교학문연구소 2002년 동계학술대회 발표논문; 김승욱(2008a), "경제 신학의 가능성 및 유형", 『교회와 신학』, 17-26; 김승욱(2008b), 「한국 기독경제학의 유형과 발전방향」 『신앙과 학문』

17 하이에크, 『노예의 길(The Road to Serfdom)』, 1943. 김영청 역(1999), 자유기업센터, 40

18 하이에크, 1959, 『자유헌정론(The constitution of liberty)』, 김균 역, 1997, 73

고 한다. 인간이 자유의지를 남용해 타락할 가능성이 있음에도 불구하고 인간을 너무 사랑한 하나님은 인간에게 자유의지를 허용했다. 그리고 타락했을 경우를 대비해 해결책도 준비하셨다. 독일의 신학자 틸리케는 인간은 "하나님이 위험을 무릅쓰고 만드신 존재Man, the risk of God"라고 했다. 피조 세계의 다른 존재는 말씀 한마디로 창조했지만, 인간은 성부, 성자, 성령의 삼위 하나님이 신중하게 고려 끝에 창조했다는 것이다. 이렇게 다른 피조물과 다르게 자유의지를 주어 창조한 인간에게 문화를 일구는 일꾼의 임무를 부여했다.

내가 기독교가 자유주의를 수용한다고 믿는 세 번째 이유는 기독교는 예정에 의해서 미래가 닫혀 있는 것이 아니라, 각 개인의 선택에 의해서 열려 있다고 믿기 때문이다. 일부에서 오해하는 것처럼 만약 예정에 의해서 미래가 정해져 있어, 인간의 선택에 전혀 영향을 받지 않는 닫힌 세계라고 하면, 인간이 하나님께 드리는 기도가 아무런 역할을 할 수 없다. 그런데 기독교에서 기도를 강조하는 이유는 신자의 기도에 따라서 미래가 달라질 수 있기 때문에, 즉 열려 있기 때문이다. 인간은 자유의지를 가지고 하나님께 기도를 하면 하나님이 개입을 하고 미래가 바뀐다.

네 번째로 기독교가 인간의 자유를 존중하는 것은 성령이 인간의 일에 개입하는 방식에서도 드러난다. 기독교에서는 악령과 성령의 가장 큰 차이를 인간의 자유의지를 존중하느냐 하지 않느냐에 있다고 말한다. 정신의학자들은 귀신의 존재를 인정하지 않지만, 기독교는 악령과 귀신이 실재한다고 믿는다. 그런데 그 악령이나 귀신은 인간의 자유의지를 존중하지 않고 노예처럼 부린다. 그러나 성령은 인간 마음의 문 밖

에서 문을 두드리고 있으며, 인간이 마음을 열 때 들어오신다고 예수님은 말씀하셨다. 이와 같이 성령의 개입은 철저하게 인격적이며, 인간의 인격과 자유를 존중한다.

마지막으로, 내가 자유주의를 수용하는 이유는 자유주의자들과 마찬가지로 기독교도 인간의 이성을 신뢰하지 않으며, 따라서 설계와 계획에 반대하기 때문이다. 기독교 인간관에 의하면 하나님은 인간을 하나님의 형상을 닮은 매우 완벽한 존재로 창조했지만, 타락으로 인해서 이성을 비롯한 인간의 능력이 크게 훼손되었다. 그로 인해서 인간의 이성은 결코 완전하지 않으며, 인간 이성의 판단으로 이루어진 설계보다는 경험이 더 신뢰할 만하다는 데 동의한다.

나는 왜 개인주의를 수용하는가?

사회와 개인 가운데 어느 것이 더 우선되어야 하는가? 예수님은 자신을 많은 사람을 위해서 내어 주는 본을 보였고, 한 알의 밀알이 썩어야 많은 열매를 맺을 수 있다는 가르침을 주면서, 제자들에게 희생과 헌신의 삶을 살라고 했다. 그리고 십계명을 단 한단어로 요약하라고 하면, 사랑으로 요약할 수 있다고 할 정도로 이타적 사랑이 기독교 정신의 가장 중요한 것이다. 그런데 이는 이기주의와 양립할 수 없을 것 같다. 그럼에도 불구하고 나는 왜 개인주의를 지지하는가?

그 이유는 첫째, 나는 자유주의자들이 주장하는 개인주의가 나만 중요하고, 나만 잘 먹고 잘살면 그만이라고 하는 그런 천박한 이기주의라고 생각하지 않는다. 하이에크는 "개인주의의 본질적인 특성들─그것은 곧 개인을 인간의 자격으로서 존중하는 것이며 개인 자신의 견해와 취향을 그 자신의 영역에서 그 영역이 아무리 좁게 제한되어 있다 하더라도──을 지상至上의 것으로 인정하는 것이고, 또한 사람은 그 자신의 타고난 개인적 재능과 소질을 개발하는 것이 바람직하다는 신념"이라고 개인주의에 대한 정의를 내렸다.[19] 그리고 그는 개인주의적 미덕으로 '관용, 타인과 그 의견에 대한 존경심, 정신의 독립성과 곧은 성격', '독립심과 자기 신뢰, 위협을 감수하려는 의지, 다수에 반대해 자기 자신의 신념을 유지하려고 하는 각오, 자신의 이웃과 자발적으로 협력하려는 의사' 등을 꼽았다.[20] 나는 이러한 개인주의는 공동체나 사회의 중요성을 부정하는 것이 아니고[21] 개인이 존중되어야 하며, 사회를 위해서 개인의 희생을 강요해서는 안 되는 것이라고 한다면 개인주의는 기독교 세계관과 갈등을 일으키지 않는다. 기독교가 교회 공동체를 중요하게 여긴다고 해서 공동체를 위해서 개인의 비자발적인 희생을 정당화하지는 않는다. 오히려 모든 인간은 개인의 능력과 지식과 신분에 관계없이 신 앞에 동등하다고 여기며, 인간이 하나님의 형상을 따라 창조되었다고 하는 것은 인간이 매우 귀중한 존재임을 말하는 것이다.

두 번째로 내가 개인주의를 수용하는 이유는 기독교에서 말하는 구원은 매우 개인적인 사건이기 때문이다. 최후의 심판은 누구나 개인적으로 받는 것이므로, 아내의 믿음이 좋다고 남편이 천국까지 따라가는

---

19 하이에크, 『노예의 길(The Road to Serfdom, 1943)』, 김영청 역(1999), 자유기업센터, 38

20 하이에크, 『노예의 길』, 212, 하이에크는 개인주의적 미덕을 설명하면서 전체주의적 성향의 '전형적인 독일인'이 가지고 있지 않다고 생각되는 미덕으로 이러한 것들을 꼽았다.

21 하이에크, 『노예의 길』, 97, 297

것이 아니다. 사랑하는 사람을 위해서 기도를 해 줄 수는 있지만, 구원을 책임져 줄 수는 없다. 이런 점에서 기독교는 극히 개인주의적이다. 면죄부와 연옥설을 수용하는 구교에서는 타인의 구원에 영향을 미칠 수 있다고 보지만, 신교는 구원에 관해서는 구교보다 더 개인적이다.

세 번째 이유는 기독교에서는 하나님이 각 개인에게 생명을 준 이유가 있다고 믿기 때문이다. 각자에게 준 달란트와 재능이 있으며 이를 잘 개발해 하나님 나라를 위해서 잘 활용하는 것이 하나님께 영광을 돌리는 일이라고 믿는다. 이러한 소명 역시 매우 개인적이다.

네 번째 이유는 기독교가 강조하는 사랑과 희생이 의미가 있으려면 자기 것을 드려야 한다. 남의 것을 드리면 그것은 희생도 헌신도 아니다. 자기의 것을 드릴 때 그것을 희생이라고 한다. 그래서 구약성경에서 자기의 죄를 대신해서 드리는 짐승을 본인이 준비하고, 직접 죽여야 한다. 기독교는 사유재산을 긍정한다. 의사 누가가 기록한 역사서인 〈사도행전〉의 "믿는 무리가 한마음과 한뜻이 되어 모든 물건을 서로 통용하고 자기 재물을 조금이라도 자기 것이라 하는 이가 하나도 없더라…. 무리가 큰 은혜를 받아, 그중에 가난한 사람이 없으니 이는 밭과 집 있는 자는 팔아 그 판 것의 값을 가져다가 사도들의 발 앞에 두매 그들이 각 사람의 필요를 따라 나누어 줌이라"[22]라는 구절을 근거로 성경은 공유제를 지지한다고 믿는 기독교인들이 있다. 그러나 성경에 등장하는 많은 교회 가운데 이 예루살렘 교회에서만 이런 일이 있었을 뿐, 다른 어떤 교회에서도 이런 일은 일어나지 않았다. 따라서 대부분의 기독학자

---

22 사도행전 4:32~45절

들은 성경은 공유제보다는 사유재산제를 지지한다고 보고 있다. 특히 십계명 가운데 여덟 번째 "도적질하지 말지니라"라는 계명은 사유재산제에서만 가능한 명령이다. 그리고 열 번째 계명 "네 이웃의 집을 탐내지 말지니라. 네 이웃의 아내나 그의 남종이나 그의 여종이나 그의 소나 그의 나귀나 무릇 네 이웃의 소유를 탐내지 말지니라"라는 명령을 보면 성경은 분명히 사유재산제를 지지하고 있다.

맺음말

하이에크는 『노예의 길』 마지막 장에서 종교에 대한 자신의 견해를 밝히면서, "오직 개인의 소유와 가족을 지지한 종교만이 살아남았다"고 주장했다.[23] 나는 기독교가 사적 소유와 가족을 지지해서 살아남은 것이 아니라, 진리이기 때문에 살아남았다고 믿는다는 점에서 하이에크와 생각이 다르다. 그러나 인간의 자유를 보장하는 사회에서 자본주의가 발전했고, 경제가 성장했다는 것을 받아들인다는 점에서 하이에크와 생각이 같다. 그리고 기독교에는 개인적인 측면과 공동체적인 측면이 공존하며, 개인의 자유를 긍정하는 동시에 하나님의 주권을 강하게 주장하지만, 자본주의의 사적 소유제와 개인주의에 기초한 자유주의가 기독교 세계관에 이율배반적이 아닐 뿐 아니라, 오히려 기독교 인간관과 사회관을 잘 반영하고 있다고 생각한다.

물론 과거 서구의 기독교 역사를 보면, 중세의 십자군 전쟁, 마녀재판

---

23 하이에크, 『노예의 길』, 263

기독교인도 자유주의자가 될 수 있는가

과 이단자 화형, 신구교간의 종교전쟁, 신대륙에 대한 착취 등 종교의 이름으로 행한 수많은 폭압이 있었다. 타락한 인간은 자신의 이기적 욕심을 감추고 신의 뜻이라는 이름으로 악을 행하기도 하고, 부족한 이성으로 인해서 그것을 진정으로 하나님의 뜻으로 오해하기도 했다. 그러나 나는 이것이 진정한 기독교의 모습은 아니라고 생각한다. 로마 교황이 이미 잘못을 시인한 것과 같이, 하나님의 뜻에 대한 이해부족과 인간의 욕심 때문에 이런 잘못들을 저질렀다. 막스 베버가 지적한 바와 같이 오늘날 자본주의 정신의 상당 부분은 분명히 기독교에서 유래되었으며, 따라서 개인주의와 자유주의는 기독교 세계관과 이율배반적이 아니라고 생각한다.

김이석 (시장경제제도연구소장)

자유주의에 반(反)하는 정책들이 우리 사회의 번영에 어떤 치명적인 결과를 가져
다주는지를 보여주고 이를 널리 알리는 데 남은 인생을 쏟고 싶은 자유주의자. 미
제스, 하이에크와 같은 위대한 경제학자들을 닮기 위해 아직도 노력을 멈추지 않
는 열정적인 경제학도이다. 미제스의 『화폐와 신용의 이론』, 하이에크의 『노예의
길』, 로스버드의 『인간·경제·국가』 등 오스트리아학파의 기념비적 저술들을 번역
출간하여, 오스트리아학파의 진실과 매력을 전파하는 데 힘을 보태고 있다.

1983년 가을, 오스트리아학파와의 운명적 만남

단지 노력하는 경제학도이고 싶었을 뿐

얼마 전 『번영은 자유주의로부터』라는 제목의 책을 출판하는 과정에서 나남출판사에서 내게 '자유주의 글래디에이터'란 별명을 붙여 주었을 때, 나는 한편으로는 부끄럽고 다른 한편으로는 불편했다. 부끄러웠던 까닭은 그런 별명에 걸맞게 치열하게 살았다고 말할 수 없기 때문이다. 불편했던 까닭은 무슨 '주의자'라는 이름이 붙는 순간, 학문적 논리의 엄밀성보다는 특정 사상의 선호가 부각되기 때문이다. 내심 나는 루트비히 폰 미제스와 같은 위대한 경제학자를 닮고자 노력하는 경제학도로 불리고 싶다. 경기개발연구원의 초빙연구위원으로 있을 때 좌승희당시 경기개발연구원장님이 나를 '리틀 하이에크'라고 불렀을 때 과분해서 어색했을 뿐 이런 종류의 불편함은 없었다.

미제스는 경제학의 가치중립성을 강조한 바 있다. 경제학은 자신이 선호하는 어떤 것을 남에게 강요하는 것이 아니다. 그런 점에서 '나는 왜 자유주의자가 되었는가'에 대한 글을 쓰면서도 쑥스럽고 불편하기는 마찬가지이다. 나는 단지 경제학, 특히 오스트리아학파 경제학을 공부하면서 중요하다고 생각되는 책들을 열심히 번역하고, 내 스스로 진실이라고 확인한 이론들에 따라 주장을 펼쳤을 뿐이다. 그게 전부다.

결국 내가 왜 자유주의자로 불리게 되었는지는 어떻게 해서 오스트리아학파 경제학과 만나게 되었는지의 이야기가 될 것이다. 오스트리아학파 경제학을 만나게 된 경위를 설명하려면 왜 경제학을 공부하게 되었는지, 그리고 교과서 경제학에서 무엇을 배웠으며, 어떤 부분에 만족하지 못했는지에 대해서 말해야 할 것 같다. 결국 고등학교 시절로 거슬러 올라간다.

시인을 동경하던 고등학교 시절

영남고등학교를 다니던 시절, 정열적이고 헌신적으로 학생들을 가르치던 많은 선생님들이 기억에 남지만, 가장 멋져 보인 분들은 등단 시인들이었다. 지금은 고인이 되신 『아아 내가 낸가』라는 시집을 낸 윤태혁 선생님, 그리고 『겨울포도원』을 내신 신중혁 선생님이 그분들이시다.

신중혁 선생님께 느닷없이 '외설과 문학'은 어떻게 다르냐고 당돌하게 물었더니, 대상이 문제가 아니라 그것을 얼마나 진지하게 다루느냐로 나

1983년 가을, 오스트리아학파와의 운명적 만남

널 문제라고 답을 해 주셨다. 가끔씩 술 냄새를 풍기시던 윤태혁 선생님은 서울대 국문과로 진학하는 게 어떻겠냐고 권하기도 하셨지만 말꼬리를 흐리셨다. 50대 초반이 되고 보니 왜 강하게 추천을 하지 않으셨는지 이해가 된다. 누군가 오스트리아학파 경제학에 흥미를 보인다고 해서 내가 그에게 그것을 공부하는 데 인생을 걸라고 할 수 있을까. 나는 단지 그것이 내게 어떤 의미였는지 설명할 수 있을 뿐이다. 그게 전부다. 그 이후의 결정은 그의 몫이다. 그 결정에 따라 그가 맛볼 인생의 쓴맛도 단맛도 온전히 그의 것이다.

아무튼 당시 나는 반 친구 정원무가 들고 온 『고문진보古文眞寶』 속에 든 이백의 시들을 열심히 노트에 베껴 썼다.

도화유수묘연거桃花流水杳然去
별유천지비인간別有天地非人間

그리고 시인 선생님이나 선배들이 창작한 시들을 읽으며 즐거워하고 부러워하기도 했다. 시화전을 한답시고 선후배들과 어울려 밤늦게까지 쏘다니고 한 번씩 금지된 술에 취해보기도 했다. 부모님의 기대를 저버리지 않기 위해 나름대로 학교 공부도 게을리 하지 않았다. 과감한 탈선을 감행할 배짱은 없었지만 나는 누구보다 파격을 즐겼다.

이런 고등학교 때의 버릇은 1979년 서울대학교 사회과학대학에 진학하고도 이어졌다. 학교에 다니면서 불문과에 다니던 김용기와 어울리며 불문과 수업을 기웃거렸다. 그로부터 바슐라르와 보들레르의 이름을 많이 들었건만 지금 내 기억 속에 남아 있는 건 별로 없다. 2학년이 되면서 경제학과에 진학했다. 언제인지는 정확히 기억이 나지 않지만 선배들이 찾아와 서클 가입을 권했다. 무엇을 하는지 물었더니 한 곳은 놀고먹는다고 했고, 다른 곳은 공부를 한다고 했다. 분명 놀고먹는 것은 아니었지만 그런 식으로 자조적으로 표현했다. 10·26, 80년 서울의 봄 등 당시의 정국은 급변하고 있었다. 그런 사회적 격변은 대학가에도 반영되어 경제학과 1년 선배가 도서관에서 투신자살하는 사건이 발생하기도 했다. 그래서인지 사회적 이슈와 관련된 것이 아닌 대상에 대한 관심은 놀고먹는 것으로 분류되었다. 지적 호기심이 많았던 나는 공부한다는 곳을 택했다.

공부하는 서클에 들었다고 해서 놀고먹지 않은 것은 아니다. 그것은 언제나 우리의 삶의 중요한 부분이다. 김용기와 어울리며 여학생들이 유난히 많던 불문과를 기웃거렸고, 그와 당구의 묘미에 빠지기도 했고, 집을 떠나 외롭던, 서울 소재 대학에 다니던 같은 지방 출신 여학생들과 어울리기도 했다. 미팅이라는 것도 해 보았고, 열심히 연애편지도 써 보았다. 서클에서 여러 학과의 친구들과 소위 불온서적들을 읽고 토론하고, 데모를 하다가 최루탄 냄새에 눈물을 흘리며 도망 다니기도 했고,

1983년 가을, 오스트리아학파와의 운명적 만남

별 흥미를 주지 못하던 강의를 듣고, '놀고먹는' 일상들을 보내다 보니 어느덧 대학생활도 끝나 가고 있었다.

1979년 대학 1학년 재학 중에 맞은 10·26은 충격적 사건이었다. 더구나 10·26이 발생하면서 군인들이 기숙사로 들어오고, 기숙사에 있던 학생들은 강제로 각자의 집으로 돌려보내졌다. 대학신입생으로서 나는 아직 사회문제에 대해 어떤 이론이 정확한 것인지 진지하게 생각해본 적이 없었지만 몇 가지는 분명해 보였다. 첫째, 군인이 정권을 장악하는 것은 뭔가 잘못되었다. 국가에 군대가 있는 것은 외적을 막기 위함이고, 박정희 대통령이 말한 것처럼 본인처럼 불행한 군인이 더 이상 나와서는 곤란하다. 둘째, 일본의 식민지 지배는 옳지 않다. 일본에 의한 식민지 지배는 많은 학생들에게 부정하고 싶은 역사였다. 일제의 식민지 지배를 비판하는 강좌, 예를 들어 신용하 교수님의 강좌는 대단한 인기를 누렸다.

지금 생각해보면 그 어떤 다른 이론보다도 자유주의의 관점에서 식민지배가 비판될 수 있었겠지만, 당시 대학가에는 마르크스주의의 변종인 레닌의 제국주의론과 남미 쪽에서 개발된 제3세계론이 널리 수용되고 있어서 과거 식민지였던 국가들이 2차 대전 이후 정치적 독립을 이루기는 했지만 여전히 강대국들의 경제적 식민지로 남아 있다는 인식이 널리 퍼져 있었다. 이런 관점에서는 수입 개방은, 소비자들의 필요를 만족시키거나 필요한 자본재를 들여오는 수단이 아니라 외국자본의 침략에 굴복하는 것이었다.

2학년이 되면서 경제학과에 진학을 했지만 왜 경제학이 중요한지, 소위 주류 교과서 경제학은 학생들이 읽는 제국주의론이나 제3세계론과 어떻게 다른지에 대해서는 전혀 고심해볼 기회가 없었다. 경제학과에서 개설된 과목은 마르크스이론을 새롭게 발전시켰다고 주장하는 『제2 자본론』을 쓴 임원택 교수의 강좌, 조순 교수의 케인즈 거시경제학 강의, 김종현 교수의 경제사 강의, 박재윤 교수의 통화주의와 케인즈주의에 입각한 거시 화폐금융이론, 이승훈 교수의 미시경제학과 통계학, 홍원탁 교수의 국제무역론 등이 있었다.

아쉽게도 이런 강의를 들으면서 효용이론이 주관주의를 바탕으로 한 것이기에 그 뿌리부터 마르크스주의나 그 변종과는 완전히 다른 이론이라는 것을 치열하게 생각하거나 깨우칠 기회는 없었다. 언더서클에서 읽던 책들로부터 나는 물질적 관계가 인간관계에 중요한 영향을 미친다는 것 정도까지는 긍정할 수 있었지만, 소위 물질적 하부구조가 상부구조의 모든 것을 결정한다는 식으로 확장된 결론을 내리거나 역사를 결정론적으로 보는 것은 받아들이기 어려웠다. 그렇다고 김종현 교수의 경제사 강의는 역사적 사실들의 나열적인 서술이어서 별다른 흥미를 주지 못했다. 더글라스 노스 식의 경제사와 같은 것들이 개설되었다면 아마도 많은 학생들의 관심을 끌었을 것이다.

그럼에도 불구하고 개인들의 효용으로부터 경제현상을 설명하려고 한다는 점에서 미시경제학은 가장 체계적이라고 느꼈다. 모든 사람들은 주어진 소득이라는 자원 제약 아래에서의 효용 극대화 문제를 풀고 있

1983년 가을, 오스트리아학파와의 운명적 만남

다. 그 해답은 한계효용과 한계비용을 일치시키는 것이고 그 결과가 소비이고 생산이다. 비록 교과서식의 미시경제학이 미제스의『인간행동』에서처럼 인간 행동의 뿌리부터 다루지 않을 뿐만 아니라 인간은 전자계산기가 아니라는 식의 비판에 침묵하고 있기는 하지만, 일반적으로 모든 사람들에게 적용 가능한 방식으로 된 이론이라는 점은 분명해 보였다. 자본과 노동 두 자원의 부존 상태를 중심으로 각국의 비교우위를 따지는 국제무역론을 배우면서 비교우위의 개념은 상당히 흥미로웠지만, 기억에 남는 것은 독일식 이름을 영어식으로 표기해서 감점을 당한 정도다. 이 비교우위의 의미는 후일 대학원에 진학하면서 미제스의『인간 행동』을 읽으면서 이것이 바로 인간세상에서 사람들이 서로 어울리고 협력하는 바탕이 되는 원리임을 비로소 깨달았다.

아무튼 당시를 회상해보면 내가 경제학과에 다니면서 배운 것들은 경제학 공부라고 부르기에는 부족한 점이 많다. 경제학 개론부터 그 어느 곳에서도 왜 경제학을 공부해야 하는지, 경제학이 사회가 어떤 방식으로 '조직'되어야 어떤 점에서 바람직한 것인지에 대한 문제의식의 출발이 없었기 때문이다. 단지 새뮤얼슨의『경제학』에서 경제학이 '사회과학의 꽃'이라는 말 정도를 들은 것이 전부였다. 한계효용이론의 미시경제학과 케인지언 거시경제학을 동시에 배우면서도 상충성이 있다는 점도 제대로 깨닫지 못했다. 그럼에도 불구하고 미시경제학 공부는 내가 서클에서 읽던 것들로부터 벗어나는 데 영향을 미친 것 같다. 미시경제학을 배운 이후 제3세계론 등은 종전에 비해 너무 추상적으로 들렸기 때문이다.

여타 사회과학, 예를 들어 김경동 교수가 했던 사회학 강의도 들었지만 사회학이 사회를 몰래 들여다보며 사회 구성원들, 특히 지배계층의 허위의식을 비판하는 것 같다는 인상을 받은 것 이외에는 별다른 느낌을 받지 못했다. 김철수 교수의 헌법 강의도 들어보았는데, 헌법의 의의가 무엇이고 왜 배울 필요가 있는지와 같은 데 관심이 있던 나로서는 법조문 하나하나를 파고드는 집요함에 질려버렸다.

한계효용을 바탕으로 한 소위 근대경제학을 가르치는 교수님들 가운데 자신의 이론적 틀이 마르크시즘이나 종속이론 등과 어떻게 다른지 학생들에게 이야기하는 분은 없었다. 잘 몰라서였을까? 아니면 마르크시즘을 믿는 학생들이나 교수들과 불필요한 충돌을 원하지 않아서였을까? 아니면 내가 대학원 경제학과에 진학해서 그분들과 더 친밀하게 이야기를 나눌 기회를 가졌더라면 제대로 들을 기회가 있었을까? 다행인지 불행인지 나는 영남대 대학원 후 학기에 다니게 되어 아직 그 이유를 확신하지 못하겠다.

이용욱 교수님을 만나
미제스, 하이에크를 알게 되다

나는 진로에 대해 진지하게 고민해보지 않고 우물쭈물하다가 무엇을 하며 살지 전혀 생각해보지 않은 상태에서 졸업을 앞두게 되었다. 그런 내게 '자유주의자'가 된 결정적인 계기는 우연하게 찾아왔다. 부모님, 특히 아버지는 내게 자주 편지를 써서 열심히 살 것을 주문하셨지

1983년 가을, 오스트리아학파와의 운명적 만남

만 그 방향에 대해서는 전혀 언급이 없으셨다. 다만 '학자의 길은 어렵다'는 식으로 그 길을 가지 않았으면 하는 마음을 비치셨을 뿐이다. 내심으로는 행정고시를 치기를 바라셨는지도 모르겠다. 가나다 이름 순서대로 학번을 매기고 노교수 순서로 지도학생을 배정했던 관계로 정병휴 교수님이 나의 지도교수가 되셨는데 한 번은 내게 행정 관료에 대해 어떻게 생각하느냐고 물으셨다. 내가 별 반응이 없자, 그 정도로는 만족하지 못하겠느냐고 책망 아닌 책망을 해 당황했던 적이 있다. 대학에 입학하고 고향의 종가宗家를 방문했을 때, 종손이 "공무원은 기본적으로는 도둑이니 하지 말라"고 했다. 정말 그렇게 생각해서 말씀하신 것인지 지손支孫이 공무원이랍시고 설치는 꼴이 보기 싫으셨는지는 모르겠다.

나는 내 삶을 불태울 그것을 찾지는 못했지만 무엇인가 성취하고 싶은 욕구는 강했다. 그 무엇을 찾을 시간을 버는 방법으로 서울대학교 대학원 시험을 쳤지만 너무 우습게 여긴 탓인지 그마저도 뜻대로 되지 않았다. 그래서 일단 입대를 해야겠다고 생각하던 차에 비슷한 고민을 하던 대학 동기가 영남대 대학원에 같이 가자고 권했고 나는 여기에 응했다. 그래서 영남대 대학원에서 이용욱 교수님을 만났고 미제스와 하이에크를 만났다. 이것이 내 인생에 커다란 영향을 미칠 것이라고는 그때는 생각하지 못했다. 이것이 내가 자유주의자로 불리게 된 우연하지만 매우 결정적으로 작용했던 계기였다.

이용욱 교수님은 스라파Piero Sraffa의 이론을 수리적으로 푼 논문으로 서울대학교에서 경제학 박사학위를 받으신 분이지만 경제학에 대해 섭

렵하는 과정에서 재산권 경제학, 미제스와 하이에크의 오스트리아학파를 만났고 당시 이에 대해 깊이 천착하고 계셨다. 교수님은 강의 교재로 알치언Armen Alchian의『대학경제학University Economics』, 미제스의『인간행동』, 하이에크의『개인주의와 경제질서Individualism and Economic Order』, 커즈너의『경쟁과 기업가정신Competition and Entrepreneurship』등을 채택하셨다. 이용욱 교수님의 조교로 있으면서 나는 이 책들을 열심히 읽었다.

미제스의『인간행동』은 내게 방대한 신천지였다. 하이에크의『개인주의와 경제질서』역시 전혀 새로운 시각의 경제학이었다. 학부과정의 미시경제학에서 소비자들의 선호는 주어진 것으로 다루었는데, 하이에크는 이런 정보들이 개별 주체들에게 알려져 있는 것이 아니며, 시장경쟁의 진정한 의미는 소비자들이 무엇을 원하는지, 어떤 것들이 어느 정도로 활용가능한지에 대한 정보들이 끊임없이 발견되어 있음을 설파하고 있었다. 그의 논문들,「사회에서의 지식의 활용The Use of Knowledge in Society」,「발견과정으로서의 경쟁Competition as a Discovery Procedure」그리고 미제스가 시작했고 하이에크가 참여했던 사회주의 계획경제에서 합리적 경제계산이 가능한지에 대한 논쟁인 '경제계산 논쟁'과 같은 것들은 정말 내게 신선한 충격이었다. 경제학을 인간 행동의 일반이론으로까지 생각해본 적이 없던 나는 사회적 문제, 경제적 문제라는 식으로 분류하는 데 별로 저항감이 없었지만, 일단 미제스의 책을 접하고 나서는 그런 분류가 얼마나 어리석은 것인지 깨닫게 되었다.

다른 경제학의 가능성. 미제스와 하이에크에게서 본 것은 그것이었다. 경제학이 인간을 계산하는 수리 기계처럼 다루는 듯한 인상도 없지

1983년 가을, 오스트리아학파와의 운명적 만남

않았는데, 미제스의 경제학은 전혀 그렇지 않았다. 교과서와는 다른 방식으로, 오히려 더 매력적이고 더 일반적인 방식으로 자신의 경제학 체계를 구축한 사람, 그 사람이 미제스였다.

이때 배운 미제스와 하이에크에게 받은 감명은 결국 나를 늦은 나이에 미제스가 머물었고 커즈너가 재직 중인 뉴욕대학교로 향하게 했다. 석사학위 논문으로 미제스와 하이에크를 종합해 자신만의 기업가정신 이론을 확립한 뉴욕대 커즈너 교수의 『경쟁과 기업가정신』에 대해 썼다. 나를 아끼던 일부 친구들은 영남대 대학원 석사라는 것이 나의 진로에 장애가 될 것이라고 충고했지만, 나는 개의치 않았고, 행복했다.

더구나 이용욱 교수님은 특별한 분이셔서 경제학의 재미를 수업시간뿐만이 아니라 많은 대화를 통해 가르쳐주셨다. 어느 날 함께 목욕을 하고 나와서 교수님은 도시의 비어 있는 터를 보고 "이렇게 비워두면 비효율적일까?"하고 물으셨다. 당시 토지를 비워두면 물리던 공한지세空閑地稅를 피하려고 빈터에 가건물이나 테니스장이 급조되곤 했다. 미래에 무엇이 가장 가치 있는 용도일지 확실하게 알 수 없다는 점을 고려하면 대답은 별로 어렵지 않다. 지금까지 많은 사람들을 만났지만 논리적 날카로움과 깊이에서 나를 놀라게 한 사람은 그렇게 많지 않은데, 이용욱 교수님은 그런 분 중 한 분이셨다. 하이에크에 대해 말할 때도 지나가듯이 한마디 던지셨다.

"지식의 문제가 아마도 핵심인 것 같지?"

자신의 이야기를 가끔씩 들려주셨는데, 그것 또한 내게는 매우 흥미로운 것이었다. 예를 들어, 농산물은 소득탄력성이 낮아서 많이 생산하면 오히려 농가 전체의 총소득이 낮아질 수도 있다는 것을 배우고 나서,

농가를 돌아다니며 작물을 덜 심으라고 충고하고 다닌 적이 있었다는 것이다. 그러나 개별 농부로서는 가격을 정할 처지가 아니므로 그런 설득이 아무 의미가 없음을 그때는 깨닫지 못했다고 하시던 말씀이 기억에 남는다.

가끔씩 써먹는 그때 교수님에게서 들은 것 가운데 하나가 일식점 종업원의 '의도하지 않은 결과unintended consequence' 이야기다. 일식당에서 아르바이트를 하던 한 친구는 집주인이 조금만 실수해도 못살게 구는 데 앙심을 품고, 그 집이 망하기를 바라면서 손님들에게 무엇이든 듬뿍 듬뿍 주었다. 그런데 결과는? 그의 의도와는 반대로 입소문을 타고 손님들이 더 많이 와서 그 주인은 돈을 더 많이 벌고 자신은 더 바빠졌다는 것이다.

시장에서 공급자들이 수요자들에게 피해를 입히면서 이득을 얻는 것처럼 여기는 통념이 오류임을 알리는 데 이런 이야기보다 더 적절한 사례가 있을까? 시장의 자발성이 지닌 의미는 그래프나 수식으로 전달하기에는 아직 우리는 너무나 어설픈 수준의 수식과 그래프만을 가지고 있을 뿐이다. 확률론을 동원한다고 하더라도 이것으로는 우리 삶의 불확실성주사위 던지기 식의 확률 계산과는 다른 사건의 전개에 대한 예측이나 의미를 제대로 전달할 수 없다.

수식으로 된 것들만 과학이라고 여기고, 무슨 통계적 수치들로 테스트를 할 수 있는 것들만 학문으로 취급하려는 경제학 박사들을 볼 때마다 나는 갑갑함을 느낀다. 그러다 보니 이야기를 나누고 싶은 마음조

1983년 가을, 오스트리아학파와의 운명적 만남

차 달아난다. 하이에크나 미제스가 고급 수학을 다룰 능력이 부족해 수리적 일반균형이론을 달가워하지 않은 게 아니다. 학문적으로 너무나 진지하기에 방법론적 성찰을 하고 그 성찰의 결과 통계적 추계의 너무 많은 문제를 인식했기에 그렇게 할 수 없는 것이다. 후일 박사학위 논문을 쓰면서 기업조직과 관련된 문제를 통계적으로 다룬 논문을 각주에 하나 인용한 데 대해 리조Mario Rizzo교수가 "정말 그걸 믿느냐?Do you really believe it?"고 물었다. '어설픈 인용도 오스트리언에게는 참을 수 없는 가벼움이구나. 방법론적 입장에 대한 성찰과 확신은 이 정도로 확고하구나!'라는 것을 그때 깨달았다.

뉴욕대학교의

커즈너, 리조, 베키, 하퍼

석사학위를 마치고 군대를 제대하고서 일자리를 찾던 나는 한국개발연원에서 연구원으로 일할 기회가 생기자, 무엇인가 연구와 관련된 같아서 비록 부원장실이었지만 망설이지 않고 선택했다. 여기에서 틈 나는 대로 하이에크의 책이나 미제스의 책 등 오스트리아학파와 관계된 것들을 이것저것 읽었다. 욕심은 많이 내었지만, 차분하게 제대로 읽기는 쉽지 않았다.

유학의 결행은 결혼과 함께 찾아왔다. 사실 단순히 미국에 가서 박사학위를 받겠다는 것이 아니라, 커즈너 교수가 있는 뉴욕대학교에 가서 오스트리아학파를 공부하고 싶었던 내게 미국 유학은 어떤 방식으로 어떤 준비가 필요한지 돈은 얼마나 드는지 잘 알지 못해 너무 멀어 보였다. 그렇다고 국내 대학 박사과정에 진학하는 것도 내게 큰 의미가 없어서 어쩔 줄 몰라 하며 시간을 보내고 있었다. 그러다가 지금의 아내를 만나게 되었다. 아내는 내게 단도직입적으로 무엇을 하고 싶은지 물어 왔고 나는 속마음을 털어놓고 말았다. 그것이 뉴욕대학교로 유학을 떠난 직접적 계기가 되었다. 지금 생각해보면 참으로 무모한 결행이었지만, 그만큼 미제스와 하이에크, 커즈너의 책을 읽으면서 받은 인상은 강렬했다. 아내가 내가 생활비도 비싼 뉴욕시의 뉴욕대학교로 유학을 오지 않았더라면 자신도 공부할 기회가 있었을 것이라고 불평을 할 때면 나는 그저 침묵할 수밖에 없다.

커즈너 교수의 강의는 학부, 대학원 할 것 없이 모두 찾아다니며 들었다. 브라질에서 뉴욕대학교로 오스트리아학파를 공부하기 위해 나보다 1년 먼저 와 있던 질베르토Gilberto와 함께 그의 강의를 들었다. 노트도 열심히 했다. 질베르토는 그의 강의를 녹음해 두고 틈틈이 음미하곤 했다. 그의 집에 가서 브라질 축구를 녹화해 놓은 것을 보고, 음악을 듣고, 당시 내게는 너무 강했던, 그리고 너무 달았던 커피를 마시던 기억이 새롭다.

일주일에 한 번씩 열리는 오스트리언 콜로퀴엄에 한 번도 빠지지 않고 참석했다. 올슨, 뷰캐넌, 하일브로너, 비트 등 오스트리아학파와 조금이라도 관련되는 연구를 하는 이름이 알려진 거의 모든 사람들이 와서 논문 초고를 발표했는데, 비판적으로 논문 내용을 토론하는 과정을 그대로 보는 것 자체가 내겐 훌륭한 공부였다. 특히 살레르노Salerno는 재

1983년 가을, 오스트리아학파와의 운명적 만남

산권을 중요하게 보는 미제스—로스버드의 관점에서, 리조는 비가역적인 시간의 흐름과 불확실성을 감안한 관점에서, 그리고 커즈너는 중간 관점middle ground: 케인지언 불확실성의 세계와 균형-미시경제제학적 세계의 중간에서 자신의 의견을 개진했는데, 이 과정에서의 충돌 자체가 흥미로웠고 더 생각해볼 주제였다.

오스트리언 콜로퀴엄에 조지메이슨대학교의 윤용준 교수님이 발표자로 온 적이 있고, 세인트존스대학교에 재직하던 최영백 교수도 여기에 거의 매주 참석했다. 언젠가 박세일 교수님도 안식년 때 컬럼비아대학교에 오셨는데 어떻게 아시고 콜로퀴엄에 참여한 바 있다.

질베르토와는 거의 모든 주제에 대해 토론했다. 오스트리아학파에 관련된 것뿐만이 아니라 여자 문제가 공부에 방해가 된다는 그의 푸념에 대해서까지. 그는 이민 문제와 같은 사회문제를 두고 브라질에 있는 의사인 아버지와 팩스로 논쟁을 하거나 의견을 주고받았는데 이것도 내게는 참 독특한 것으로 비쳤다.

커즈너 교수는 미제스가 뉴욕대학교로 온 영향으로 뉴욕의 월가에서 일하게 된 것이 아니라 오스트리아학파 연구를 계속해 기업가정신에 대해 일가를 이룬 분이다. 그에게서는 미제스와 같은 경제학 대가의 풍모가 풍겼다. 많은 강의를 들었지만 커즈너 교수의 강의만큼 명쾌한 강의는 아직 들어보지 못했다. 너무 명쾌해서 커즈너가 아직 확신하지 못하고 있는 부분이나 고심하고 있는 것들에서 배울 수 없어서 아쉬울 정도였다. 그에게 논문을 지도받으면서 그가 내게 가장 강력하게 요구했고 또 자주 했던 말은 '수정처럼 명쾌하게crystal clear' 자신의 요지를 다듬고 다듬으라는 주문이었다. 질베르토와 나는 "그 정도로 명확해지는 것은 논문을 다 쓴 다음이 아닐까?" 하고 불평 아닌 불평을 늘어놓기도 했다. 노트북이 보편화되기 전이기는 하지만, 커즈너 교수님은 최신형이 아니라 구형 타이프라이터를 써서 논문을 썼다. 수정처럼 명확하게 만들라는 주문을 입에 달고 다니는 분 답게 그가 초고로 만들어낸 논문은 지운 흔적이 논문 전체에서 한두 군데에 불과했다. 그것이 그대로 저널에 실리는 논문이 되었다.

리조 교수는 이탈리아계 미국인으로 재기 넘치는, 오스트리아학파 안에서도 방법론, 법경제학, 윤리학 등에 관심을 가지고 논문을 써 왔다. 그는 케인즈 중에서도 일정 부분 미제스와 통하는 불확실성을 강조하는 케인즈를 받아들인다. 그래서 그는 오드리스콜O'Driscoll Jr.과 함께 쓴 책의 제목을 사람들이 '시간과 무지의 감옥에 갇힌 죄수prisoners of time and ignorance'와 다를 바 없다는 케인즈의 책 구절에서 따 온 『시간과 무지의 경제학Economics of Time and Ignorance』이라고 붙었다. 그는 기계적이고, 공간화된 시간을 거부하고 변화와 불확실성을 내포하는 시간관념을 받아들이고 있다.

진실이 중요할 뿐 상식화된 오스트리언 경제학 자체를 지키는 것이 가장 중요하다고 생각하지 않았던 그는 강렬한 도전적 정신의 소유자였다. 그는 오스트리아학파의 이론을 계승하는 것보다는 이를 발전시키는 데 관심이 많았다. 그는 오스트리아학파와 관련된 저널이나 책 시리즈의 편집자를 많이 했다. 가끔 오스트리아학파를 미제스나 하이에크의

글의 의미를 따지는 훈고학訓詁學으로 오해하는 분들이 있는데 그런 분들께 리조 교수의 책이나 논문들을 읽어보기를 권해드리고 싶다. … 리조 교수는 독신으로, 공부와 결혼했다고 해도 과언이 아니지만, 공부를 의무가 아니라 재미로 했다.

커즈너 교수가 하던 내 논문의 지도교수 역할은 다른 사정이 생겨 리조 교수가 하게 되었는데 그와 선문답 같이 나눈 한마디가 도움이 될 때가 많았다. 그는 내가 작은 논점들을 만들어 오면 "이런 게 재미It's fun, isn't it?"라며 격려해 주었다. 그의 지도로 나는 시장에서 경제주체들의 계획들이 서로 조정되는 데 수반되는 어려움의 극복 문제와 관련된 주제로 박사 학위 논문을 썼다. 그 과정에서 리조 교수 밑에서 오스트리아학파를 공부하고 있던 박사 과정의 글렌Glenn은 단순히 내 논문의 영어문제를 고쳐주는 역할을 넘어 훌륭한 토론 상대가 되어줌으로써 나의 논문 완성에 도움을 주었다.

나중에 조지메이슨대학교로 자리를 옮긴, 거구의 폴란드계 미국인 피터 베키Peter Boettke 교수도 내 논문의 심사위원이었다. 그는 공공선택이론과 오스트리아학파 경제학을 나름대로 통합해서 다루었다. 그로부터 공공선택론에 대해 배우기도 했지만, 그의 지칠 줄 모르는 부지런함은 정말 따라가기 어려웠다. 그는 자신이 관심을 가진 주제에 대해서는 관계되는 거의 모든 책과 저널들을 섭렵한다는 점에서 타의 추종을 불허하는 사람이다.

하퍼David Harper 교수는 호주 출신으로 칼 포퍼의 과학철학을 기업가정신에 응용해 기업가정신을 끊임없는 문제 해결의 과정으로 이해하는 책을 썼다. 당시 뉴욕대학교에 초빙교수로 와 있었는데, 과학철학에 대해 해박한 그는 내가 과학철학과 관련된 내용을 공부하고 이 부분을 논문에 쓸 때 많은 조언을 해 주었고 내 논문의 논평자Reader로도 참여해 주었다. 다른 한 명의 논평자는 세인트존스대학교의 최영백 교수가 맡아 주었다.

국내에 돌아와서

이런 과정을 거쳐 오스트리아학파 경제학을 공부하면서 나는 다른 사람들이 나를 자유주의자로 부르게 될 내용들을 머릿속에 쌓았다. 1998년 남들보다 더 긴 8년이란 유학생활을 끝내고 국내로 돌아와 이 머릿속에 쌓은 것을 가지고 책도 번역하고, 논문도 쓰고, 칼럼도 쓰고 토론도 해 왔다. 더 구체적으로 어떤 일들을 했고, 어떤 사람들과 어떻게 만나고 또 배웠는지, 그리고 어떤 좌절을 겪었는지 등에 대해서는 다음에 말할 기회가 있을 것이다.

국내로 돌아온 내게 하이에크소사이어티Hayek Society와 자유기업원은 무대를 제공해 주었다. 직장과 무대가 일치하지 않은 데서 오는 어려움은 없지 않았지만, 하이에크소사이어티는 오스트리아학파 경제학과 관련된 글을 쓸 기회를 제공했고 비슷하지만 다른 생각을 가진 사람들과 교류할 기회를 만들어 주었다. 자유기업원도 오스트리아학파 경제학자들에 관한 책을 번역하고 출판하는 일을 할 수 있는 기회를 주었다. 최근에는 바른사회시민회의와 시장경제제도연구소, 그리고 한국경제연구원 사회통합센터가 내게 그런 기회를 주고 있다. 비록 오스트리아학파

1983년 가을, 오스트리아학파와의 운명적 만남

에 더 깊게 천착할 기회가 없어 최근의 동향에 대해 둔해져 아쉬움이 크지만, 이런 정도의 기회나마 내게 여전히 있다는 게 감사할 따름이다. 앞으로 20년 정도는 이런 기회가 지속되었으면 좋겠는데 그게 가능할지 모르겠다.

김인영 (한림대학교 정치행정학과 교수)

인간의 자유(自由), 자치(自治), 자율(自律)을 최우선 가치로 생각하는 자유주의자이다.
발전국가와 삼성의 성장 관계를 연구하여 박사학위를 받은 정치학자이며, 현재는
대학에서 비교정치학과 정치경제를 연구하고 가르치고 있다. 발전국가, 신뢰, 남북
한 통합, DMZ의 평화적 이용, 입법과정 등에 관심을 갖고 꾸준히 연구와 집필 활동
을 하고 있다.

비교정치학자, 자유주의자가 되다

왜 자유주의자가 되었나?

내가 자유주의자가 된 이유는 단순하다. '자유'와 '자유로움'에 매료되었기 때문이다. 요즘 말로 자유에 '필feel'이 꽂힌 것이다. 명확하게 자유로움이 좋았다. 그리스 철학자 아리스토텔레스Aristotle의 학문은 '여유'에서 생겨났다. 시간적인 여유, 경제적인 여유와 함께 사고의 자유로움이 학문의 근본일 것이다. 사고의 자유로움 없이 어떻게 학문하기가 가능하겠는가?

학문을 하면서 모든 창의적 사고는 자유에서 비롯된다는 것을 자연스럽게 알게 되었다. 북한에서 미사일이나 핵무기를 만드는 것은 상상하지만 인류에게 기쁨을 가져다주는 아이팟이나 아이폰, 구글, 페이스북 등 창의적인 발명은 왜 하지 못할까? 기술적인 문제라기보다는 인간 사고의 자유와 창의의 문제일 것이다. 그렇다면 왜 인류의 창의적 발명들은 거의 대부분이 미국에서 만들어져 세상에 나온 것일까? 전화, 전기, 자동차, 세탁기, 인터넷 등 인류에게 진정한 도움을 주는 발명품은 모두 자유로운 미국에서 만들어진 것이다.

왜 그런가? 인간은 자유로울 때 자신이 가진 지성과 감성을 가장 잘 발휘하게 되기 때문일 것이다. 자유가 없는 억압에서는 그냥 살기 위해 일할 뿐이다. 미국에서 개인들의 자유를 가장 많이 허락하기 때문에 창의적이고 행복할 것이다. 그래서 사람들은 억압된 북한이나 과거 소련과 같은 전제국가보다는 자유로운 나라인 미국에서 살고 싶어 이민을 가는 것이다.

나는 이러한 자유가 좋았고, 자유로운 인간 행위가 정치와 경제에 어떠한 영향을 미치는지 알고 싶었다. 그리고 내가 아는 자유의 의미를 사회에 알리는 일을 하고 싶었다. 자유를 알고 실천하는 사람, 곧 자유주의자가 된 이유다.

자유주의자로서 나에게 정치의 목적은 정의와 평등의 실현보다는 자유 추구가 우선이 되었다. 경제에서 가장 중요한 것은 자유로운 소유이고 소유권의 확보이고 자유로운 거래이고 자유로운 경제활동의 보장이 되었다. 사회를 움직이는 데는 개인들의 자발적 참여가 우선적으로 중요했다. 이웃 간의 자발적 나눔과 자발적 도움이 정부의 복지보다 훨씬 더 나은 결과를 가져온다는 것을 믿게 되었다. 정치학도인 나에게 정부의 역할은 치안을 확보하고, 외교를 잘하고, 국방을 튼튼히 하면 되는 존재로 축소되었다. 상품을 만들어 거래하고, 교육시키고, 치료하고, 어려운 이웃을 돕고, 이런 것들은 개인들에게 맡기면 정부보다 더 잘할 것

비교정치학자, 자유주의자가 되다

이라고 확신하는 사람이 되었다. 물론 나는 나와 다른 생각을 가진 사람들의 자유도 인정한다. 단, 그들도 나의 생각의 자유를 그리고 나의 생각을 표현할 자유를 인정하기를 원한다.

정치학과 자유주의

근대 이후 정치의 목적은 권력의 확보라는 정치인의 현실적인 목적에 있지만 또 한편으로 개인의 측면에서 보자면 인간의 자연상태state of nature의 자유로움을 확실히 확보하자는 것이었다. 사회계약론자 존 로크John Locke는 자연상태를 자연법에 따라 인간이 생명·자유·재산에 대한 권리를 누리지만 불충분하게 보호되는 상태로 보고 그러한 권리를 확실하게 보장받기 위해 정부국가가 필요함을 주장했다. 자유를 포함한 자연권을 인간이 충분하고 확실하게 누리기 위해 정부가 필요한 것이고, 정부가 그러한 역할을 하지 않고 국민을 억압하고 자유와 생명, 재산을 빼앗을 때 즉, 정부가 권력을 자의적으로 행사할 때 국민에게 저항을 인정하는 자유주의 사상을 『통치론Two Treatises of Government: the second treatise of government』에 담았다. 1688년의 명예혁명the Glorious Revolution에 이은, 1689년의 권리장전the Bill of Rights, 1690년 『통치론』의 출간으로 자유주의 사상은 꽃피우기 시작했다.[1] 영국인들은 권리장전을 통해 국왕의 권력으로부터의 자유를 확인했다. 종교적 자유, 법의 지배, 의회에서 발언의 자유, 의회 선거의 자유, 권력의 분립을 확인했다. 의회민주주의

---

[1] 강정인, 『민주주의의 이해』, 서울: 문학과지성사, 1997, p.100

의 확립이었다. 다시 말해 내가 연구하는 정치의 기본이라고 할 수 있는 민주주의, 간접민주주의, 의회민주주의, 선거, 정당, 입헌주의 등 모든 것이 자유의 확보를 위한 것들이었고, 자유를 제도화하는 민주주의의 장치들이었다.

그러고 보니 미국의 독립도 '자유' 때문이었다. 미국의 독립선언문에는 "우리는 모든 인간이 평등하게 창조되었다는 것, 인간은 창조주로부터 불가양의 권리를 부여받았으며, 그 가운데는 생명, 자유, 행복에 대한 추구가 포함되었다는 것을 자명한 진리로 간주한다. 정부는 이러한 권리의 확보를 위해 사람들 사이에서 설립된 것이며 정부의 정당한 권력은 피치자의 동의로부터 추출된다"라고 했다. 이 독립선언문이 나오기 전 1775년 패트릭 핸리Patrick Henry는 "자유가 아니면 죽음을 달라Give me liberty, or give me death!"라는 유명한 말로 버지니아 식민 주의회The Virginia Convention에서의 연설을 끝맺었다. 미국이 영국으로부터 독립을 원했던 것도 결국 독립으로 자유를 얻으려 했던 것이었다.

생각해 보면 공산주의가 몰락한 이유도 결국은 시민의 자유, 즉 시민의 정치적 자유와 경제적 자유, 시민의 여행의 자유와 청바지를 입을 수 있는 자유—계획경제의 파탄으로 생필품 부족이 생겨남—가 없어서였던 것이었다. 오랜 기간 우리는 왜 그렇게 권위주의와 독재에서 벗어나 민주주의를 원했던 것인가에 대한 답도 결국 '자유'였다. 즉 '민주'의 목적은 결국 '자유'였던 것이다. 시민이 자유롭지 않고서는 민주주의 정치는 존재할 수 없기 때문이다. 나의 삶과 학문 모든 것이 자유에서 시작했다는 것을 깨달았을 때 나는 자연스럽게 자유주의자가 되었다.

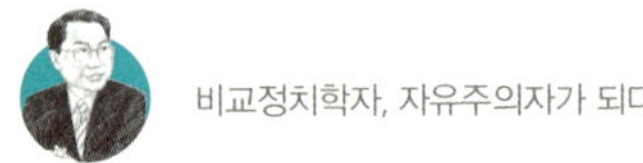
비교정치학자, 자유주의자가 되다

학문하기와 자유주의

나는 자유의 확보에서 내가 연구하는 학문의 목적을 발견했다. 감성은 원래 자유로운 것이고, 자유 없는 지성은 존재 근거의 상실이었다. 자유주의자라는 거창한 이념이 아니라 생활에, 학문에 모든 원리의 기초였기에 자연스럽게 자유의 중요성을 이야기했고, 자유를 외쳤다. 정치에서 자유가 시작인 것처럼 경제에서도 그 시작은 거래의 자유이며, 학문에서도 자유 없이는 노예의 학문이며, 자유 없는 평등이란 의미 없는 평등이듯이 자유 없는 정의正義, justice도 의미가 없다는 것을 알게 되었다. 평등이 확보되기 위해서는 자유가 우선이었고, 정의가 강물처럼 흐르기 위해서는 자유가 필요하다는 결론에 이르렀다. 나는 학문을 하면서 자연히 자유주의자가 되지 않을 수 없었다. 그 학문적 과정은 다음과 같다.

1979년도에 시작한 대학생 생활에서 나는 그 시대의 다른 대학생들처럼 이념을 배우기 시작했다. 당시 주된 관심은 군부 정권의 본질과 타도 방법이었다. 비폭력적인 방법은 신부들이나 이야기하는 것으로, 폭력적인 방식에 폭력적인 저항 이외에는 달리 방법이 없어 보였다. 1979년 김재규의 박정희 대통령 저격이라는 폭력적 사태에 전두환 세력은 신속히 정권을 인수하고 있었지만, 민주화를 외쳐 온 양 김은 우왕좌왕했다. 그리고 자신만이 적절한 정권인수자였다.

하지만 대학의 영문학 수업은 시인과 소설가들의 자유로운 생각의 흐름을 이해하기에 바빴다. 그러나 작가들의 진정한 생각의 자유는 이해하기 어려웠다. 자유로운 생각이 도대체 무엇인가? 교수들은 학생들을 이해시키려 애썼으나 본인을 포함한 학생들은 자유로움을 이해하지 못했다. 자유를 이해하기에 사회는 너무 부자유스러웠다. 자유를 느끼기에 캠퍼스는 자유롭지 못했지만 교수들은 자유의 중요성을 가르쳤다. 예를 들어 영국의 낭만주의 시인 코울리지Samuel Taylor Coleridge를 설명하면서 그가 환상 속에서 생각의 나래를 편 것을 강조하셨다. 권위주의의 억압에서는 자유를 느낄 수 없음을 가르쳤다. 외국인 교수이자 신부神父들은 인간의 역사에서 결코 억압이 자유를 이기지 못했음을 이야기했다. 군부 권위주의 독재 속에서 자유의 가능성을 확신하게 되었다.

하지만 대학을 바꾸어 시작한 대학원 수업에서 자유라는 주제는 사라졌다. 대학원 연구실에서는 마키아벨리Niccolo Machiavelli보다는 마르크스와 레닌이 주된 관심사였고 그쪽의 책들이 대학원생들의 서가를 채우고 있었다. 누가 레닌 전집을 방학 동안 읽고 석사논문을 준비한다든가 모두 로자 룩셈부르크Rosa Ruxembrug의 투쟁과 레닌의 혁명, 미국의 제국주의라는 주제뿐이었다. 그런 가운데 노재봉 교수는 대학원 수업에서 그런 것들보다 권력의 중요성과 마키아벨리의 사상을 강조하셨다. 나는 마키아벨리를 공부해보고 싶다는 생각을 어렵게 지도교수에게 밝혔다. 마키아벨리의 정치사상을 연구하면서 한 명의 정치사상가가 르네상스라는 인문학적 분위기와 자유시민의 정신을 꽃 피운 피렌체의 분위기를 읽게 되었다. 이해하기는 어려웠지만 피렌체의 르네상스 인문주의Renaissance humanities와 자유의 분위기는 느낄 수 있었다.

마키아벨리 정치사상으로 석사 논문을 마치고 떠난 미국 유학 시절

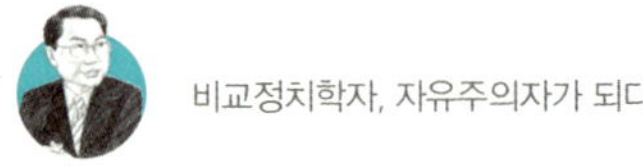
비교정치학자, 자유주의자가 되다

은 시작부터 끝까지 자유였다. 그리고 경제적 문제를 제외하고 모든 것은 자유로움이었다. 수업에서 논쟁도 책으로부터 자유로운 창의적 생각이 주목을 받았다. 자유로운 생각이 아니고는 주장이 서지 않는 분위기였다. 수업 과제의 주제도 자유 선택이었고, 논문의 박사 논문의 주제 잡기도 자유였다.

당시는 동아시아 발전에 관한 연구, 특히 일본과 대만, 한국의 경제성장에 대한 연구가 인기였다. 서구의 경제발전을 동아시아가 따라오는 데 성공했는데 무엇이 서구 추격을 가능하게 했느냐는 주제였다. 특히 일본이 자신이 배워 왔던 유럽을 추월해 미국에 도전하는 힘은 어디서 나왔느냐가 핵심 주제였다. 일본은 이미 서구를 추월하기 시작했고, 그 다음이 한국과 대만이었는데 남미Latin America를 연구하거나 중동, 아프리카를 연구하는 미국 학자들과 그 지역 유학생들에게 이 주제는 초미의 관심사였다. 특히 남미에 관심 있는 연구자들은 한국이나 대만의 경제성장과 사회발전이라는 주제가 나오면 받아 적으며 박정희와 장개석 권위주의 정부의 역할에 지대한 관심을 보였다. 중국 유학생들도 중국의 발전 가능성을 권위주의 정부 하에서의 개방에 두는 눈치였다. 그래서 한국에서는 혐오의 대상이었던 박정희의 경제성장과 전두환의 경제위기 극복 사례는 수업 발표와 사례 연구의 단골 주제였다. 답은 정부 주도의 밀어붙이기 그리고 민간 기업의 호응, 정부와 기업 간 관계의 고찰이었다. 정부가 모든 성장을 끌고 나간 주역이었다.

하지만 연구를 하면 할수록 정부는 계획만 만들었지 실제로는 기업이 한 일이었다. 정부는 기업에게 목표를 요구했지만 국내시장의 경쟁과 해외시장의 개척으로 스스로 경쟁력을 확보하도록 밀었던 것이다. 경제가 성장할수록 점차 기업의 노력과 경쟁의 중요성이 드러났다. 특히 기업이 국내시장에서 다른 경쟁기업과 죽기 살기로 싸우면서 맷집을 키운 것과 세계시장에 과감히 도전하여 선진 기술과 시장에 접근할 수 있었던 것은 한국의 경제발전에 매우 중요한 역할을 했다. 정부가 수출을 촉진하면서 기업은 세계시장에 나가게 되었고 세계시장에서 살아남기 위해 기업은 선진기술을 도입하고 배웠다. 개방과 경쟁의 중요성, 그것은 바로 '시장의 자유' 때문이었다. 정부의 역할만 가지고서는 정경유착으로 국내에서 먹고살아야 할 기업들이 세계시장에서 살아남은 이유를 설명할 수 없었다. 이 모순을 이해하고 설명하고자 수개월을 경제성장 관련 서적을 읽고 또 읽고 수많은 밤을 고민하며 지새웠다.

　결국 박사논문 주제를 준비하면서 과감히 '정부의 역할'이라는 주제를 포기했다. 이미 논문이 많아 나와 있었고 모든 권위주의 정부가 경제성장에 성공하지 못하는 이유를 그 논문들은 설명하지 못했다. 나는 경제에서의 자유, 즉 시장의 자유가 핵심임을 깨닫게 되었고 그러한 방향으로 삼성의 성장과정을 설명했다. 즉, 정부주도론government-led growth 이 설명하지 못하는 재벌기업의 바른 성장과 경제개방 이후의 성장을 설명할 수 있게 되었다. 박사논문 위원회의 위원들은 새로운 설명에 동의하고 열광했다. 한국 재벌의 성장에서 국가가 담당하지 못한 부분을 설명했다는 이유였다. 한국의 경제성장에서 기업 부분의 주도적 역할과 국내 시장에서의 경쟁의 중요성은 충분히 설득력이 있는 것 같았다. 결국은 국제시장의 경쟁으로 내몬 정부의 강압과 국제시장에서 살아남으려 노력한 기업의 공이 한국의 성장을 가능하게 했다는 결론에

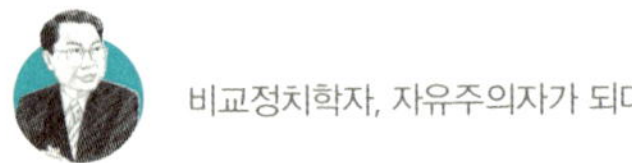

도달했다.

강의를 하면서 정부의 역할과 함께 그 한계 그리고 자유시장의 중요성과 기업의 노력을 가르쳤다. 하지만 구체적인 자유시장의 중요성과 작동의 메커니즘은 하이에크소사이어티 학회 활동을 통해 이해하게 되었다. 시장의 자유의 중요성을 깨달으면서 정치적 자유의 중요성을 거꾸로 이해하게 되었다. 새로운 발견이었다.

한국의 정치학은 누구도 자유의 중요성을 언급하지 않았다. 서구의 정치사상과 정치제도에 자유의 투쟁과 자유를 확보하기 위한 장치에 자유가 자리 잡고 있음에도 정치학자들은 권위주의의 원인과 민주화에 집중했다. 자유의 중요성은 뉴라이트 운동the New Right Movement을 하는 학자들 사이에서 간간히 언급되기 시작했다. 하지만 정치학은 여전히 선거 승리를 위한 정치공학과 민주화 과정, 남북한 통일이 주제였다. 나는 논문을 쓰면서 '왜 선거가 중요하지? 왜 민주화이지? 무엇하러 남북한 통일이지? 남북한이 하나 되면 끝인가? 이념이 같아야 하는데 우리가 자유민주주의liberal democracy와 인민민주주의People's Democracy를 동시에 수용할 수 있을까'를 고민했다. 논문을 쓰지만 핵심 주제가 빠져 있었던 것이다. 선거에 관한 논문을 쓰면서 '투표를 통해 정치 참여를 실천하는 것이며 이러한 참정권은 개인의 기본적인 자유에 속하는 것이며 자유주의의 소산이다, 참정권의 확대로 의회제도가 민주화되며 대의민주주의representative democracy라는 제도로 개인의 자유와 자유주의는 더욱 확보되어야 한다'는 내용을 담았다.

정의justice와 평등equality도 중요하지만 진정 자유가 정치의 목적이 되어야 함을 자신 있게 논문에 쓰고 수업에서 확신을 가지고 이야기하기 시작했다. 물론 논문에서나 수업에서나 조심스럽게 앞에 언급한 의문을 제시하는 방법으로 시작했다. 글을 읽는 학자와 학생들에게 의회 정치의 목적이 무엇인지, 우리의 국시國是는 왜 사회민주주의social democracy가 아니라 자유민주주의인지, 그리고 어떤 민주주의의보다 자유민주주의가 되어야 하는지 묻고 그들의 생각을 듣고 나의 의견을 제시했다. 학생들의 반응은 서서히 왔다.

하이에크소사이어티와 자유주의 다지기

하이에크소사이어티로의 안내는 자유기업원 공병호 원장이 했다. 그냥 와서 보라고 했다. 정치학회의 다양한 모임에 출입하고, 지금 공부하고 있는 것만으로도 바쁜 와중이었지만 자유기업원의 책들을 쓰거나 번역한 학자들과의 만남에는 관심이 있었다. 그들의 생각을 알 수 없었고 궁금해서였다. 다시 말해 왜 그들은 자유주의에 목매는지에 대해 직접 듣고 싶었다. 자유주의에 대한 갈증은 정치학회 모임에서보다는 하이에크소사이어티 월례 모임과 세미나에서 풀게 되었다.

하이에크소사이어티 학회 모임에서는 시장 자유주의 관련 발표와 자유로운 토론이 이어졌다. 학회 토론은 나를 하이에크, 미제스, 프리드먼, 소설가 복거일, 박동운 교수에게로 안내했다. 나는 학회를 통해 시장 자유주의의 중요성을 깨달으며 정치에서 자유주의의 중요성, 자유민주주의의 중요성을 이해하게 되었다. 그리고 그 모든 바탕에 인간, 즉 인간의 개인주의가 있음을, 그리고 개인이 사회나 국가보다 우선이지만 개인의 합리적인 이익 추구가 사회 공동체의 이익과 다르지 않음을 깨닫게 되었다.

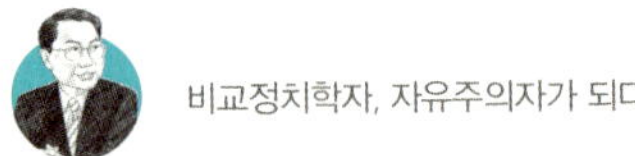
비교정치학자, 자유주의자가 되다

강의와 자유주의

민주주의의 이해를 가르치면서 영국에서 민주주의가 출현하기 전에 자유주의가 먼저 출현했음을 알게 되었다. 왜 자유주의가 민주주의보다 먼저 나타났는가? 즉, 왕으로부터 귀족이나 신흥 상공업자가 자유와 권리를 확보하기 위해 의회를 만들었으며, 프랑스에서 절대왕정으로부터 시민이 자유를 확보하기 위해 민주적 절차로서 의회가 필요했고 그것이 의회민주주의의 시작임을 이해하게 되었다. 우리가 민주주의의 모델로 삼고 있는 의회민주주의는 결국 시민의 자유 확보를 위해 탄생한 것이다. 그것이야말로 진정한 의회의 목적이어야 했다.

우리가 왜 그렇게 목숨을 걸고 민주주의를 찾아야 했는지 그 목적이 무엇인지를 알게 되었다. 결론은 '자유'였다. 전체주의 통치는 정치적 자유가 없어서 망한 것이며, 공산주의 경제는 자유가 없었기에 제대로 작동하지 않은 것이었다.

정치적 자유가 중요한 만큼이나 경제적 자유가 중요한지에 대해서는 많은 생각과 도전이 필요했다. 경제적 자유의 중요성을 설명하기 위해 신자유주의를 설명했다. 기자가 된 졸업생이 와서 후배들에게 언론사 취업 준비에 대해 조언하면서 이런 말을 했다. 면접에서 반드시 묻는 질문이 있는데, '신자유주의를 3분 안에 설명해 보라'는 것이다. 나는 우리 언론에 퍼져 있는 좌파주의 사상의 잘못을 아는 기자를 만들고 싶어서 인문. 사회대 학생들, 언론정보학부 학생들에게 자유주의와 신자유주의를 설명하기 시작했다. 한마디로 신자유주의는 악마의 사상이 아니고 자유주의 사상의 연장에서 설명이 가능함을 이야기 했다.

신자유주의Neo-liberalism란 케인즈의 수정주의에 대한 비판의 논리로 시작된 경제 사조라고 할 수 있다. 정부가 자유로운 경제활동에 간섭하는 것이 효율성을 떨어뜨린다는 정부의 경제 개입에 대한 부정적 시각에서 제약 없는 경제적 자유를 주장하는 사상이다. 역사적으로는 제2차 세계대전 이후 전 세계에 확산된 케인즈주의와 복지국가 패러다임의 위기에 대응해 나온 경제 패러다임이다. 정부의 경제 개입과 규제에 반대해 자유시장만이 자원의 효율적인 배분에 적합하다고 주장한다. 오스트리아학파의 하이에크와 미제스 등이 주장하는 '자생적 질서spontaneous order'와 프리드먼 등 자유시장의 경쟁을 강조하는 시카고학파가 그 이론적 배경을 이루고 있다고 가르쳤다.[2]

신자유주의가 정책으로 나타난 대표적인 사례는 영국 대처 수상의 개혁Thatcherism, 미국 레이건 대통령의 레이거노믹스Reaganomics, 그리고 남미의 외채 국가들에 국제금융통화기금IMF과 세계은행World Bank 등이 요구한 '워싱턴 합의Washington Consensus'라고 할 수 있다. 대처의 개혁은 복지 공공지출의 삭감, 세금부담의 완화, 민영화, 노동조합의 과도한 요구에 대한 강경 대응, 기업과 민간의 자유로운 활동 보장, 금융시장의 활성화, 지방정부의 효율성 증대 정책 도입을 의미한다. 레이건 대통령은 미국의 불황을 해소할 목적으로 사회복지부문의 감소를 위해 재정긴축, 민영화, 감세, 규제완화, 기업경쟁강화 정책을 도입했다. 대처 수상

---

2 Friedrich A. Hayek, The Constitution of Liberty, University of Chicago Press, 1960(프리드리히 A. 하이에크, 김균 역, 『자유헌정론 I』, 서울: 자유기업원, 1997; 프리드리히 A. 하이에크, 김균 역, 『자유헌정론 II』, 서울: 자유기업원, 1997); Milton Friedman, Capitalism and Freedom, University of Chicago Press, 1962(밀턴 프리드먼, 최정표 역, 『자본주의와 자유』, 서울: 형설출판사, 1990)

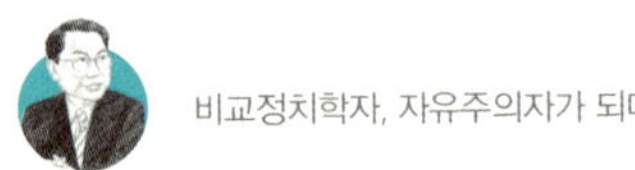

비교정치학자, 자유주의자가 되다

과 레이건 대통령이 실시했던 이런 정책들은 모두 자국의 경제 위기를 극복하기 위한 조치들이었다. 1989년 발표된 워싱턴 합의는 남미 등 외채를 많이 지고 있는 개도국에 대한 개혁 처방 프로그램이다. 세출 삭감을 통한 재정건전성 확보, 누진세 완화를 통한 투자 증대, 정부 규제 완화, 안정적인 외환금융정책, 보조금 삭감, 무역 자유화, 국유기업의 민영화, 지적재산권의 보호 등이 요구 사항이다. 모두 개입주의 정부와 시장의 관계에서 시장의 자유와 자율 작동을 보장하는 정책들을 펴는 것을 강조하는 사상이라고 학생들에게 설명했다.[3]

그리고 신자유주의 정책의 도입 배경은 모두 케인즈주의와 복지정책의 실패를 극복하기 위한 경제개혁 방안이다. 그리고 워싱턴 합의는 외채에 시달리는 국가를 외채의 늪에서 벗어나게 하려는 정책 제안일 뿐이다. 노동단체 입장에서는 가혹할 수 있지만 국가 경제를 되살리기 위해서 필수적인 정책 제안들이다. 나는 개인이나 국가가 빚을 졌으면 갚으려는 노력을 해야 하고 빚을 얻는 사람이 빚을 주면서 빚을 갚는 살림 방식을 말해 주는 것이 무엇이 나쁜가라고 반문했다. 나의 논리적인 설명에 학생들은 납득하기 시작했다. 아마도 열정적이면서도 진지한 나의 모습 때문일 것이나 누구도 정확히 신자유주의가 무엇을 의미하는지 설명해 주지 않고, 악마의 정책이라 반복적으로 듣고 세뇌되었던 학생들이 정책의 등장 배경과 내용을 정확히 설명해 주니 이해하기 시작했던 것 같았다.

---

3 김인영, 「이명박정부의 본질에 관한 고찰: 신자유주의 국가인가, 발전국가의 변환인가?」, 『비교민주주의연구』, 제7집 2호, 2011, pp.75~76

한국에서의 자유주의 확산을 위해

우리나라에서는 자유주의적 전통이 거의 없어 보인다. 그나마 자유주의도 6·25 전쟁 때문에 '반공反共'이라는 좁은 의미로 국한되었다. 죽고 죽이는 전쟁 속에서 반공은 '자유' 확보라는 명분으로 정당화되었기 때문이다.

하지만 원래 자유주의는 공산주의, 파시즘 등 전체주의를 반대하는 개념이다. 공산주의나 파시즘, 군국주의 등 전체주의에는 개인과 개인주의가 없기 때문이다. 우주에서 가장 존귀한 존재는 개인이며 이를 체계화한 것이 개인주의 철학이다. 따라서 개인주의의 발달과 함께 정립된 근대 서양의 자유주의가 동양에서는 근본적으로 성공하기 힘들다. 근대 서양권 이외의 이슬람권이나 유교권에서는 개인주의가 발달하지 못했기 때문이다. 일본도 군국주의가 들어서면서 개인주의와 자유주의가 성공하지 못했다.

우리나라도 유교적 전통의 평등주의가 우세하기 때문에 서구의 개인주의에 입각한 자유주의가 자리 잡기 힘들다. 나아가 사회 전반에 신자유주의에 대한 부정적 인식이 깊게 깔려 있어서 자유주의가 들어갈 틈이 없다. 하지만 진리는 자유주의다. 우리가 잘살기 위해서도 자유주의이고, 개인의 행복을 위해서도 자유와 자유주의이다. 자유주의는 이념을 강요하기보다는 생활에서 자연스럽게 자리 잡게 되면서 진정한 자유주의가 정착되기를 바란다. 관념보다는 생활화, 체험화로 자리 잡기를 바란다는 것이다. 자유주의적 원리만이 우리 경제를 유지하고 정치에 목적을 제공할 수 있기 때문이다. 자유주의는 미래의 희망이자 살길임

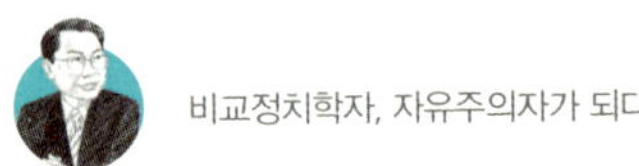

비교정치학자, 자유주의자가 되다

을 확신한다. 나에게 자유 없이는 삶이 없다No liberty, no life!. 그래서 나는 자유주의자다.

조전혁 (명지대학교 방목기초교육대학 교수)

시장을 신봉한다는 측면에서 경제적 자유주의에 근접해 있지만, 스스로 자유주의
자보다는 '반(反)집단주의자' 정도에 머물러 있다고 자평한다. 한국사회에서 공공
연히 나타나고 있는 '실패한 사회주의의 복습'이 경제 위기를 장기화시키고 있다고
생각한다. 건강한 개인이 제 힘으로 자신의 앞날을 개척할 수 있는 자유주의 세상
이 오기를 기대하며 연구와 가르침의 길을 꾸준히 걷고 있다.

자유주의?
반집단주의?

왜곡된 교육

아마 2000년대 초로 기억한다. 나는 여느 '여피Yuppy족 교수'와 마찬가지로 정치를 소 닭 보듯이 멀리 했던 대학교수 중 하나였다. 그랬던 내가 김대중정부 후반부터 뭔가 나라가 이상하게 돌아간다고 생각되면서 불편해졌고, 노무현정부가 들어서면서부터는 불편을 넘어 불안과 불쾌함까지 느끼게 되었다. 그러나 그게 무엇 때문인지 확실한 실체를 알지는 못했다. 불안감은 막연한 것이었지만, 불쾌감은 당시 대통령을 포함한 권력층들의 안하무인, 독선, 막말 등이었다. 시작은 이런 단순한 감정적인 이유들 때문이었던 것으로 기억한다.

내가 정치나 사회에 대한 생각을 바꾸게 된 사건이 하나 있었다. 대부분의 대학에서 교양과정이나 1학년 신입생 수업은 전임교수들이 잘 맡지 않는다. 잘못된 관행이지만 내가 속했던 인천대학교 경제학과도 마찬가지였다. 그런데 내가 우연히 '경제학입문' 수업을 맡게 되었다. 그 수업을 하면서 '아이들이 뭔가 잘못 배우고 대학에 온 것 아닌가?' 하는 의구심을 갖게 되었다. 갓 고등학교를 졸업한 신입생들의 소위 자본주의[1]에 대한 인식이 하나같이 모두 매우 비뚤어져 있다는 것을 느끼게 되었다. 누군가에 의해 조직적으로 세뇌당하지 않으면 이럴 수 없다는 생각이 강하게 들었다.

해답은 금방 찾았다. 당시 중·고등학교의 경제과목 교과서나 사회과목 교과서의 경제 부분을 살펴보니 답이 나왔다. "이건 시장경제 제도를 이해시키는 교과서가 아니라 '오해'시키는 교과서군!" 이것이 내가 내린 판단이었다. 예를 하나 들어 보면, 어떤 중학교 교과서는 두 개의 사진을 나란히 게시해 놓고 있었다. 한 사진은 가족이 패밀리레스토랑에서 식사를 하고 있는 장면, 다른 한 사진은 서울역 앞의 노숙자들이 주인공인 장면. 이 두 장면을 대비시켜 놓고 교과서에는 이런 논평이 있었다. 정확한 말은 지금 기억나지 않지만 '오른 쪽 사진의 장면은 지나친 이기심의 발로다'라는 내용이었던 것으로 기억한다. 많은 교과서들이 이런 식으로 왜곡되어 있거나 현실인식으로 얼룩져 있었다.

내가 이해하기로는 시장경제 제도가 소위 '골든룰Golden Rule'의 행동원

---

1 나는 자본주의라는 용어 자체에 거부감을 가지고 있다. 마르크스를 포함한 좌파사회주의자들이 시장경제 제도에 대한 '공격용'으로 만들어낸 정치적 용어이기 때문이다.

리에 기초하고 있다. "내가 네게 좋은 것을 주겠다. 너도 내게 좋은 것을 다오" 또는 "네가 내게 좋은 것을 주면 나도 네게 좋은 것을 주겠다"는 자유 의사에 따른 거래를 보장하는 제도라는 것이다. 물론 이론적으로 그렇다는 이야기다. 그럼 현실에서도 그러느냐고 묻는 사람들이 있다. 물론 그렇지 않다. 그러면 '시장경제 제도가 잘못된 것 아니냐?'라고 되묻는 사람들이 있다. 그러나 그것은 시장제도의 문제가 아니라 정치 제도와 사회·문화의 문제다.

자본주의와 사회주의, 어느 곳이 정글인가?

시장경제 제도를 자본주의, 한술 더 떠서 그 앞에 '천민'이나 '정글'이라는 수식어까지 붙여서 천민자본주의니 정글자본주의니 하며 공격하는 사람들은 대부분 사회주의자들이다. 그렇다면 20세기 초반 지구의 절반, 인류의 절반에 두고 했던 사회주의 실험은 어떻게 됐었는가? 참담한 실패로 끝났다. 자본주의를 그렇게 비난하던 사람이 바랐던 그런 '인간의 모습[2]'을 한 사회주의'는 애초부터 없었다. 이 실험은 실패라는 말도 아까울 정도의 대참사를 불러 일으켰다. 평생을 빈곤 문제에 천착했던 아마르티아 센 교수는 "최악의 기근은 흉년 때문에 발생하는 것이 아니라 시장기능을 가로막는 잘못된 정부나 정치 때문에 발생한다"고 평했다.

---

2 사실 그들이 이야기하는 '인간의 모습'을 가진 제도란 것이 무엇인지 모르겠다.

좌파 사회주의자들은 시장경쟁이 천박하고 심지어 잔인하다고까지 험담을 해댄다. 그 사람들이 그렇게도 동경하는 마음의 고향, 옛 사회주의 공산국가에서 일어났던 부정과 부패 그리고 인권탄압에는 애써 눈을 감는다. 애꾸도 이런 애꾸가 없다. 시장이라는 제도는 인류가 만들어낸 그나마 가장 공정한 경쟁 시스템이다. 시장경쟁이 깨지면 혈연, 학연, 지연,. 뇌물, 폭력, 협박 등 공정과는 거리가 먼 형태의 경쟁이 그 자리를 대신하게 될 것이다. 공산국가를 비롯한 전체주의 국가에서는 절대 권력자와 당 서열이 가장 주된 경쟁이었다. 전혀 생산적이지 않았고 그것이 사회주의 공산국가에서 50여 년간 일어났던 경쟁의 양상이었다. '떼집단에 의한 집단적 강요와 폭력'이 난무했을 뿐이었다. 어느 것이 과연 더 정글적일까?

어떤 사람이 이런 말을 했다고 한다. "20대에 좌파가 아니면 가슴이 없는 것이고, 40대에 우파가 아니면 머리가 없는 것이다." 내가 20대에 경험한 내 주위 운동권 친구들을 보면 그런 치기 어린 사회주의 혁명의 로망을 가지고 있었다. 권위주의 정권이라는 당시의 시대상황도 청년들의 가슴에 불을 붙이는 데 큰 몫을 했다. 이들은 세상을 바꾼다는 명목으로 대한민국의 건국부터 그동안의 경제적 성과까지 모두 부정했다. "'바꾸자!'라는 절대 진리 하에서 다른 모든 것은 희생되어도 좋다", "우리만이 옳다", "우리의 반대자들은 모두 악惡이다"와 같은 이런 오만함으로 가득 차 있었다는 것이 그들에 대한 내 인상이었다.

그러나 아무리 싼 사향도 냄새를 풍긴다고 하지 않던가? 소련을 포함

한 동구권 국가들이 결국 버티지 못하고 붕괴해 버렸다. 양심 있는 운동권 친구들과 후배들은 이들 사회주의 국가의 붕괴를 보면서 자신의 생각에 대해 많은 반성을 했다. "내가 틀렸구나." 김영환, 신지호, 홍진표, 최홍재 등 내 주위에도 수없이 많았다. 이들 전향파들은 소위 운동권 동지라는 사람들에게 '배신자'라는 비난을 들으면서도 진리와 양심 앞에서 무릎을 꿇었다. 그런데 누가 누구에게 배신자라고 할 수 있을까? 북한의 참상과 동구권 몰락을 보고서도 아직 사회주의 공상에 빠져 있는 저들이 역사의 배신자요, 시대지체자時代遲滯者가 아닌가?

그런데 적어도 내 기준에서 그런 시대 지체자들이 아니면 쓰지 못할 글들이 우리 아이들이 배우는 교과서에 가득 차 있었다. 한 나라의 후세들에게 이런 글들을 재료로 공부시켜서는 안 된다. 내가 더 놀란 것은 이런 글들이 치밀한 계획 아래 조직적으로 준비되어 왔다는 점이었다. 게다가 이들의 목표가 '국가권력 장악'이라는 무서운 음모를 깨닫고는 더 이상 참을 수 없었다. '패거리의 권력 쟁취를 위한 수단으로 교과서까지 이용한다?' 너무나 화가 났다. 당시 내 심경을 써 내려간 글이 있는데 조선일보에 기고한 〈저주의 굿판을 멈추어라〉라는 글이다.

저주의 굿판을 멈추어라

많은 전문가들이 우리 경제의 장래를 걱정하고 있다. 단순한 경기에 대한 걱정이 아니다. 보다 근본적 문제인 성장 잠재력과 시장경제 시스템의 붕괴 조짐에 대한 걱정이다. 웬만해서는 부정적 전망을 삼가는 경제관료들조차 문제의 심각성을 토로하고 있다.

노무현 대통령은 적어도 자신의 임기 중에는 경제가 문제없다고 공언했지만 이제 아무도 그 말을 믿는 사람이 없다. 소비와 투자는 살아나지 않고 서민들의 생활은 최악으로 치닫고 있다. 경제체력이 약해질 대로 약해져서 외부적인 충격이 오면 또다시 쓰러지지나 않을까하는 불안감까지 든다.

우리 경제는 지난 40여 년간 지속된 정치적 불안에도 불구하고 시장경제 시스템에 대한 믿음을 포기한 적이 없었다. 전쟁의 폐허에서 우리가 세계 12위권의 경제강국으로 성장하게 된 것은 시장경제 시스템을 채택한 데 기인한다. 그러나 최근 한국에는 시장경제를 저주하는 '굿판'들이 벌어지고 있다.

포퓰리즘이 난무하는 정치 굿판, 기업가 정신을 억누르는 강성노조 굿판, 장소 불문하고 자리를 까는 사이비 시민단체 굿판, 그리고 이념교육에 몰두하는 전교조 굿판에서 '선무당'들이 춤추고 있다. 굿판이 한 차례씩 벌어질 때마다 시장경제에 대한 믿음이 흔들리고, 기업과 돈이 나라를 떠나고, 국가경쟁력이 떨어진다.

더 큰 문제는 이런 선무당들이 확대재생산 구조(?)를 갖추어놓고 있다는 데 있다. 교육사회주의에 점령된 중등교육은 선무당 사관생도를 양산하고 있다. 열성 생도들은 강성노조나 사이비 시민단체에서 '내공 內功'을 쌓은 뒤 '정치 엘리트 무당'을 지망한다. 그 과정에서 우리가 수십 년간 애써 가꾸어 왔던 시장경제 시스템은 점점 황폐화되어 간다.

빈곤과 복지에 관한 연구로 1998년 노벨 경제학상을 받은 아마르티아 센은 이렇게 경고했다. "최악의 기근은 흉년 때문에 발생하는 것이 아니라 시장 기능을 가로막는 잘못된 정치 때문에 발생한다." 좋

자유주의? 반집단주의?

은 정치는 시장경제의 꽃을 피우고 시장이 역동적으로 기능하게 한다. 그러나 나쁜 정치나 구실을 제대로 못하는 정치는 '시장의 복수'를 부르고 국가를 망가뜨린다.

우리 경제에서 포퓰리즘 실험, 실패한 사회주의의 복습이 시장의 복수를 부르고 있다. 시장은 잔인하게도 가장 가난하고 힘없는 사람에게 먼저 복수의 칼날을 들이댄다. 돌아보라. IMF 외환위기의 가장 큰 피해자가 누구였던가? 잘못된 신용카드 정책의 피해자는 어떤 사람들이던가? 경기불황에 자살이라는 극단적인 선택을 하는 사람들은 또 누구던가?

역사적 사실은 시장경제 원리를 부인했던 나라들은 모두 가난·저성장·추락의 나락에서 헤어나지 못하고 있다는 것이다. 시장은 그렇게 복수한다. 아르헨티나와 소련을 붕괴시킨 것도, 리비아의 독재자 카다피가 미국에 손을 든 것도 시장의 힘이다. 그리고 앞으로 북한체제의 종언을 구하게 할 것도 시장의 힘일 것이다.

우리 경제는 이미 장기침체의 위기에 돌입했다. 잠재성장률은 점점 떨어질 것이다. 최악의 경우 성장이 멈추거나 역성장의 가능성도 배제하지 못한다는 것이 솔직한 느낌이다. 일본식 장기 침체형 위기라면 그나마 다행이다. 우리는 여기에 더해 '자본주의 위기'까지 가세했다. 그만큼 서민들의 고통은 배가될 것이다.

시장원리를 모르는 선무당들이 민생과 평등을 내세울수록, 민생의 곤란과 불평등이라는 시장의 복수가 벌어진다. 역사가 증명하지 않았던가? 왜 실패로 증명된 포퓰리즘 실험, 사회주의 복습의 굿을 이제와서 벌이려 하는가? 저주의 굿판을 당장 멈춰라.

나는 지금도 이 글을 썼던 당시와 비교해서 대한민국이 상황이 더 나아지지 않았다고 생각하고 있다. 이명박정권이라는 여과의 기간이 있었음에도 불구하고 개인은 더 많이 국가, 사회라는 명목의 '집단^{떼, 무리}'에 의존하려 하고 있다. 그리고 또 국가와 사회는 더 많이 개인의 생활에 영향을 미치려 하고 있다. 평등 구호 뒤에 공짜 요구가 교묘하게 똬리를 틀고 있다. 질투와 열등감을 정의라는 이름으로 포장하려는 시도도 점점 빈발해진다. 여야 불문, 정치권은 '공짜 요구하는 사회'적 힘에 굴복해서 '공짜 권하는 사회'를 만들려고 경쟁적으로 나선다. 권력을 얻기 위해서는 어떤 짓도 꺼릴 것이 없는 '정치만능의 속물사회'로 대한민국이 타락하고 있다. 이런 사회 분위기라면 건강한 개인이 제 힘으로, 제 자유의지로 제 앞날을 개척하고자 하는 의욕까지 없어지지 않을까 걱정이 된다. '저주의 굿판'이 점점 커지고 있다고 생각하지 않는가?

시장을 신봉한다는 측면에서 내 자신이 확실히 '경제적 자유주의'에 근접해 있다고는 평가하지만 누가 내게 "당신은 자유주의자인가?"라고 물으면, "그렇다"라고 대답할 수 있을지 자신하지 못한다. 그러나 한 가지 분명한 것은 나는 어떤 형태든 '떼'를 지어 개인의 사고나 행동을 억압하고 조종하는 행위에 대해서는 반대한다는 것이다. 그런 점에서 나는 내 자신을 자유주의자라기보다는 '반^反집단주의자' 정도에 머물러 있다고 자평한다.

헤겔의 말처럼 역사가 '정반합^{正-反-合}'의 과정을 통해서 이행된다면 내 자신은 '저주의 굿판을 뒤집어 엎어버리는' 반집단주의자라는 정체성만

으로도 충분히 가치가 있다고 생각한다. 모든 개인의 자유가 인정받고 개인이 중심된 사회, 개인이 제 인생을 스스로 책임지고, 개인 하나 하나가 역사의 주체가 되는 자유주의 세상이 오기를 기대하면서 나는 반집단주의자의 한 명으로 남아 있을까 한다.

김행범 (부산대학교 행정학과 교수)

정치의 힘으로 우리 사회의 자원 배분이 왜곡되는 것에 민감하게 반대하는 자유주의자. 공공선택론에 깊이 매혹되어 있으며, 행정이 대폭 축소되어야 한다고 강력하게 주장하는 행정학 교수이다. 개인은 이기적이라는 전제를 확신하면서도, 자유주의자들만은 개인적 타산을 떠나 우리 사회에 대한 이타적 열성으로 자유의 가치를 전도해야 한다고 역설하며, 역사와 지리 및 고전에 몰입하지만 가끔 시문에 동요되는 약점이 있는 학자.

그렇게
창조되었으리라

좁아져 온 길

개화기 일본의 후쿠자와 유키치福澤諭吉가 'freedom', 'liberty'를 불교식으로 자유自由라고 번역한 이래로 처음 우리나라에는 '제멋대로'라는 뜻으로 알려졌다. 내 인생 여정을 본다면 그런 상태는 어린 시절에 더 특유하게, 시간이 지날수록 자유는 점점 희소해져 갔다. 자유주의자는 자유를 자연스럽게 여기는 아주 자유로운 성장 환경이나 정반대로 극히 부자유한 성장 환경에 대한 반발로 탄생한다. 그러나 이런 환경만으로는 내가 자유주의자가 되어간 경로를 다 설명하지 못한다. 아마도 내게는 특수한 태생적 형질이 있어서 온갖 정반대의 여건을 무릅쓰고서라도 기어코 창조의 본성에 합치하는 자유주의자로 돌려놓았는지도 모른다. 내 딴에는 제멋대로 움직여 온 것 같으나 실은 스스로도 의식하지 못하는 정연한 프로그램에 따라온 것 말이다.

　여느 한국 남자들처럼 군軍 생활은 인신의 자유가 제약받는 선명한 사건이었다. 카투사KATUSA, 주한미군증원부대 입대가 공개경쟁시험제도로 바뀌었을 때 가장 먼저 입대해 미 8군 산하에서 근무했다. 약간의 하급자들이 생겨나자 그들 모두에게 존댓말을 하며 당신들도 서로 그렇게 지내라고 권했었다. 긴장된 전방 생활도 아닌 상황에서 상호 존중하고 자유로운 군 생활이 이루어지리라는 기대감을 갖게 되었다. 그러나 나중에 제대 전쯤 알고 보니 모든 사병들은 자신의 하급자를 괴롭히며 마음의 평안을 얻고 있었고 부하들에게 유일하게 존댓말을 쓰는 나만 거북한 존재로 여겨지고 있었다.

　인간은 남에게 자유를 주고 자신도 자유로워지기보다는 속박 당하고 속박함에 더 친숙하며, 인간성의 심연 속에는 남의 자유를 구속함을 힘의 표징으로 여기는 정복의 형질이 숨어 있다고 생각했다. 그래서 '자유 아니면 죽음'이란 외침 앞에 억압자는 선뜻 자유를 주기보다 죽음을 주기가 더 쉬운 것이리라.

　유신 헌법 및 국가보위에 관한 특별조치법 등에 의해 노동활동이 제한되어 있던 대학 시절, 낮은 처우를 받고 있는 노동계급 옹호는 시대의 과제요, 성취해야 할 정의로 보였다. 석사 학위논문으로 한국노총이 정책과정에 이익투입 활동을 하는 것을 썼다. 자료 수집을 위해 한국노총도 방문하고 십여 년 후 노사정위원회의 지도자나 국회의원이 될 노동운동의 대부들도 만났다. 그러나 80년대 후반부터 지금의 경제민주화

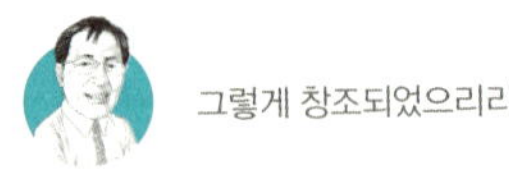
그렇게 창조되었으리라

만큼이나 생경한 노동운동이 벌어지고 있고 그것이 우리 사회의 자유
가 아니라 또 다른 권력으로 치닫는 것을 보며 복지, 노조 및 재분배가
정의라고 보았던 출발점부터 무너지기 시작했다. 눌린 자·가난한 자는
곧 선한 자이며 이들을 돕는 선량한 정부는 개인보다 고아한 존재라고
믿는 낭만적 미신에 빠져 본 적 없는 청년이 얼마나 되겠는가. 뜻도 모
른 채 자유로웠던 유년기를 지나, 철들고 보니 세상은 오직 속박만이 가
득 차 있었다.

'대 논쟁'의 여파

나의 대학 학창시절, 그리고 교수가 된 이후 상당 기간 동안 한국
행정학의 주류는 이른바 '발전행정론Developmental Administration'이었고, 케
인지주의적 정부개입론과 선한 독재자good dictator로서의 행정부가 입법
부 및 사회를 선도하자는 논리였다. 당연히 '기획론'이 행정학의 주요한
각론이었다. 후일 건국대 총장을 역임한 권영찬 교수의 책이 많이 읽혀
졌는데 거기서 하이에크Friedrich Hayek의 『노예의 길』과 파이너Herman Finer
의 『반동의 길』의 대논쟁the great debate을 소개하고 있었다. 수업 시간에
양측의 이론을 발표하고 토론을 벌였다. 나는 하이에크의 입장에서 파
이너의 주장을 공격하는 역할을 담당했는데, 하이에크의 논변은 참으
로 빼어났었다. 아마도 하이에크와의 이 만남은 내가 자유주의자로 변
신해 간 여정에서 가장 중요한 첫 사건일 것이다.

그 후, 대학 강단에 선 이후에도 하이에크는 나에게 있어 영원한 지
적 원천이고 동시에 과제였다. 내가 하이에크를 몹시도 좋아함을 간파

한 하河 모 학생은 학점을 구걸하기 위해 "저는 하이에크와 성姓이 같습니다"라며 접근하기도 했다.

한국의 주류 행정학계는 이 경우 양시론으로 적당히 안주하는 분위기였다. 자연스레 자유 대 계획의 본질상 불가측의 대결은 '민주적 계획democratic planning' 혹은 '자유를 위한 계획planning for freedom'이라는 칼 만하임Karl Mannheim식의 괴이한 조어를 만들어 가면서까지 결국에는 국가계획을 정당화하는 식으로 귀결되었다. '민주적'이라는 수식어가 의심 없는 신앙으로 쉽게 수용된 것은 당시 가장 비민주적인 유신체제에 대한 반작용 때문이었다. 하이에크의 글을 통해 국가계획의 위험성은 약간 알았지만, 칼 만하임 식으로 그것이 독재자 개인이 아니라 다수의 합의로 이루어지는 민주적인 것이라면 수용할 수 있는 멋진 조합이라고 착각했던 것이다.

기획기구에 예산편성권이 부여된 당시 경제기획원EPB으로도 만족하지 못하고 나중에는 자금 수납을 담당하는 재무부까지 경제계획기구에 통합하는 것이 바람직하다는 주류 행정학자들이 요구하고 그것이 정부개혁이라는 이름으로 관철되어 거대 공룡인 재정경제원이 탄생하는 상황에서는 그래도 이 계획이 민주적으로 통제된다면 좋은 제도라고 착각한 시절이었다. 민주적 계획이 자유·정의·문화를 다 증진하는 것이며 그것이 곧 '자유를 위한 계획'이라는 만하임의 서술에 미혹된 것이다. 그러나 바로 그와 똑같은 이름의 저서명인 『자유를 위한 계획』에서 미제스는 전혀 다른 얘기, 곧 자유를 위한 계획이 있다면 그것은 곧 시

그렇게 창조되었으리라

장경제가 작동하게 하는 것이라는 정반대의 논지를 보았다. 서로 완전히 상반되는 사상이 똑같은 개념을 표방한 것은 남을 속이는 것이 다반사인 이 세상의 처세 전술이리라. 이때쯤, 적어도 서로 친척쯤 된다고 보아 온 민주주의와 시장경제가 사실은 심각한 대척점에 있음을 인식하기 시작했다. 그 후로 만하임, 베버, 케인즈, 파이너 등 거짓이 들통 난 선지자들은 내 곁을 급히 떠나갔다.

연인을 바꾸다,
공공 행정에서 공공 선택으로

이즈음 전공이던 주류 행정학Public Choice에 깊은 회의가 들기 시작했다. 어려워서가 아니라 너무 빤하다고 생각했기 때문이며 보기에 따라 교만해 보일 수도 있는 이런 시각은 지금도 여전하다. 전통적 행정의 내부관리계획, 조직, 인사, 지시, 보고, 조정, 예산란 아마도 정교한 학문 체계가 아니라 차라리 권위 혹은 정치적 힘에 의거함이 더 효과적일 것이다. 더욱이 행정학은 국가의 우월성을 전제하기 때문에 세입에 대해서는 전혀 걱정이 없었다. 세출액이 정해진 이후에 조세 권력을 발동하기만 하면 되므로. 과학으로서나 그 현실 처방으로나 주류 행정학은 적실성을 상실한 것이라는 실망감이 더 들었다. 무릇 너무 쉬워 보여도 사랑이 마력을 잃어버리듯 너무나 빤한 주제들로 넘쳐나는 행정학계 저널 및 그 저서들에서 서서히 멀어져 갔다. 도대체 두뇌에 새로운 부담을 주지 못한다면 그게 무슨 과학인가.

새로운 연인, 그리고 진짜 연인이 나타났다. 공공선택론이었다. 행정학의 주 관심사인 정부 제도들이 과학적 연역적 논리로 해석되기 시작했다. 초기에는 social choice, public choice, group choice를 같은 것으로 오해하며 책을 마구 구해서 읽어 나갔다. 공공선택론 시각으로 정부 현상을 분석하는 것에 완전히 깊이 몰입되어 갔다. 공부에 몰입하는 동시에 기존의 행정학 책과 저널들은 점점 멀어졌다. 이때 익힌 것이 뷰캐넌, 털럭 등의 버지니아학파였는데 지금도 그들을 접하게 된 것을 매우 다행이라고 생각한다. 시장 자유주의의 이념적 정향이 다른 어느 유파보다 강한 것이었으니 말이다.

행정학계에서 그때까지 공공선택론에 대한 소개가 없었던 것은 아니었다. 예컨대 후일 공공선택론의 한 지파인 블루밍턴학파의 오스트럼 Vincent Ostrom의 저서를 통해 갈파된 '행정학의 지적 위기'란 담론을 통해, 고전 행정학이 토대해 온 윌슨-베버 식의 패러다임으로부터 이젠 공공선택론적 패러다임으로 전환해야 한다는 지적은 제법 심각하게 제기되고 있었다. 그러나 거기까지가 전부였다. 이런 인식에 동의하고 새로운 시각으로 행정학을 연구하려면 그간 익숙해져 온 기존의 공부를 다 버려야 하는데 그것은 보통의 행정학자들이 감내할 용기 수준을 넘는 일이었으리라.

지적 초점을 공공행정에서 공공선택으로 바꾸게 되자 그에 대한 비용도 치러야 했다. 프톨레미Ptolemy 시절 학계에서 천동설에 X표를 매긴 학자는 이단으로 몰렸고, 학생은 과학 시험에 불합격했을 것이다. 막상

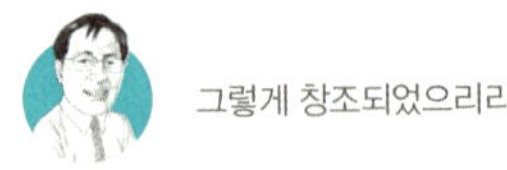

공공선택론적 시각으로 글들을 행정학계에 발표하니 글의 내용과 수준 이전에 아예 그 기본 생각부터 큰 반감을 받았다. 논문 심사자들은 피심사자보다 자신들이 더 많이 안다는 믿음이 있는데, 전혀 새로운 시각의 논문에 감동을 받아 곧 자신이 새롭지 못함을 인정하기보다는 그런 글을 기각하고 사고의 안정성을 유지하려는 경향이 있다. 하긴 오늘날 공공선택론에서 굵직한 분지를 이루고 있는 지대추구론의 남상이 된 털럭의 논문도 퇴짜를 맞지 않았던가. 공공선택론 시각의 논문에 대한 기존 행정학자들의 가장 기막힌 비판은 '이런 공공선택론식 결론이라면 정부나 및 행정학자들의 역할 축소는 어떻게 하란 말인가!'였다. 민주주의과반수가 아니라 시장이 개인의 자유를 더 증진한다는 글이 정작 학계에서 인정받기 위해서는 심사자의 과반수 표결을 거쳐야 함을 절감했다. 그런 면에서 보면 오늘날 피 인용 빈도, 논문 발표 수로 연구의 질을 평가함은 대중민주주의가 학문의 세계를 협박하는 측면이 있다고 볼 수 있다.

세 가지 자유에 사로잡히다

아마도 자유가 나를 사로잡은 국면은 대략 세 가지다. 첫째, 시장이 주는 자유, 곧 경제적 자유주의였다. 70년대 말경 항로를 이탈한 KAL기가 소련에 의해 강제 불시착당하는 사건이 터졌는데 당시로서는 큰 뉴스였다. 그때 '자동항법장치'라는 말을 들었다. 나중에 집이 있는 서울과 근무 대학이 있는 부산을 비행기로 거의 십 수 년을 매주 통근하면서 시장 가격 기제의 가치를 절감하게 되었다. 경제나 항공기나 자동항법 장치에 맡겨두기에 인간은 너무 경망스럽다. 바람과 방향에 대해 조종간에 끊임없이 손이 가는 조급함을 버리지 못한다. 더 빨리 날기 위해서는 좌파는 동체의 왼쪽 날개^{left wing} 밑에 있다는 진보라는 이름의 가속 엔진을 늘 만지작거린다. 그것이 잘못임을 모르고 떠드는 가짜 좌파와 그것이 승객을 파국으로 이끈다는 것을 알고 떠드는 진짜 좌파.

돌이켜보면, 경제적 자유주의의 신앙을 고백하면서 드는 가장 강력한 의심은 한국이 반시장적 발전주의 정책으로 큰 경제적 성과를 얻었다는 것이었다. 그러나 박정희 체제의 압축 성장도 결과론적으로 보면 시장경제를 활용함으로써 가능했었고 또 그 스스로 경제 자유가 확장되는 방향으로 정책을 지향해 왔었다. 이 점을 확인하는 데에 제법 시간이 소요되었으나 결국 자유와 시장에 대한 믿음은 더 굳어졌다.

둘째, 학문에서 당면한 자유주의다. 대학교 1학년 때 한국사의 음울한 국면인 박정희 유신 시대의 첫 병영 집체 훈련을 받으며, 물리적 부자유는 자유를 갈구하는 가장 직접적 계기가 된다. 누구에게나 그러한 인신의 구속은 자유를 갈구하는 가장 기초적인 원인이리라. 그런데 또 하나의 자유가 필요하다는 강력한 갈증을 느꼈다. 그것은 지식에 대한 탐구욕으로 나타났다. 사람의 자유는 외적 억압뿐 아니라 지적^{知的} 활동에 대해서도 주어져야 한다는, 말하자면, 빌헬름 텔^{Wilhelm Tell}의 자유주의로부터 뉴턴^{Isaac Newton}의 자유주의로 바뀐 셈이다. 자연, 사회, 심지어 예술의 세계 속에서 활발히 작동하는 진리와 규칙을 모른다는 것 자체가 곧 부자유가 아니던가.

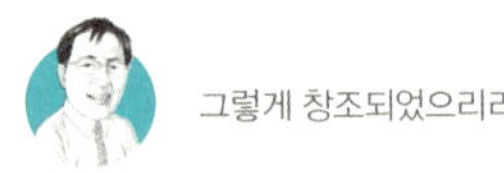

그렇게 창조되었으리라

인신의 구속과는 달리 이런 면에서의 자유는 국가가 엄격하게 묶기 어렵다. 마음대로 공부함이 곧 학문에서의 자유주의였다. 사업을 해 보지 않은 나로서는 경제 자유주의보다 학문 자유주의로부터 더 많은 개인적 이득을 얻었다. 진리가 너희를 자유롭게 하리라_{요한복음 8: 32}. 다만, 지금 생각하면 대학 시절의 금서 목록은 내게 매우 좋은 영향을 주었는데, 왜냐하면 금서가 해제되고 나서 읽어 보니 진실을 담고 있는 책은 거의 없었기 때문이다. 국가 권력이 가한 학문의 부자유함이 준 의도하지 못한 혜택이었다.

셋째, 또 다른 그리고 더 근본적인 자유의 문제가 따라다녔다. 그것은 영적 차원에서의 자유였다. 자유가 신체, 경제에서 적용되고 나면 자유 그 자체가 당초 의도했든 안 했든 마음의 세계, 더 나아가 영적 세계로 전이됨은 당연했고 적어도 내게는 이런 단계로 전개되었다. 인신의 구속, 경제의 간섭에 그토록 반발하는 개인이 죽음과 죄의 억압에 대해서는 그토록 관대함이 가당한가. 사표로 삼아 온 뷰캐넌과 털럭의 세계를 흘깃 보니, 털럭은 자신이 무신론자임을 공개적으로 드러내 놓고 있었고 뷰캐넌은 그 세계는 아직도 불확실해 자신은 이를 명확히 판단하지 못한다고 직접 말해 주었다.

창조 이래로 개인에게 부여되었던 자유는 창조자 스스로 성육신_{incarnation}의 값을 치르고 인간이 에덴을 회복함으로써만 완전히 주어진다는 생각 또한 결국엔 '자유'의 이야기가 아닌가. 여기서도 'Freedom is not Free'라거나, 벌린_{Isaiah Berlin}의 유추를 감안하면 죽음과 죄의 '구속으로부터 벗어남' 것이 자유라는 본질은 고스란히 지켜지고 있다. 우리가 매슬로Abraham Maslow의 인간의 기본적 욕구의 계층성을 좀 더 인정한다면 이 차원의 자유가 오히려 인간에게 가장 높은 가치를 주어 온 종국적인 것이 아닐까? 다만 그것을 말로 표현하는 것을 무안해 하고 있는 것이 아닐까? 내 경험으로는 '그렇다'다.

자유와 보수의 갈림길에서

자유의 가치를 배워 가는 길에서 가장 나중에 치른 시험은 '자유와 보수'의 구분이었다. 한국의 자유주의자들도 선명한 입장을 취해야 할 사안일 것이며 경우에 따라서는 자유주의들의 수가 우리가 알고 있는 것보다 훨씬 적다는 사실이 드러날 것이다. 하이에크는 '내가 보수주의자가 아닌 이유Why I Am Not a Conservative'라고 길게 양자를 구분해 주었다. 나중에는 뷰캐넌까지 나서 이 주제를 댓글로 이어받아『나도 보수주의자가 아닌 이유Why I, Too, Am Not a Conservative』라는 책으로 엄밀히 정리해 주었다. 노벨상을 받은 두 거인이 같은 논지의 글을 거의 같은 타이틀로 이어가며 논의한 다른 예를 나는 알지 못한다. 이 고전적 자유주의는 합의된 변화를 받아들이지만 보수는 기존 질서의 안정을 유지한다. 고전적 자유주의가 인간의 선천적 평등을 인정하지만 보수는 선천적 계급 차별을 인정한다. 고전적 자유주의는 개인의 자유에 개인의 책임이 당연히 수반됨을 전제하나 보수는 온정주의에 경사되어 있다. 고전적 자유주의는 주관적 가치 질서를, 보수는 객관적 가치 질서를 전제한다.

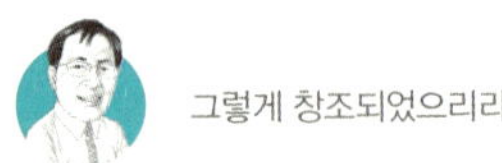
그렇게 창조되었으리라

그러나 개념의 지나친 세분화는 우리가 논의하는 통상적인 담론에 꼭 필요하지는 않을 것이며, 세상에서 말과 글의 쓰임새가 늘 그리 엄밀한 것도 아니다. 나는 아주 간명히 보면 자유주의자임은 분명하지만 동성애 등과 같은 문제에서 보수주의 요소를 버리지 못한다. 많은 경우 그것이 좌파 단체에 의해 이슈화되었기 때문이지만 내 쪽에서도 이를 쉽게 수용하지 못하고 있다. 그래서 나는 아직도 불완전한 자유주의자일 것이다.

부자유한 자유주의자

왜 자유주의자가 되었던가? 답은 그에 대한 되물음으로 말할 수 있다. 달리 무엇이 될 수 있었겠는가? 지금은 개인의 자유가 인간 및 나아가 사회의 근본 가치라는 생각이 굳게 서 있다. 특정 계층이 아니라 사회 전체의 후생을 진정으로 증진하는 것은 결국 개인이 가진 자유 능력이기 때문이다. 자유주의만큼 '공공'의 이익을 잘 배려하는 것은 없다. 대학에서 본 수많은 짝퉁 및 진정한 좌파 학자들이 겉으로는 복지, 통합, 평등에다 필요하면 휴머니즘까지 선택적으로 내세우면서 보여 준 그 표리부동의 추한 행동과 성과 역시 나를 더욱 굳은 자유주의자로 만들어 주었으리라. 자유주의는 공공이 가진 개개의 다채로운 후생을 규정하려고도 않으며 그럴 능력도 자임하지 않는다. 자유만 달라, 나머지는 내 멋대로 알아서 하겠다.

행정학으로부터 출발해 공공선택론으로 정착한 나에게 자유로운 사회에 대한 큰 방향은 분명해 보인다. 정부는 더 작아져야 하고, 세출입 예산과 행정 관료들은 더 줄어야 하며, 시장이 주는 많은 일자리들이 공무원 자리보다 더 매력적인 상태, 그 결과 행정·행정학·행정학자의 역할과 비중이 지금보다 더 낮은 것이 더 나아진 우리 사회의 모습일 것이다.

흔히 오해하는 대로 자유를 수단적 가치로 환원해버린다면, 어떤 반자유의 기제, 예컨대 국가주의 압축 성장이 얻은 높은 경제성과 앞에서 자유주의는 설 땅을 상실한다. 자유는 인간의 물적, 정신적, 그리고 나아가 영적 국면에서도 개인을 고양하는 요인이다. 우리에게 정말 소중한 것은 자유주의의 성과가 아니라 자유주의의 영혼spirit이리라. 자유란 그 물적 성과와는 상관없이 인간을 고양하는 가치이므로.

세상을 구원하는 모든 종교는 그로 인해 구원받은 자가 신앙의 소비자를 넘어 전도자가 되어 주기를 요구한다. 자유의 가치를 깨달은 자유주의자가 자유의 가치를 남에게 전도함은 선택 사항이 아니라 의무이며, 아마도 그것은 자유가 자유주의자에게 주는 유일한 속박일 것이다. 그런 구속감을 가지고 자유의 길을 계속 세상에 말할 것이다.

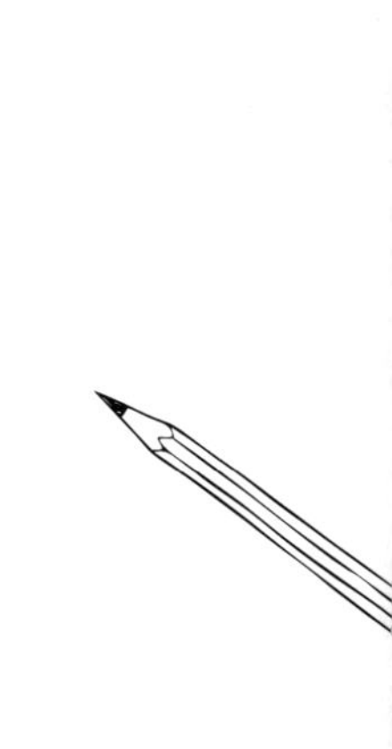

현진권 (한국경제연구원 사회통합센터 소장)

재정학을 공부했으나, 조세연구원, 대학, 청와대 등 다양한 조직을 거치며 정책뿐만 아니라 정치 과정 또한 우리 사회를 변화시키는 중요한 요소라는 걸 깨달았다. 코즈와 하이에크를 만나면서 정부와 시장의 관계에 대한 기존의 생각들에 큰 변화를 맞게 된다. 이후 시장경제 철학, 공공선택, 법경제학 등으로 관심의 영역을 넓혔다. 시장경제의 중요성을 더 널리 알리기 위한 연구와 집필에 몰두하고 있다. 저서로 『복지논쟁, 무엇이 문제고 어디로 가야 하나』, 『사회통합의 새로운 패러다임』 등이 있다.

'칠판 경제학'에서
'현실 경제학'으로

전통 경제학을 배우면서

나는 자유주의에 대해 심각하게 고민해 본 적이 없으며, 나 자신을 자유주의자라고 주장할 만한 사상적 배경도 미미하다. 그냥 내가 배워 온 학문과 한국의 현실을 비교하고 고민하면서 서서히 자유주의에 대해 눈을 떴다고 하는 것이 나을 것이다.

내가 경제학을 본격적으로 배운 것은 미국 유학시절부터다. 미국은 사회과학의 모든 영역에서 경제학을 배경으로 발전하고 있었으므로 자연스럽게 경제학을 배우게 되었다. 박사과정을 미국의 카네기멜론대학교에서 공부했는데, 이 학교는 신고전파 경제학을 이끌어 가는 학교들 중의 하나였다. 따라서 수학과 통계학은 경제학 공부의 기초언어였기 때문에 이를 익히는 데 많은 시간을 보내야 했다. 현실의 경제학이 아닌, 가격 메커니즘이 자연스럽게 형성된다는 구조 속에서 열심히 수학을 풀고, 통계학적으로 검증했다. 학부에서 공학을 전공한 나는 경제학도 수학과 통계학으로 산뜻하게 풀어 나가는 과정에 매혹되어 유학기간을 꽤나 즐기면서 보냈다.

박사학위 취득 후에 한국에 돌아왔는데 내가 배운 경제학으로는 한국의 현실을 풀고 정책제안을 하는 데 한계가 많았다. 그러나 신고전 경제학을 배운 다른 전문가들과 같이 내가 배운 이론이 옳고, 현실이 잘못되었다고 자위하면서 전문가인 체하면서 잘 살았다.

자유주의 사상을 접하다

노무현 정부가 들어서면서 조세정책에서 많은 변화가 있었다. 난 재정학을 전공했으므로 다른 분야에 비해 조세정책 방향에 대해 많은 회의를 가졌다. 특히 부자들에게 더 많은 세금을 부과한다는 목적으로 도입된 종합부동산세제가 만들어질 때 '이건 아니다'라는 생각이 들었다. 내가 배웠던 신고전 경제학 체계 내에서도 종합부동산세제는 문제가 많다고 느끼고 있었기 때문이다.

그러다가 우연히 2006년 4월에 시민단체인 바른사회시민회의 사무총장이 되었다. 이 단체는 기존의 시민단체인 경실련과 참여연대가 지향하는 정책노선과 달리 시장경제의 가치를 확산하고 이 범주 내에서 정책방향을 주장하는 단체였다. 바른사회시민회 사무총장으로 활동하면

'칠판 경제학'에서 '현실 경제학'으로

서 많은 경제정책 및 정치권의 동향을 보았고 학자로서 경험하지 못했던 현실감각을 익힐 수 있었다.

이때부터 현실을 통해 배웠던 경제학과, 특히 내 전공인 재정학 체계에 대해 의문을 가지기 시작했다. 내가 활동하던 시민단체에서는 하이에크, 미제스 등 자유주의 경제학자들의 이론을 바탕으로 정책방향에 대한 논리를 펴는 교수들이 많이 있었다. 자연스럽게 자유주의에 대한 공부를 하게 되었고, 하이에크, 미제스의 사상을 알게 되었다. 사실 내가 미국에서 공부하는 동안 어떤 강의에서도 자유주의 경제학자들에 대해 언급한 예가 없었으므로, 나에게 하이에크나 미제스 등 자유주의자들의 사상은 신비롭기만 했다.

그동안 배웠던 전통경제학 접근법은 가상적 경제환경을 바탕으로 가격기능만을 고려하므로, 시장경제의 철학적 의미를 제대로 접하지 못한 터였다. 경쟁이나 기업가정신 등과 같이 전통 경제학에서 전혀 취급하지 않았던 개념들이 시장경제를 이해하는 데 얼마나 중요한 개념인지 알게 되었다. 미국에서 박사학위를 받을 때까지 자유주의 경제사상에 대한 이해도 없이 많은 경제문제를 다루어 왔다는 것을 알고, 얼마나 기존 경제학 체계가 시장이나 현실경제와 유리되어 있는지 깨달을 수 있었다. 한국에 알려진 미국의 유수 대학들의 경제학 교과과정은 한 인간을 '경제기술자'로 키우는 데는 적합할지 모르나, 인간행동의 한 범주로서 경제학을 이해시키지는 못했다. 결국 경제학 교육은 물리학 교육과 별로 차이가 없다는 생각이 들었다. 다루는 대상만 다를 뿐이지, 접근하는 방법은 똑같아서 수학으로 표현 가능하고, 통계로서 검증이 가능하다는 착각이었다.

실제로 박사과정을 거치면서 대부분의 유학생처럼 나도 열심히 공부했는데, 내가 공부한 시간의 90% 이상을 수학과 통계기법을 공부하는 데 사용했다. 미제스가 말한 '인간 행동'을 연구하는 학문으로서의 경제학이 아니므로, 사상과 인간에 대한 고찰도 필요 없이 물리학 문제 풀 듯, 경제란 문제를 연구실에서 풀었을 뿐이었다.

자유주의 경제사상에 대한 재미는 쏠쏠했다. 어려운 하이에크 사상은 민경국 교수가 정리한 책으로 쉽게 이해할 수 있었고, 미제스 연구소 Mises Institute에서는 미제스 사상뿐만 아니라, 자유주의에 관한 많은 책자들이 발간되므로, 이를 통해 새로운 영역을 공부할 수 있었다. 지금도 미제스 연구소에서 나오는 책자들을 주기적으로 구입해서 읽는데, 특히 인상 깊었던 책들은 경제학에 대한 입문서들이다. 기존의 많은 경제학 원론 서적들은 대부분 기법중심의 기술책자들로, 그 안에 사상이 없는 반면, 이들 책자들은 사상적 고민을 수반하는 내용들로, 경제학 입문서 이지만, 박사학위를 가진 나에게 많은 도움이 되었다.

정부개입 재정학의 한계점을 깨달아

미국에서 배웠던 재정학 체계는 경제학자 피구Pigou의 전통을 바탕으로 정부개입을 타당화하는 이론을 중심으로 발전했다. 대표적인 개념이 경제의 외부효과externality다. 기업은 생산과정에서 필연적으로 오염물질을 발생할 수밖에 없으며, 기업입장에서는 직접비용이 아니므로, 오

염을 생산비용에 포함할 필요가 없다. 결과적으로 사회적으로 바람직한 수준보다 많이 생산하게 되므로, 비효율성이 발생한다는 구조다. 이러한 문제를 해결하기 위해서는 정부가 기업이 발생시킨 오염물질로 인해 발생하는 사회비용만큼 세금을 부과함으로써 해결할 수 있다는 구조다. 이러한 단순한 예를 통해 기업은 오염을 발생시키는 비윤리적인 존재이고, 정부는 선한 행위를 하는 주체로 묘사되었다. 결국 시장과 정부에 대한 인식은 시장은 나쁜 메커니즘이고, 정부는 착한 천사라는 구조다.

전통 재정학이 정부개입에 대한 이론을 제시하는 반면, 법경제학이라는 학문을 체계화한 1991년 노벨경제학 수상자인 코즈는 피구의 해석방향과 완전히 다른 해석을 제시했다. 법경제학자인 김일중 교수와의 개인적 친분을 통해서 코즈의 논문을 알게 되면서, 전통 재정학의 구조가 논리의 한 면만을 보여 주고 있다는 생각이 들었다. 특히 코즈가 노벨경제학상을 받으면서 강연한 내용은 짧지만, 그동안 읽었던 수많은 경제학 논문보다 나에게 감명을 주었다. 피구가 제시한 외부경제라는 개념도 결국 정부가 시장보다 우월하다는 개념만을 심어 주는 도구로 사용되었고, 코즈가 지적한 본질적인 문제는 재산권 문제로 해석했다. 즉 재산권만 제대로 배분되면, 외부경제라는 개념 자체도 필요 없고, 이는 곧 정부개입이 필요없다는 것을 의미한다. 코즈가 전통 경제학 체계를 비판하는 내용을 보면서, 그동안 내가 얼마나 현실과 동떨어진 경제학을 해 왔는지 절실히 깨달을 수 있었다. 코즈는 기존의 경제학 체계를 강의실에서만 존재하는 경제이지, 실제 현실에서는 존재하지 않는다는 의미로 '칠판 경제학blackboard economics'이라 칭했는데, 그 혜안에 전율을 느낄 정도였다.

정부의 개입을 위한 논리를 제공하는 또 다른 개념으로 공공재 이론을 들 수 있다. 이 이론은 노벨경제학상 수상자인 새뮤얼슨에 의해 개발되었다. 그는 정부개입이 필요한 재화를 공공재라는 용어로 포장해서 정부개입을 위한 이론을 제시했다. 우리 주위에도 공공성을 주장하는 많은 사람들과 단체들이 존재하는데, 이들 역시 공공성을 앞세워 정부개입을 요구하는 것이다. 공공성이란 감성적인 용어를 새뮤얼슨은 공공재라는 용어로 개발해 정부개입의 논리를 겉보기에 산뜻하게 포장한 것이었다.

그러나 이 또한 잘못된 개념임을 깨달았다. 공공재라는 용어와 함께 수학과 그래프를 사용해 체계적으로 기술하고 있지만, 조금만 의심의 눈으로 살펴보면, 현실과 동떨어진 이론임을 쉽게 알 수 있었다. 예를 들면, 방송과 같이 누구나 공짜로 사용할 수 있는 재화이지만, 민간 방송국이 얼마든지 존재하기 때문이다. 결국 공공재 이론도 정부개입을 타당화하려는 시도에 불과하다는 것을 알게 되었다. 정교하지도 않으면서 마치 독특한 본질적 위치를 차지하는 이론인 양, 많은 경제학을 공부하는 사람들의 인식구조에 파고들어 가는 것을 보면 안타까울 따름이었다. 이런 과정에서 공공재 이론을 체계적으로 비판한 분야로 '공공선택이론public choice'이란 학문으로 발전했음을 알게 되었다.

전통 재정학으로 무장되었던 나에게는 코즈의 재산권 개념과 정부개입이 없어도, 개인들 간의 자발적인 거래로 효율적인 자원배분이 될 수

 '칠판 경제학'에서 '현실 경제학'으로

있다는 결론은 정부와 시장에 대한 나의 사고에 커다란 영향을 미쳤다. 하이에크의 자유주의적 사상과 코즈의 재산권 이론을 통해 정부개입의 필요성에 대한 믿음을 하나씩 떨쳐낼 수 있었다.

대학에서 재정학을 주로 강의하며, 새롭게 재정학 이론을 배워 가는 재미를 느끼고 있을 무렵인 2009년, 또 다른 경험을 할 기회가 주어졌다. 시민단체인 바른사회시민회의에서 사무총장으로 2년간 활동한 경험이 토대가 되었는지 정확하게는 모르지만, 청와대에서 시민사회 비서관을 맡아달라는 요청이 왔다. 그 당시에는 이명박 정부가 출범한 후 1년 정도 지난 때라 정권 초기의 쇠고기 촛불시위를 수습하려는 정국이었다. 한국에서 경제학 교수라는 직업은 너무나 편한 보금자리였으므로 별로 내키지는 않았다. 그러나 달리 생각해 보니, 한 국가의 정책결정 과정을 정확하게 볼 수 있는 최고의 배움터란 생각이 들어 이런 경험을 해 볼 수 있는 기회를 버릴 수는 없었다.

청와대 경험을 통한 사고의 변화

2009년 1월부터 2010년 3월까지의 청와대 생활은 현실의 정책수립과정을 정확히 볼 수 있는 기회로 내게 큰 놀라움을 주었다. 경제학자들은 경제 관련 행위를 설명하는 데 조그마한 행동 변화를 추정하기 위해 많은 자료와 추정기법을 통해 엄격한 분석하므로, 결과가 나오기까지 6개월에서 심지어 1년이란 기간을 필요로 한다. 이런 환경에 익숙해 있던 내가 청와대에서 지켜본 현실은 정부의 재정 관련 정책뿐 아니라 여러 다른 정책들을 수립할 때도 아주 짧은 시간에 몇 개씩의 정책

방향이 수립된다는 것이었다. 그 판단은 대개 상식에 바탕을 둔 직관에 의한 것이었는데 그 결론이 반드시 틀렸다고 말할 수 없는 것들이라는 점도 매우 놀라웠다.

또한 여러 비서관들이 모여서 정책에 대한 토론을 하면서 느낀 바는 경제학자인 내가 접근하는 방법으로는 상대방을 설득하기 어렵고, 언론계나 정치권 출신 인사가 여론의 추이를 보면서 제안하는 정책들이 많이 채택되는 것을 경험했다. 정책방향의 결정에서 청와대, 행정부, 국회 간의 의견이 서로 조율되는 과정을 보면서 그동안 정책을 연구한 경제학자로 현실을 너무 모르고 이론에 치중한 연구를 했다는 반성이 들기 시작했다.

내가 깨달은 것은 결국 정책은 경제학자들이 많이 언급하는 사회전체의 후생을 극대화하는 방향에서 결정되는 것이 아니라는 점이다. 현실 속에서 정책은 청와대, 행정부, 국회, 이해집단 등 여러 주체들의 자기이익이 서로 부딪히면서 수렴하는 것에서 나온다는 사실을 보게 되었다. 즉 정책은 대다수 교과서가 설명하듯 경제적 합리성에 의해 결정되지 않고, 정책을 결정하는 당사자들의 자기이익이 우선한다는 것이다. 결국 공익은 명분일 뿐이고, 실제로는 사익을 기반으로 여러 이익단체들 간의 거래에 의해 결정되는 것이었다. 청와대에서의 경험을 통해 얻은 결론은 내가 배운 재정학 구조를 통해 현실 정책과정을 설명하는 것은 어렵다는 것이었다. 오히려 공공선택론의 구조가 현실을 더 잘 설명할 수 있었다.

공공선택 이론은 전통 재정학 구조와는 대치 점에 있으며, 20세기 후반부를 거치면서 발전하기 시작했다. 1986년에 노벨경제학상을 받은 뷰캐넌이 중심이 되어 발전한 학문으로 재정학의 기본 구조와는 완전히 다른 시각에서 접근한다. 재정학에서 상정하는 정부는 천사적 마음을 가지므로, 항상 국민들의 전체 후생을 극대화하는 방향으로 정책을 접근한다는 것이다. 결과적으로 정부의 개입이 보편화될 수밖에 없는 구조다.

반면 공공선택 이론은 정책은 경제적 합리성이 아닌 정치과정을 통해 이루어진다는 구조하에서 정치권의 이해관계를 통해 정책이 수립되는 과정을 분석한다. 본질적으로 시각이 다르기 때문에 두 이론은 첨예하게 대립하는 관계를 가지기도 했다. 그러나 일반적으로 20세기 전반부는 전통 재정학 체계가 주된 이론이 된 반면, 20세기 후반부에는 공공선택 이론이 좀 더 현실 설명력이 뛰어난 것으로 주목을 받고 있다.

일 년여간 청와대 경험을 마친 후 정부를 보는 나의 시각은 완전히 전통 재정학에서 멀어지고 공공선택 이론을 더 신뢰하게 되었다. 학교에 복직한 후, 내가 제일 먼저 한 것은 경제학과에 공공선택 이론 강좌를 새롭게 개설한 것이다. 한국의 경제학과에서 공공선택 이론을 가르치는 학교는 드문 현실에서, 학생들에게 좀 더 현실적인 이론을 가르쳐야 한다는 확신에서 새롭게 강좌를 개설했다.

강의는 재미있었다. 반 학기는 공공선택 이론을 가르치고, 나머지 반 학기는 학생들이 한국의 현실을 공공선택 관점에서 분석해서 발표하는 순서로 이끌었다. 공익을 주장하는 많은 분야들 중에서 실제로는 사익이 우선하는 분야를 선정해 분석하도록 했다. 정치권, 중앙정부, 지방정부, 시민단체, 종교계 등으로 나누어 공익을 앞세우면서, 실제 집행되는 현실을 사익추구 관점에서 해석하는 작업은 현실을 이해하는 데 유익했다. 강의 중에 학생들에게 끊임없이 강조하는 부분은 공공선택 이론의 핵심내용이었다. 즉 개인입장에서 보면, 이 세상에 공익은 없다. 많은 사람들이 공익을 얘기하지만, 그 사람이 처해 있는 환경을 자세히 살펴보면 결국은 사익추구 행위로 밝혀진다. 따라서 공익을 필요 이상으로 강조하는 사람일수록, 그 사람의 사익수준은 일반인들보다 훨씬 높다. 정치인들은 공익을 입에 달고 살지만, 공익을 추구한 국민들로부터 존경받는 정치인은 실로 드물다. 정치인이 공익을 이야기하는 이유는 공익을 강조해 지역민들의 인기를 얻음으로써 정치인이 되었을 때 얻게 되는 사익이 엄청나게 크기 때문이다.

이 땅에 자유주의라는 거대한 뿌리를 박아야

나는 한국에서 경제학에 대한 배경 없이 미국에서 기법 중심의 경제학—나는 이를 '물리경제학'으로 부르고 싶다—을 공부하고, 박사학위를 받았다. 이후 한국에서 국책연구기관, 대학, 청와대, 민간경제기관 등 다양한 기관에서 활동하면서 소중한 사상적 가치를 배울 수 있었다. 자유주의 사상, 코즈의 재산권 이론, 공공선택 이론 등을 배우면서 시장경제의 소중한 가치를 절실히 느낄 수 있게 되었다. 개인적으로는 나에게 이런 경험을 하게 해 준, 과거의 많은 인연에 감사를 드리고, 스스로도 난 운이 좋았다고 생각한다.

'칠판 경제학'에서 '현실 경제학'으로

그러나 지금 내 시각으로 한국사회를 보면 그리 기쁘지가 않다. 아직도 한국 대학의 많은 경제학과가 미국형 경제학 체계를 그대로 이식하는 데 집중하고 있다. 한국의 경제 현실을 설명할 수 있는 모형을 자유주의 시각에서 분석하는 한국에 대한 연구가 활발해야 하는데, 서양 이론에 깊이 빠져 있다는 느낌이다. 한국에 사는 한국 경제학자임에도 불구하고, 한국의 경제 현실에는 무관심하고, 외국에서 논문의 질을 인증하는 평가체계인 SSCI 관련 학술잡지에 논문을 싣고 실적을 내는 데만 집중하고 있다. 한국의 경제학자면서도 여전히 미국의 자료를 사용해 미국 시장을 분석하는 연구만을 하게 되는 데는 평가시스템과 같은 구조적 요인도 작용하겠으나, 한국의 경제 현실을 모르는 것을 자랑스럽게 얘기하는 분위기에 이르러서는 한심한 마음마저 든다.

우리나라의 국립대학에서 경제학 박사학위를 받으면서 논문의 주제는 미국 경제를 분석하는 내용이라는 사실은 아이러니하다. 엄밀히 말하자면 미국의 경제를 분석하는 데 애꿎은 우리 국민의 세금이 들어가는 것인데, 이런 일들이 자연스럽게 일어나는 현실은 분명 문제가 있다.

우리 사회에서 자유주의자는 살아가기가 어렵다. 확실한 것은 자유주의적 사고가 한국에 보편화되어야 한국의 미래가 있다는 것이다. 요즈음 우리 현실을 보면 참담하기 이를 데 없다. 경제민주화라는 희귀한 용어가 한국의 정책방향을 오염시키고 있다. 논리전개보다는 감성적 구호가 더 효과를 가지고 국민의 지지를 받고, 정치권은 이에 편승해서 여당, 야당 할 것 없이 경제민주화 장단에 춤추고 있다.

결국 국민들의 의식수준이 국가의 장래를 결정한다. 한국이 진정 선진국이 되기 위해서는 우리 국민들의 사고가 자유주의를 존중하는 수준이어야 한다. 어차피 정치권은 국민들의 사고에 편승해서 사는 집단이므로, 정치권을 지탄하고 있을 수만은 없다. 어떻게 국민들에게 자유주의 가치를 알릴 것인가? 그동안 많은 자유주의적 논문과 글이 나왔지만, 아직도 자유주의적 가치 전파는 미미한 수준이다. 운이 좋아서 자유주의 사상을 조금 공부한 나도 살아가면서 자유주의적 사고의 중요성을 서서히 깨우쳐 왔다. 진솔한 사상의 변화 과정을 담은 글은 논문보다 훨씬 국민들의 마음에 와 닿는다. 그런 바람으로 자랑거리는 없지만 솔직한 나의 사상적 여행 기행문을 통해서 사람들에게 조금의 울림이라도 주었으면 한다.

권혁철 (자유경제원 전략실장)

대학시절 소위 말하는 운동권 서클에 가입했으나, 그곳에서 공부하고 토론하는 내용에 크게 매료되지 못했다. 사회주의와 복지제도, 정부, 규제 등에 대해 갖고 있던 막연한 의문과 회의들이 경제학 수업을 들으며 풀어졌고, 시장과 자유주의에 대해 깊은 관심을 갖게 되었으며 귀국하여 한국하이에크소사이어티를 알게 되면서 좀 더 자유롭게 자유주의에 대해 공부하고 있다.

돌고 돌아 자유주의

규제에 대한 기억

'주의主義, ism'가 무엇인지는 몰랐지만, 정부에 대한 불신과 규제에 대한 반감은 아주 어렸을 때부터 있었다.

첫 번째 기억은 논농사와 관련된 것이다. 내가 어릴 적에는 정부에서 식량난을 해결한다는 명분으로 자신의 논에 자신이 원하는 품종의 벼를 심지 못하도록 규제하면서, 대신 정부가 권장하던 다수확 품종인 '통일벼'를 심도록 강요했다. 다른 일을 하시면서 크지 않은 논에 벼농사도 함께 지으셨던 아버지는 통일벼가 밥맛이 너무 없다고 하시면서, 밥맛이 좋은 다른 품종을 골라 모내기를 하고자 하셨다. 그런데 어느 날 논에 가보니, 읍사무소의 한 공무원이 장화를 신고는 모내기를 해야 할 모를 전부 다 밟아버리고는 통일벼로 바꿔서 하라고 강요하는 것이었다.

너무 화가 나신 아버지는 그 공무원과 격한 몸싸움도 불사하셨지만, 몇 차례에 걸친 실랑이 끝에 결국 전체 논 중의 일부에는 통일벼를 심고, 나머지는 아버지가 원하시던 품종의 벼를 심었다. 왜 공무원이 저런 행패를 부리면서 우리 논에 주인이 원하는 품종을 심지도 못하게 하는지 어린 마음에도 도저히 이해할 수 없었다. 그렇게 모내기를 하고 돌아와 힘없이 한숨을 내쉬던 아버지의 모습은 여전히 생생하다.

중학교 때에는 왜 내가 원하는 곳에 가서 공부할 수 없는지 알고는 무척 분해했었다. 시골에서 같이 초등학교를 다녔던 친구들 중 몇몇은 이미 초등학교 고학년 시절에 서울로 유학을 갔었다. 그런데 서울로 전학을 가려면 온 가족이 다 서울로 이사를 해야 한다는 조건을 충족시켜야 하고, 거기다 중학생 이상은 서울 학교에 결원이 생겨야 그 결원만큼 전학이 가능하다는 것이었다. 서울에서 공부를 하고 싶었지만, 그런저런 조건을 충족시킬 수 없었기에 포기할 수밖에 없었다. 중학생 시절 어느 가을 날, 추수가 끝난 논에서 지게로 추수한 볏단들을 나르던 중 문득 이런 생각이 들었다. 내가 하고 싶어 하고 부모님도 지원해 주고 싶어 하시는데도 불구하고, 내가 공부하고 싶은 곳에서 공부를 하지 못하도록 막고 있는 이런 제도는 과연 누구를, 무엇을 위한 것이란 말인가. 그리고 이런 이상한 제도를 만든 그 사람들은 자신들의 자식들을 과연 어디서 교육시키고 있을 것인가에 대해 생각이 미치자, 그것을 만든 사람들에 대한 분노가 치밀어 오르기도 했었다. 평준화 교육을 금과옥조처럼 읊조리는 사람들을 볼 때마다, 그리고 그들의 자녀들이 어떻게 공부하고 있다는 소식을 접할 때마다 중학생 때의 이 기억이 계속

돌고 돌아 자유주의

떠오른다.

고등학교 2학년 때로 기억한다. 당시에는 교복을 입고 다녔는데, 갑자기 학교에서 근면·협동 등 간단한 구호가 적힌 반달형의 패牌를 교복 왼쪽 어깨에 다는 것이 어떻겠느냐고 학생들의 의견을 구한 적이 있었다. 학생들 사이에 이 문제를 두고 갑론을박이 벌어졌는데, 나는 달지 말자는 의견이었다. 이유는 간단했다. 그것을 다는 순간, 그 패는 곧 우리를 구속하는 물건으로 변질될 것이라는 게 내 생각이었다. 그 패를 제대로 옳게 달았는지부터 시작해 혹시라도 바느질이 부실하거나 시간이 지나 바느질한 것이 벌어지거나 떨어져 나가기라도 한다면 복장불량과 그에 따른 징계의 빌미를 제공하는 일이 벌어질 것이라는 점은 너무나 분명했다. 우리 스스로 우리의 무덤을 팔 이유가 없다는 것이 내 주장이었다. 하지만 나의 주장은 소수에 지나지 않았고, 학교는 모든 학생들에게 그 패를 달도록 했다. 결국 그 패는 복장불량 단속의 또 다른 빌미가 되어 우리들을 괴롭혔다.

운동권과의 만남

1980년대 초반의 대학 생활에 대해 알 만한 분들은 다 잘 아실 것이다. 학교에 공부하러 간다기보다는 데모하러 간다고 하는 편이 더 잘 어울렸을 그런 시기였다. 아무튼 틈만 나면 데모를 했고, 저녁이면 학교 앞 술집에서 술을 마시던 시절이었다.

1981년 대학에 입학하고 나서 처음 발을 들인 곳이 서클이었다. 이때는 무슨 생각이 있어서가 아니라, 대학에 들어왔으니 무슨 일인지 경험을 해보고 싶다는 호기심이 발동을 했었다. 등굣길에 선배들이 책상을 죽 늘어놓고 자신들의 서클 이름을 내걸고 이른바 신입회원 호객행위(?)를 하고 있었다. 그중 한 서클 이름이 내 눈에 들어왔다. 이름이 마음에 들었다. 마치 동양의 고전을 읽으며 동양사상에 대해 공부를 하는 모임처럼 들렸다. 그래서 가입했다. 그것이 운동권과의 만남이었다.

그런데 내가 가입했던 서클은 내가 가입하기 이전에 있었던 선배들의 잦은 시위 주동 전력으로 인해 내가 가입했던 해부터는 정식 서클로 등록이 되지 않는 이른바 '지하 서클'이 되었다. 동급생들과의 만남은 종종 있었지만, 전체 동급생 회원이 아닌 일부 같은 그룹으로 분류된 동급생들과만 만날 수 있었다. 선배들과의 만남은 조심스럽게 가끔씩 있었지만, 대부분 특히 우리 그룹을 책임지고 있는 선배와의 만남으로만 국한되었다. 선배가 지도하는 비밀스런 '세미나'에서 이른바 '사회과학' 공부도 하고, 선배의 뒤를 따라 동료들과 함께 시위에도 참여하고, 4박5일간의 MT에도 다녀오고 하면서 1학년을 보냈다. 독재에 항거한다는 것에는 동의하면서도, 공부하는 내용이나 토론의 내용은 무언가 나하고는 맞지 않는다는 생각이 들면서 그렇게 1년을 보냈다.

당시에 내가 가장 이해하기 힘들었던 부분 중 하나는 북한의 김정일 세습에 대한 태도였다. 내 생각에는 북한이 왕조도 아닌데, 정상적인 국가라면 정권을 세습하는 일은 있을 수 없다는 것이었다. 그런데 선배나 다른 동료들의 생각은 달랐다. 대만도 그러지 않느냐는 말과, 북한은 집단지도체제이기 때문에 누가 지도자가 되는 지는 큰 문제가 되지 않는다는 말을 들었다. 나는 그 말을 받아들이기 힘들었다. 당연히 열성적

으로 하지 못했다. 아마도 내가 그룹 내에서 성장이 가장 부진한 회원이었을 것이다. 나와 같이 공부하고 활동하던 동료들은 2학년 때 시위를 열심히 하다 강제징집을 당하기도 하고, 노동현장에 뛰어들기도 하고, 4학년 때에는 모 정당의 당사를 점거하기도 해서 옥고를 치르기도 했으니 말이다.

2학년이 되자 이제 1학년 신입생 한 그룹을 맡아 지도하는 위치가 되었다. 여전히 마음 한구석에는 미심쩍은 부분을 갖고 있으면서도 세미나도 하고 MT도 다니면서 후배들을 교육시켰다. 다행인지 불행인지 후배들의 교육에도 열과 성을 다하지 못했다. 내 스스로도 확신하지 못하면서 교육을 한다는 것이 잘 될 리 만무했다. 그 때문인지 나와 함께했던 후배들 중 대부분은 서서히 운동권으로부터 멀어져 갔지만, 몇몇은 지금도 그런 활동들을 하고 있는 것으로 알고 있다.

3학년과 4학년 때에는 동료들과의 만남은 지속되었지만, '운동' 현장과는 상당히 멀어진 상태로 지내자 2학년 때까지는 내 생활에 관심을 가졌던 관할 경찰서에서도 더 이상 관심을 보이지 않을 정도가 되었다. 이때는 주로 외국 서적, 특히 일본의 사회과학 서적들을 번역하는 일로 소일했다. 당시 모 여대에서 축제기간 중에 모의국회를 하기로 하고 우리 학교에 지원을 요청해서 내가 간 적이 있었다. 같이 축제준비를 하던 한 여학생이 나에게 이야기 좀 하자고 하면서, 자신의 진로에 관한 고민에 대해 이야기를 했다. 당시 대부분 대학교의 운동권 분위기는 시위주동, 감옥, 출옥 후 노동현장 활동이 모범답안처럼 되어 있었고, 극소수의 대학교에서만 노동운동이 아닌 교사나 교수, 혹은 변호사 등의 직업을 가지면서 '운동'을 하는 것을 인정하고 있었다. 이 여학생의 고민은 학교 운동권의 바람과는 달리 학교 선생님을 하면서 '운동'을 하고 싶다는 것이었다. 나 역시 공부를 계속해야 하지 않을까 고민하고 있던 차에 나는 노동운동가도 필요하지만, 앞으로는 아이들을 가르치는 선생님의 역할도 매우 중요하지 않겠느냐면서 그 길로 가라고 조언해 주었다. 그런데 몇 년 후 이런 교사들이 뭉쳐 전교조라는 단체가 나올 줄이야.

군대 시절

4년을 거의 허송세월을 하고 군대에 입대했다. 3학년과 4학년을 조용히 지낸 덕인지 해병대 장교 시험에서 무난히 합격해 진해와 광주에서 훈련을 받았다. 진해를 거쳐 광주에서 훈련을 받을 때는 이미 소위 계급장을 달고 있었다. 훈련을 담당하고 있는 구대장들중위이 항상 하는 말이 '제군들이 실무에 가면 펄펄 나는 해병대 대원들이 신임 소대장의 체력을 테스트한다'는 것이었다. 그 테스트에서 탈락하거나 지지부진한 모습을 보이면 소대장 노릇 하기가 매우 어려워질 것이라는 엄포와 함께. 그래서 우리 동기들은 저녁에 자발적으로 영내 구보를 열심히 했다.

그런데 훈육관소령 주재 회식이 있던 어느 날, 한 잔 술에 기분이 좋아진 훈육관은 다음 날부터 아침에 단체구보를 하라고 지시를 내리는 것이었다. 장교가 되었고 부하들에게 멋있는 소대장이 되겠다는 생각에 자발적으로 열심히 하고 있는데 의무적으로 단체구보를 하라고 하는 것이 무엇보다도 마음에 들지 않았다. 또한 그때는 한참 더위가 기승을 부리는 7~8월이었다. 아침 구보를 하지 않고도 일과 시간에 책상에 앉아

돌고 돌아 자유주의

조는 동기들이 부지기수였다. 여기에 아침구보까지 한다면, 일과 시간에 전멸할 가능성도 있었다.

나는 용기를 내어 훈육관에게 말했다. 이미 자발적으로 하고 있는데 의무적으로 하라고 하는 것도 장교들에게는 어울리지 않는 처사인 데다, 단체구보를 왜 하필 아침에 시키고자 하느냐, 굳이 해야 한다면 저녁에 하면 되지 않느냐고 했다. 그 훈육관은 건방지게 무슨 토를 다느냐면서 버럭 화를 냈고, 그날 밤, 우리 동기들은 밤이 깊도록 단체기합을 받았다. 나한테 불평을 하는 동기들은 없었다. 기합을 주어야만 했던 구대장도 나와 우리 동기들에게 호의적으로 대했다. 이 단체구보는 우려했던 대로 일과 시간에 거의 모든 동기들을 졸음에 빠지게 했고, 며칠 지나지 않아 흐지부지 없어지고 말았다. 물론 해지고 난 저녁의 자발적인 구보는 여전히 이어졌다.

지금 생각해 보면, 어린 시절부터 정부에 대한 불신과 규제에 대한 반감을 갖고 있으면서도, 대학을 다니고 군대를 제대하고 유학을 갈 때까지도 사회주의에 대한 끈은 여전히 놓지 못하고 있었다. 대학을 다니며 품었던 의문을 제대로 풀지 못한 채 여러 생각들이 혼재해 있었던 것이다.

사회주의에 대한 회의

제대를 하고는 대학에서 같은 서클회원이었던 한 친구와 함께 독일로 유학을 떠났다. 유학을 떠나기 전 같은 서클회원이었던 다른 친구의 소개로 그의 매형을 만났다. 그 분은 유명한 좌파 학자로서 모 대학 교수를 하고 있었는데, 독일로 유학을 간다고 하니 마르부르크 Marburg

대학에서 정치학이나 사회학을 하면 좋을 것이라는 조언을 해 주었다. 마르부르크가 독일 공산당이 창당되었던 곳이며, 그런 연유로 좌파적 학풍이 강한 곳이라면서 그 학교를 추천한다는 것이었다. 그때가 1989년 초반이었다. 유학을 가서 1년도 채 되기 전에 동유럽이 무너지고 독일이 통일되었으니, 그분도 한 치 앞을 내다보지 못한 것이다.

1년 후 어학과정을 마치고 나는 실제로 마르부르크에서 정치학을 공부하고자 그 학교를 찾아간 적이 있었다. 찾아가서 상담을 받았는데, 상담을 하시던 분이 통일 이후 1년 만에 학생들이 좌파 학풍 교수들의 강의에 수강신청을 거의 하지 않고 있으며, 따라서 좌파 학풍의 사회학이나 정치학은 벌써 그 힘을 급속히 잃어가고 있다는 말씀을 하시면서 그래도 오겠냐고 말씀하셨다. 어느 정도는 실망하면서 어학을 했던 쾰른대학교에서 경제학을 전공하기로 결정했다. 만약에 나와 상담을 하셨던 그분이 그런 정보를 전해 주지 않고 내 전학 신청을 받아들여 내가 그곳에서 정치학을 공부했더라면, 자유주의와는 영영 멀어졌을 것이다.

쾰른대학교에서 경제학 공부를 시작한 지 얼마 지나지 않아 동유럽과 동독 사람들에 대한 이야기가 나오기 시작했다. 한 1년여 동독 출신 근로자들과 같이 근무를 했던 서독 출신 사람들로부터 흘러나온 이야기들인데 주로 근무태도에 관한 이야기들이었다. 서독 사람들은 상당히 적극적으로 근무하는 데 반해 동독 사람들은 시간만 때우고 있다는 이야기들로, 예를 들어 점심시간이 되어 점심을 먹으러 막 나가다가 전화 벨이 울리면, 서독 사람들은 그 전화를 받는데, 동독 사람들은 태연하게 그냥 나가더라는 것이다. 내가 생각해 왔던 이른바 '사회주의 인간형'

과는 전혀 다른 모습들이다.

또 같이 공부를 했던 중국에서 온 친구의 생활모습을 보면서도 '사회주의 인간형'에 대해 다시 생각해볼 수 있는 기회를 가졌다. 그 친구는 공부를 하면서 돈이 되는 일도 상당히 열심히 했는데, 기본적으로 돈이 되는 일이라면 무엇이든 할 수 있다는 생각을 갖고 있었다. 몇몇 중국 출신 유학생들을 만났는데 그들 또한 그렇게 생각하고, 또 실제로 그렇게들 살고 있었다. 오히려 자본주의 국가인 한국이나 일본에서 온 유학생들이나 현지 서독인들이 평등이나 형평에 대해 더 많이 생각하고 언급하고 있었다. 참 이상한 현상이라는 생각이 들면서, 사회주의에 대해 갖고 있던 생각에 균열들이 나타나기 시작했다.

방학 때가 되면 거의 3개월을 공장에서 아르바이트를 하며 생활비를 벌었다. 이때 목격한 것이 복지에 대한 생각의 변화였다. 독일에서 학생들은 의료보험 등 사회보험을 학생 신분으로 가입해 있기 때문에, 공장에서 아르바이트를 하면서 받는 임금에서는 별도로 지불하지 않는다. 한 달을 일하고 월급명세서를 받는 날, 근로자와 학생들이 그늘에 옹기종기 모여 서로의 월급명세서를 서로 비교한 적이 있었다. 물론 나를 비롯한 학생들의 경우에는 방학기간인 단시간에 많은 돈을 벌려다 보니 매일 두 시간 연장근로, 토요일과 일요일 휴일근로를 한 번도 거르지 않고 했다. 내 경우에는 전체 12주 기간 동안 일요일 딱 하루 쉬었다. 그렇게 해서 전체 임금이 4천 마르크 정도 되었는데, 학생들은 별도로 나가는 돈이 없다 보니 4천 마르크가 월급명세서에 찍혀 있는 반면에, 정식 근로자의 월급명세서에는 이것저것 떼어낸 나머지 2천 마르크 정도만 찍혀 있었다. 학생들의 약 절반밖에 안 되는 돈이었다. 그것을 목격한 우리 학생들은 크게 놀랐고, 근로자들은 크게 분개하고 화를 내는 것이었다. 어차피 복지제도로 다시 돌려받을 것 아니냐고 하자, 이렇게 조금만 남겨 주니 그것 가지고는 주택을 구입하는 등 큰돈이 들어갈 일은 엄두도 내지 못하고 아예 포기한 상태에서 여행이나 다니면서 쓴다는 이야기가 돌아왔다. 많은 사람들이 임대주택에서 사는 것이 좋고 편해서가 아니라, 자기 집을 사고는 싶지만, 소득의 약 50%를 정부가 떼어 가는 구조에서는 그럴 엄두를 내지 못한다는 것이었다.

아르바이트를 하면서 또 경험했던 것은 비정규직 근로자와 관련된 일이었다. 내가 일하던 공장에는 동남아시아에서 온 비정규직 근로자들이 상당수 있었는데, 아는 사람들 몇 명이 모여서 방 한 칸을 얻어 공동 생활을 한다고 했다. 불편하지 않느냐고 했더니 주로 3교대로 일을 하기 때문에 몇 명이 같이 살아도 한꺼번에 모일 일이 거의 없어 괜찮다고 했다. 이들이 털어놓은 고민은 다른 곳에 있었다. 비정규직 보호법으로 인해 회사에서는 일한 지 2년이 지나면 정규직으로 채용을 해야 하기 때문에 1년 6개월 혹은 채 2년이 되기 전에 해고를 하고, 약 3개월에서 6개월 후에 다시 일을 하는 것을 반복하고 있다는 것이었다. 현재 우리나라에서 벌어지고 있는 일들이 약 20년 전 독일에서 이미 벌어지고 있었던 것이다. 이 경험은 우리나라에서 비정규직 보호 관련 논의가 있었을 때 이용했던 아주 유용한 경험이었다.

돌고 돌아 자유주의

독일에서 겪었던 한국 정부의 규제

우리 정부에 대한 불신은 독일에서도 경험했다. 그것도 아주 크고 강렬하게. 통독 이후 동독 사람들과 동유럽 사람들이 서독으로 몰려오자 일자리도 귀해지고, 주택도 부족하고, 통일 비용도 많이 소요되자 사람들의 불만이 높아졌다. 네오나치도 등장하고 외국인들이 테러를 당하는 등 사회분위기가 험악해졌다. 위기감을 느낀 독일 정부가 외국인에 대한 규제를 강화하고 나섰다. 그 일환으로 유학생들에 대한 통제도 강화되었는데 10학기가 넘는 유학생들의 강제출국이 이루어졌다. 그런데 한국 유학생들은 대부분이 학부부터 시작해 석사와 박사과정까지 마쳐야하므로 10학기를 넘기기가 일쑤였다. 그런 사정을 이야기해도 체류허가를 내주는 관청에서는 당초 유학 목적인 공부_{studium, study}를 하기 위해 독일에 왔고, 그 공부는 석사까지이지, 박사과정은 공부가 아니라는 이유를 대면서 수십일 안에 독일을 떠나라는 강제출국 명령을 내리곤 했다. 한국에서 독일에 유학을 가면서 입국목적 란에 'studium'이라고 쓰는데, 당초의 입국 목적인 studium을 이미 마쳤으니 속히 떠나라는 것이다. 이런 어려운 사정이 있어 쾰른 지역 유학생들을 대표해 학생 몇 명이 대사관에 찾아가서, 담당관을 만나 이 문제를 신속히 해결해 달라는 부탁을 했다. 하지만 그 이후에도 강제출국 명령은 계속 이어졌고, 어떤 경우에는 담당관이 체류허가를 내주는 관청에 꽃을 들고 나타나 관청 직원에게 '잘 봐달라'고 사정을 하는 모습도 목격되었다는 말도 들렸다. 독일에 있는 한국 유학생들이 한두 명도 아닐 뿐더러 대한민국의 대사관이 그런 모습을 보이는 것은 더더욱 싫었다. 결국 우리 학생들 스스로 자구책을 마련하기로 하고 찾아낸 방법은 바로 '출국명령 취소 소송'이었다. 일단 소송을 하고 나면 소송 기간이 몇 년을 끌게 되는데, 그 기간이면 학위를 따서 한국으로 돌아갈 수 있기 때문이었다. 이런 문제를 겪으면서 정부에는 큰 기대를 하지 않는 것이 좋겠다는 생각이 깊이 들었다.

자유주의를 만나다

사회주의와 복지제도, 정부, 규제 등에 대해 갖고 있던 이런 저런 의문과 회의들은 경제학 수업을 들으면서 자연스럽게 풀어졌다. 운이 좋게도 쾰른대학교에는 당시 '질서경제학'이 비중 있게 강의되고 있었기에 처음부터 자연스럽게 질서경제학에 대해 들을 수 있었다. 또 자유주의 성향의 교수님들이 계셨기에 그분들을 통해 정부의 역할이나 규제의 해악 등에 대해 자연스럽게 접할 수 있었다. 바트린Christian Watrin 교수의 경제정책론에서 애덤 스미스의 '보이지 않는 손'에 대해 들었을 때는 무언가 머리를 때리면서 사회주의와 복지제도에 대해 갖고 있던 회의가 뻥 뚫려 나가는 통쾌함마저 느꼈다. 동에스Juergen Donges 교수와 레티히Rolf Rettig 교수의 수업에서는 환경, 국제무역 등 다양한 주제들을 다루면서 자유주의 논점의 날카로움과 보편타당성, 그리고 정부와 정치권의 행태에 대해서 들을 수 있었다.

박사논문을 쓰고 학위를 따면서도 하이에크나 미제스 등 자유주의자에 대해 언급을 하기는 했지만 자세히는 모르고 있었다. 그러다가 자유주의 및 자유주의자와 적극적으로 접하게 된 계기가 있는데, 그것은

내가 쓴 칼럼이다. 박사과정이 끝나가던 즈음에 한국 신문을 보고 있는데 '일자리 나누기'에 대한 기사가 있었다. 한국에서 일자리 나누기에 대한 논의가 한참 진행되고 있었다. '이런 엉뚱한 논의를 하고 있다니' 하는 생각에 원고지 몇 십 장 분량의 칼럼을 써서 한국에 있는 아는 사람에게 보냈는데, 그 칼럼이 어찌어찌 해서 《월간 전경련》에 실렸다.

그런데 그 칼럼의 용도가 거기에서 그친 것이 아니었다. 학위를 마치고 귀국을 준비하고 있었는데 가난한 유학생에게는 귀국 비용이 만만치 않은 금액이었다. 고민하고 있던 어느 날 한 유학생으로부터 전화를 받았다. 그 학생이 말하기를 유학생과 교민들이 자주 찾는 인터넷 사이트에 한국에서 나를 찾는 메모가 있으니 보라는 것이었다. 그러면서 내 전화번호를 그쪽에 알려 주었다고 했다. 얼마 있으니 전화가 왔는데, 자유기업원^{현 자유경제원}이었다. 나를 찾는 데 한참 걸렸다,《월간 전경련》에 실린 내 칼럼을 보고 찾았다는 이야기를 한 후에 나온 용건은 '일자리 나누기'에 대해 A4 20장 정도의 논문을 써 달라는 것이었다. 물론 원고료를 꽤 준다는 조건이었다. 귀국 비용으로 고민하고 있었는데, 원고료도 상당히 준다고 하는 데다가 내가 흥미를 갖고 있는 주제에 대해 논문을 써 달라고 하니 마다할 이유가 없었다. 이때가 2000년이었다. 이 논문은 자유기업원 홈페이지에 게재되어 있었다. 그 원고료를 받아 어렵지 않게 귀국할 수 있었다.

귀국 후 자유기업원에 들어가 근무하면서 한국하이에크소사이어티 회원들과 만나게 되면서 자유주의에 대해 자연스럽게 좀 더 공부할 수 있었고 지금도 열심히 공부하고 있다.

송원근 (한국경제연구원 공공정책연구실장)

모든 상황에 대해 다양한 측면에서 보기가 습관화 되어 있는 객관적이고 합리적인 자유주의자. 반공 교육을 받고 자랐고, 대학 시절엔 대다수가 그러했듯 사회주의에 매료되었다. 그러나 동구권 몰락과, 미국경제의 화려한 부활을 눈으로 보며 시장과 자유주의에 대해 새롭게 눈뜨게 된다. 사상적, 이념적 영향보다 지금까지 살아온 삶의 부침들이 자유주의에 대한 신념을 더욱 공고하게 만들었다고 생각한다.

나는 과연
자유주의자인가

매력적이었던 사회주의 이념

어떻게 자유주의자가 되었는가를 유추하다 보니 과연 내가 진정한 자유주의자인가 하는 의문이 든다. 개인의 자유, 개인의 권리와 책임에 대해 이야기하지만 나의 마음속에는 항상 사회와 공동체, 국가에 대한 기여, 그리고 특정 집단에 대한 국가의 의무, 배려가 자리 잡고 있음을 느낀다.

또한 내가 나의 철학과 사상을 논할 만큼 삶의 시간과 경험, 그리고 지식도 깊지 않다. 지금까지 그런대로 살아온 삶을 반추해 보면 자유주의자가 될 수 있는 여건은 쉽게 주어지지 않았다는 생각이 든다. 유신 체제 하에서 초, 중등 교육을 받았고 고등교육을 받던 시절도 정치적으로는 권위적인 체제였으며 그때까지 받아 온 교육도 개인의 자유보다는 국가에 대한 충성, 공동체를 위한 희생 등을 강조하는 교육이었던 것 같다.

개인의 자유와 권리보다는 국가, 집단, 공동체를 강조하는 고등학교 시절까지의 교육은 대학에 들어가 접한 사회주의 이념에 빠져드는 데 촉매제 역할을 했다.

나는 당시 누구나 그랬듯이 대학에 입학하기 전까지 10년 넘게 반공교육을 받았다. 그럼에도 불구하고 사회주의 이념에 쉽게 경도된 것은 반공교육의 문제점이라기보다는 개인보다 공동체나 국가를 우위에 두었던 교육의 영향이지 않았을까 생각된다. 사회주의 이념은 기본적으로 사적소유를 부정하고 생산수단의 사회화를 목표로 하며 대다수인 노동자계급을 위한 것임을 천명하고 있다. 개인보다 국가, 사회를 중요시하는 교육을 받았고 그것이 옳다고 생각하고 있던 나에게 사회주의 이념은 무척이나 매력적이었다.

더구나 1980년대 대한민국의 대학은 사회주의적 변혁의 열정이 용광로와 같이 끓어오르던 곳이었다. 한반도에서 마르크스·레닌주의에 입각한 혁명은 시대적인 요청이자 사명인 것으로 인식되었고 이미 혁명에 성공한 소련, 중국 등의 국가와 같이 사회주의 혁명의 성공을 위한 결정적 정세의 조성이 대학가 혁명세력의 정치적 목표였다. 불과 수년 후에 현실 사회주의 세력인 소련과 동구권이 몰락하고 중국과 베트남이 실질적으로 사회주의 계획경제를 포기해 개혁·개방에 들어가리라는 것은 당시 상상하기 힘든 일이었다. 역사는 당연히 사회주의의 방향으로 흘러갈 것이라고 생각했고 이런 역사적 흐름에 어떻게 기여할 수 있을까 하는 것이 당시 나의 가장 큰 고민이었다.

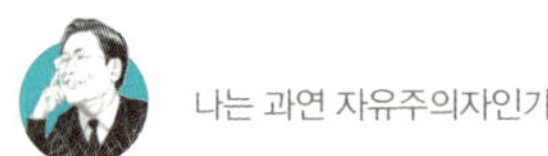
나는 과연 자유주의자인가

이런 상황에서 학교에서 배우는 경제학은 흥미를 끌지 못했다. 사회주의로 향하는 도도한 역사의 흐름이 있고 역사와 사회 발전에 어떻게 하면 기여할 수 있을까를 고민하는 사람에게 개인의 효용을 극대화하고 기업의 이윤을 극대화하는 것은 관심사는 고사하고 추구해서는 아니 될 일이었다. 따라서 극복해야 할 체제인 자본주의 시장경제를 가르치는 소위 '근대경제학'[1]은 역시 극복해야 할 대상이었다.

그나마 나의 흥미를 끌었던 과목은 경제사와 경제학설사였다. 경제학설사는 고전학파와 신고전학파 경제학자들의 한계와 문제점들[2]을 파악할 수 있다는 점이 흥미로웠다. 경제사는 당시만 해도 마르크스적인 유물사관에 기초한 내용을 가르쳤다. 원시공산제 사회부터 고대 노예제, 중세 봉건제에서 자본주의로의 이행은 미래의 사회주의로의 이행을 위한 예정된 수순으로 보였고 경제사를 공부하는 것은 미래를 준비하는 과정의 하나라고 생각했다. 특히 한국경제사를 공부하는 것은 한국자본주의가 어떻게 형성되었는가를 파악하고 이를 통해 사회주의로의 이행을 준비한다는 강한 목적과 유인이 있었다. 학과 공부에 별 흥미를 느끼지 못했는데도 대학원에 진학하게 된 것은 그런 이유에서였다.

다시 자유주의자 얘기로 돌아가자. 내가 대학 시절 접한 자유주의와 관련된 유일한 책은 밀턴 프리드먼의 『자본주의와 자유 Capitalism and Freedom』

---

1 당시에는 마르크스경제학을 비롯한 좌파 경제학을 '정치경제학'이라고 했고, 이에 대비해 신고전학파 경제학을 비롯한 주류경제학을 '근대경제학'이라고 불렀다. 그렇게 부르게 된 연원에 대해서는 나도 알지 못한다.

2 여기서 경제학자들의 한계와 문제점이라고 한 것은 마르크스주의의 입장에서 이야기한 것이다. 예를 들면 주기적 공황과 장기 실업이라는 자본주의에 내재한 모순으로부터 발생되는 문제점을 마르크스주의에서는 사회주의로의 이행을 통해서만 해결할 수 있다고 본 반면 케인스는 정부지출을 통한 유효수요 창출을 통해서 해결할 수 있다는 한계를 가지고 있다는 식의 생각이다.

였다. 번역본을 읽었는데 읽기도 쉽지 않았을 뿐만 아니라 책 내용을
수긍하기도 어려웠다. 책 내용의 대부분은 자본주의체제를 미화하고 유
지하려는 목적으로 비춰졌다. 다만 정치적 자유와 경제적 자유의 관계
를 설명하면서 정치와 경제가 분리되어 있지 않다는 프리드먼의 말에는
공감했었고 자유가 과연 무엇인지에 대해 생각해보는 계기가 되었다. 물
론 자유란 자본주의적 생산관계에서 파생된 속박에서 해방되는 것이라
는 기존의 사고를 바꿔놓지는 못했다. 사회주의를 지향하는 사람은 사
회주의적 인간이 되어야 한다고 생각했고 여기에 개인의 자유와 권리가
끼어들어갈 공간은 없었다.

사회주의로의 이행에 대한 회의

내가 사회주의에 대해 회의를 갖게 된 시기는 연세대학교에서 석
사과정을 마칠 무렵이었던 것으로 기억된다.

1980년대 후반에서 1990년대 초반까지는 동구권에 민주화 바람이 불
던 시기였고 무너지기 시작한 사회주의 체제는 베를린 장벽의 붕괴에
이은 독일의 통일, 그리고 사회주의 종주국이었던 소련의 붕괴로 이어
졌다. 동구권에 민주화 열풍이 불 때 이것을 처음에는 사회주의의 강화
라는 식으로 자의적인 해석을 했다. 사회주의 사회도 관료주의의 문제
가 있다는 점은 나도 인식하고 있었고 동구권의 민주화 바람도 사회주
의 자체의 문제에 기인한 것이 아니라 관료제의 문제라고 생각했다. 따
라서 동구권의 민주화는 사회주의가 완성되어 가는 와중에 겪는 일종
의 진통으로 생각했지 그것이 사회주의의 붕괴로 이어지리라고는 꿈에

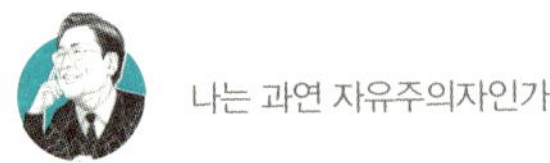

도 생각하지 못했다. 당시 동구권 사람들의 서구 사회로의 탈출이 줄을 이었는데 이를 보고 동구권 일부의 사람들이 서구 사회의 화려한 겉모습에 현혹되어 그 사회의 모순은 보지 못하고 있다고 생각했다.

그러나 나의 생각과는 무관하게 동구권의 사회주의는 붕괴되었다. 독일은 자본주의 국가로 통일되었고 소련도 붕괴되어 러시아를 비롯한 개별 국가로 쪼개지면서 사회주의를 버렸다. 역사는 내가 생각했던 것과 반대 방향으로 가고 있었다. 사회주의라는 이상향이 그 자체로 이상향이 아님을 역사와 현실이 증명해 주고 있었다.

사회주의에 대한 회의는 현실의 변화에서뿐만이 아니라 학문적으로도 찾아왔다. 사회주의로의 이행이 목표인 사회주의자에게 자본주의 시장경제의 발전은 자본의 이익을 위한 자본의 논리에 따른 것일 뿐이다. 여기서 전제는 자본주의의 발전이 지속 가능하지 않다는 것이다. 마르크스 경제학에서 이와 같은 자본주의 위기론의 근거로 제시하는 것이 '이윤율의 경향적 저하 법칙'이다. 자본 축적에 따라 자본의 유기적 구성도가 높아지면 이윤율은 경향적으로 하락한다는 것인데 마르크스 『자본론』 3권의 3부에서 이를 다루고 있다.

당시 눈길을 끈 것은 『자본론』 3권의 14장이었는데 이윤율의 저하를 상쇄하는 요인들에 대한 설명이 있었던 것으로 기억한다. 이와 관련된 여러 학파들이 있었는데 소위 '근본주의' 학파에서는 상쇄요인들에도 불구하고 이윤율은 지속적으로 하락해 자본주의에 보다 더 심각한 공황이 지속적으로 나타나게 된다는 주장을 했고, 상쇄요인들의 역할을 강조하며 이런 상쇄요인들이 이윤율의 지속적 하락을 막아 파국에

도달하지 않고 자본주의가 지속된다는 점을 강조하는 학파도 있었다.[3] 이윤율의 경향적 저하와 주기적 공황의 심화는 자본주의 위기론의 핵심이었고 자본주의는 이런 내적 모순 때문에 파국을 맞이하게 되고 프롤레타리아 혁명에 의해 사회주의로 이행하게 된다는 것이다. 그런데 이윤율의 경향적 저하를 상쇄하는 내생적 요인들이 존재하고 자본이 그러한 요인들을 끊임없이 찾아낸다면 자본주의 위기론이 성립되지 않을 수 있다. 나는 '이윤율의 경향적 저하 법칙'을 공부하면서 이런 요인들로 인해 자본주의가 파국에 도달하지 않고 지속적으로 발전할 수 있지 않을까 하는 생각이 들었다. 또 한국경제를 비롯한 현실의 자본주의가 그런 식으로 발전하지 않고 있나 하는 생각도 들었다. 마르크스주의에 대한 근본적인 회의는 아니었으나 자본주의에서 사회주의로의 필연적 이행이라는 명제에는 분명한 의문을 갖게 되었다.

한국경제에 대한 시각의 변화

한국경제사를 공부하고 1950년대 한국경제에 대한 석사학위 논문을 쓰면서도 약간의 시각 변화가 있었다. 일부 관료와 독점자본가에게만 이득을 주는 종속적 자본주의, 신식민지 국가독점자본주의로 보았던 한국경제의 역사적 과정을 공부하면서 나름 긍정적인 시각을 갖게 되었다. 이런 시각 변화에 대한 논리적, 과학적 설명은 쉽지 않으나

---

3 이 부분은 나의 제한된 기억력에 의존하고 있다. '이윤율의 경향적 저하의 법칙'과 관련된 논쟁이 있었고 학파가 존재했으나 내가 현재 정확히 기억을 못하고 있기 때문이다. 그러나 여기서 중요한 것은 명확한 기억보다 이런 논쟁이 나의 생각에 영향을 주었다는 점이다.

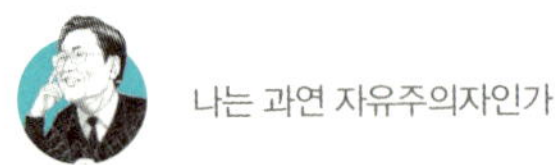

나는 과연 자유주의자인가

당시의 느낌을 표현해 보면 다음과 같다. 해방 이후, 아니 일제 식민지 치하에서부터 한국경제는 성장해 왔고 그 과정에서 일련의 사건과 정책들[4]이 성장을 촉진했으며 그로 인해 대다수 사람들의 삶의 질이 높아졌다는 것이다. 물론 이런 시각의 변화가 나로 하여금 마르크스적 세계관에서 벗어나 자유주의자로 만든 것은 아니다. 하지만 자본주의는 필연적으로 사회주의로 이행하는 것이 아니라 그 자체의 모순을 극복하는 조절 기능이 있으며, 주기적 공황에도 불구하고 지속적인 발전을 가능하게 하는 내적 메커니즘이 존재하는 것이 아닌가 하는 생각을 갖게 되었던 것은 사실이다.

사회주의로의 이행에 대한 회의가 들고 한국경제에 대한 시각의 변화가 왔으나 자본주의 경제를 분석하는 방법론으로서의 마르크스경제학에 대해 불신이 찾아온 것은 아니었다. 미국으로의 유학을 결심하게 된 것도 마르크스경제학에 대한 회의 때문이 아니라 수리, 통계, 계량 모형 등 기술적인 부분[5]을 배우기 위한 목적이었다. 미국에서의 유학생활이 경제학에 대해 새롭게 눈을 뜨게 한 계기가 되기는 했다. 경제학의 미시적 기초, 정치한 수리 모형, 게임이론과 계량경제학에 대한 새로운 이해 등이 초기 유학시절의 소득이었다고 볼 수 있지만 내가 갈망하던 더 나은 사회를 위한 학문, 역사에 기여할 수 있는 학문과 경제학은 아직까

---

4 예를 들어 농지개혁과 같은 사건이나 수출주도공업화정책에 대해서 이전에는 농지개혁의 불철저성, 수출주도공업화로 인한 종속의 심화를 떠올렸다. 농지개혁은 사회주의적 관점에서 보면 불철저한 개혁이었다. 그러나 지주계층의 몰락과 자유로운 노동력의 풍부한 공급의 계기가 되었다는 점에서는 자본주의적 경제발전을 촉진시키는 요인이 되었다고 볼 수 있다.

5 고백하자면 경제학에서 모형설정(modelling)을 당시 나는 단순히 기술적인 것으로, 즉 수학 연습문제 푸는 것과 비슷한 것으로 인식하고 있었다.

지 거리가 있었다.

1990년대 미국경제와 설계주의적 사고의 변화

유학 시절 시장의 작동과 정부의 역할에 관심을 갖게 된 것은 학위과정에서의 학업에 따른 것이라기보다는 시사적인 문제에 대한 관심이 더 큰 원인이었던 것 같다. 1980년대 후반 일본기업들의 세계시장 석권과 일본경제의 고속성장에 비해 상대적으로 정체되었던 미국경제는 1990년대 초반 경기침체까지 겪으면서 미국식 자본주의는 이제 한계에 왔다는 의견이 많았다. 나도 사회주의 이행의 필연성에는 의문을 품고 있었지만 정부주도로 유기적으로 움직이는 일본식 경제가 자유방임적인 미국식 자본주의보다 우월하다고 보았고 일본기업의 약진이 그 증거라고 생각했다. 그러나 1990년대 미국경제는 화려하게 부활했다. 혁신과 신기술에 의한 생산성 증가, 낮은 인플레이션과 낮은 실업률을 보인 미국경제의 부활은 자유로운 시장의 작동이 어떤 결과를 가져오는가를 생생하게 보여 주었다. 레이건 이후 규제완화와 감세의 효과는 1990년대에 만개한 것으로 보였고 나의 눈길을 끌었던 것은 1994년 공화당이 상하 양원을 장악한 후 클린턴행정부와의 협상을 통해 이뤄낸 '복지개혁welfare reform'이었다. 복지에 대한 의존성을 줄이는 조치들과 더불어 각종 보조금의 축소가 단행되었다. 소위 서민people과 소수자minorities 등 약자들을 위한 정부의 적극적 역할을 기대하게 만들었던 클린턴정부가 취한 조치였다는 점에서 나에게는 충격이었다. 정부의 역할이 크게 감소했음에도 미국경제는 보기 드문 안정적인 성장·발전을

보였고 정부의 역할이 큰 유럽과 일본경제는 고전을 면치 못했다. 정부의 개입이 시장을 왜곡해 효율과 후생을 감소시킨다는 후생경제학의 기본적인 원리가 현실에도 나타난다는 것을 이전에는 생각해본 적도 없었다. 그렇지만 이를 현실에서 목도하게 된 것은 나에게 일종의 이념적 충격이었다.

비슷한 시기 정책 분석policy analysis과 각국의 정책경험에 대해 공부하면서 얻은 지식은 특정 집단을 위해 수립된 정책이 결코 그 집단에 이익이 되지 않는다는 사실이었다. 지금 생각해보면 그리 놀라운 사실이 아니지만 그 이전까지 그렇게 생각해본 적이 없었다. 나는 정부의 개입 없이 시장에만 맡겨놓을 경우 시장의 실패뿐만이 아니라 약자에 대한 보호조치가 없어 이들이 피해를 보고 이에 따른 사회적 혼란과 더불어 유효수요 부족에 따른 경제적 손실도 클 것이라고 생각했다. 따라서 노동자와 같은 약자나 농업과 같은 취약산업을 보호하고 지원하는, 정부의 세밀하고 정교한 계획과 정책이 필요하다고 여겼다. 그런데 약자나 취약산업을 위한 정책이 궁극적으로 이들에게 도움이 되지 않을 수 있다는 것은 계획과 설계주의의 미덕을 믿고 있던 나에게는 정말 큰 충격이었다.

시카고학파, 하이에크, 그리고 자유주의

이와 같은 사회적, 이념적, 학문적 충격이 겹치면서 나는 사회주의에 회의를 갖고 있는 설계주의자에서 서서히 시장에 대한 신봉자로 변해가고 있었다. 이후 학문적 관심사는 자유시장이 가장 최적임에도 불구하고 정부의 끊임없는 개입이 나타나는 원인에 대한 것이었다. 이익 집단의 정치적 힘, 지대추구행위가 정책결정에 영향을 미쳐 정부의 시장에 대한 개입의 주요한 원인이 된다는 것은 어찌 보면 당연한 이야기다. 이것을 논증한 스티글러Stigler, 펠츠먼Peltzman, 베커Becker 등 시카고학파 정치경제학을 공부한 것은 이익집단과 정부, 그리고 시장의 관계에 대해 탐구하는 과정이었다. 또한 정치시장에서의 이익집단 간의 경쟁이 보다 효율적인 정책을 채택하게 만든다는 베커 등 시카고학파의 논의도 이론적, 논리적으로 수긍할 수 있는 논의였다. 그럼에도 불구하고 왜 시장에 대한 정부의 끊이지 않는 개입이 존재하고 정부규모는 지속적으로 증가하는가에 대한 의문은 풀리지 않았다. 정치적으로 영향력이 있는 이익집단의 특징에 관심을 갖게 된 것은 이런 의문 때문이었고 이런 의문이 베커에 이어 올슨, 뷰캐넌, 털럭 등의 저술까지 탐독하게 된 계기가 되었다.[6]

물론 시카고학파의 정치경제학이나 공공선택이론이 나의 설계주의적 성향을 완전히 바꿔놓지는 못했다. 문제는 이 이론들도 신고전학파의 사회후생함수에 기초하고 있어 설계주의가 들어갈 여지가 있으며 불완전 정보의 문제를 해결하기 위해서는 정부개입의 필요성까지 도출된다는 점이었다.[7] 이런 학문적 혼란의 와중에 만난 것이 하이에크의 『Individualism and Economic Order』였다. 이 책에 나온 내용

---

6 유학시절 학위과정에서 나의 연구는 여기까지 진전된 상태에서 내가 처음 가졌던 의문에 대한 해답은 구하지 못하고 '정치적 압력집단의 효율성에 관한 연구'로 마무리되었다.

7 이는 전적으로 나의 생각이다. 정부의 개입과 규제가 사회후생을 오히려 감소시킨다는 것을 사회후생함수 모형의 추정을 통해 보일 수 있으나 사회후생함수를 가정한다는 것 자체가 정부에 의한 설계 및 개입을 전제로 하게 된다는 것이 나의 생각이다.

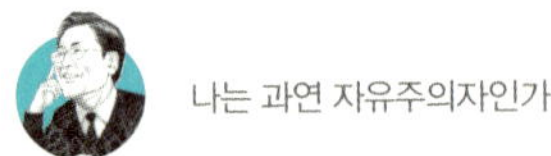

을 지금도 온전하게 이해하고 있지는 못하지만 지식의 문제, 경쟁과 경쟁적 질서의 의미와 조건 등의 내용을 통해 내가 그동안 배웠던 경제학에서는 설명해 주지 못했던 의문들이 일부 해소되었다. 특히 사회주의 계산 socialist calculation에 관한 부분은 오랜 기간 나의 사고방식에 각인되어 있던 설계주의·계획경제의 문제점을 확실하게 인식시켜 주었다. 『Individualism and Economic Order』를 읽음으로써 촉발되었던 하이에크에 대한 관심은 그의 다른 저작들을 찾게 만들었고, 결정적으로 『The Road to Serfdom』은 나로 하여금 자유주의와 사회주의 사이에 제3의 길은 없다는 것을 깨닫게 해 주었다.

여기까지가 내가 사회주의자·설계주의자에서 자칭 자유주의자로 바뀌게 된 과정이다. 공간적으로는 미국, 시간적으로는 1990년대였다는 점이 특징이지만 비슷한 환경에서 자유주의자가 되지 않은 사람이 더 많기 때문에 시공간적인 요인이 작용했다고 말하는 것이 객관적이라고 볼 수는 없다. 그러나 지극히 개인적인 경험을 객관화할 필요는 없을 것 같다. 미국에서 귀국한 이후의 삶에서 나에게 사상적, 이념적 변화는 거의 없었다. 오히려 삶의 부침 속에서 자유주의에 대한 신념이 더욱 공고하게 되었다고 자의적으로 생각하고 있다. 그러나 정치적, 경제적 이슈와 같은 현실의 문제를 접할 때마다 여전히 설계주의적인 사고를 하고 있는 내 자신을 발견하곤 한다. 그럴 때 스스로 다시 자문해본다. '나는 과연 자유주의자인가?'

최승노 (자유경제원 사무총장)

재산권과 선택권을 존중해야 개인이 잘살고 나라가 발전한다고 믿는 시장론자이며, 모든 일을 긍정적으로 생각하려는 낙관주의자다. 한국경제연구원에서 대기업을 연구했고, 1997년 자유경제원 창립부터 작은 정부, 기업가정신 등에 대한 글쓰기와 강연, 방송출연 등을 하고 있다.

이왕이면
좋은 사상을

원래의 '나'라는 존재

"니가 가라, 하와이."

영화 〈친구〉의 명대사다.

사람마다 처한 환경이 다르고 경험도 다양하다. 오랜만에 만난 친구와 얘기하다 보면 상이한 입장 차이를 확인하면서 머쓱할 때도 있다. 예상하지 못한 논쟁이 벌어지고 어떻게 그런 생각을 할 수 있느냐며 어처구니없다는 표정도 나온다. 서로 핏대를 세우기 일쑤다.

세월이 흘러서일까. 친구들과의 모임에서 논쟁이 전보다 줄었다. 젊었을 때는 얼굴을 붉힐 논쟁거리인데도 격렬한 논쟁은 이제 좀처럼 일어나지 않는다. 말을 아낀다. 그러다 한마디 던진다. "이쯤 됐으면 전향하지." 웃자고 한 얘기지만 좀 함축적이다. 상대방의 이념을 비아냥거리는 말인 동시에 그래도 친구에 대한 배려가 있는 장난말이다. 누가 누구에게 말할지는 그때그때 다르다. 시대적 상황이나 정치 이슈에 따라 상대방을 약 올리는 말이기도 하다.

1980년대 초반 대학을 다닌 세대는 이념에 대해 다소 경직적이다. 단언할 말은 아니지만 내가 느끼기에 그렇다. 어쨌든 사람이 자신의 경험에서 자유롭지 않은 것은 분명하다. 정치적 시대변화를 몸으로 겪어서인지 감정도 묻어난다. 마음의 상처를 간직하고 있을 때는 더욱 그렇다. 이념 격차는 크고 분명하다.

한번 굳어진 생각은 좀처럼 바뀌지 않는다. 사람은 자기 생각을 되뇌고 또 합리화하려 애쓴다. 자신의 입장을 좋게 보고 부정적 사례는 외면한다. 비슷한 생각을 가진 사람끼리 만남이 이어지고 특별히 다른 생각이 끼어들 여지도 적다. 관성의 법칙으로 설명해도 좋고 '살아온 시간이 아까워서 못 바꾼다'고 말해도 그렇게 틀린 말이 아니다. 바꾸자니 뭔가 고단해질 것이 두려워서이기도 하다. 사람들은 그렇다. 왜냐고 따질 일도 아니다. 그저 각자의 인생이다. 사실 나도 그렇다. 생각이 흔들리기도 하고 뭐가 맞는지 따져보기도 하면서 살아왔지만, 생각이 크게 변한 것 같지는 않다.

"그 동네 살기 어때요?"라고 물으면 보통 사람들은 "이렇게 살기 좋은 동네가 또 있을까요? 제가 사는 동네, 정말 살기 좋아요"라고 답한다. 주변 눈치를 보거나 집값이 떨어질까봐서가 아니다. 익숙함이 좋은 것으로 생각되어지다 보니 실제로 그렇다고 믿는다. 사람들은 자신의 선택에 이유가 충분하다고 믿고 웬만해서는 바꾸지 않는 경향이 있다. 본능

이왕이면 좋은 사상을

적으로 보수적 태도를 갖는다.

　태어나면서부터 사상과 이념을 갖고 있는 이는 없지만, 어려서의 환경은 개인의 삶에 막대한 영향력을 끼친다. 의학에 가족력이라는 말이 있듯이 반복된 행동과 사고방식은 생명력이 길어 다음 세대에 전달된다. '세 살 버릇이 여든 간다'고 했던가. 가정에서 학습된 논리와 행동은 평생 그 사람의 핵심적인 생활방식으로 자리 잡는다. 자신만의 세계를 만들던 사람도 어느 정도의 시간이 흐른 후에 다시 과거 환경의 익숙함으로 돌아가곤 한다. 회귀본능의 하나다. 이 글을 쓰면서 나의 가정환경이 지금의 행동에 끼친 영향이 컸음을 새삼 느낀다. 좀처럼 사고방식이나 행동을 바꾸지 않는 고집스러움, 현실을 중시하는 태도, 개인적인 성향 등이 그랬다. 이런 인성을 갖고 있는 '나'라는 존재는 앞으로도 인생관이 크게 바뀌지 않을 것 같다.

이념지도가 바뀌는 순간

　사람이 쉽게 변하지 않는 것처럼, 자신이 가지고 있는 이념을 바꾸는 사람도 드물다. 그런 일이 많지 않은 것도 이유가 되겠지만, 우리 사회에서 체면과 명분론이 중요함을 감안하면 잘 드러나지 않을 수 있다. 과거의 끈끈했던 관계, 익숙했던 것과 결별하고 벗어나는 일은 상당한 에너지의 축적이나 계기가 필요하다. 이는 기차가 궤도를 벗어나는 것처럼 불안정한 상태를 초래하고 새로운 균형 상태로 적응해야 하는 고단한 작업이다. 술·담배를 끊은 이야기, 암에 걸려 생활방식을 완전히 바꾼 이야기처럼 습관을 바꾸는 일도 엄청난 의지와 노력이 필요한데 하물며 이념을 바꾸는 일은 어떻겠는가.

그런 변신을 위한 의지의 정도는 가히 혁명적 수준일 것이다. 삶이 나아지는 것은 주로 혁신에 관한 일이라서 조금씩 개선하면서 나아지는 반면 이념의 패러다임을 바꾸는 일은 근본적이고 본질적이다. 이념이 여러 분야를 폭 넓게 포괄하고 사고의 바탕을 이루기 때문이다. 이념을 바꾸는 것이 워낙 어렵다 보니 평상시에는 좀처럼 일어나지 않는다. 세상의 어떤 큰 변화나 전쟁, 사건이 일어나면 그것을 계기로 많은 사람이 동시에 가치관을 바꾸는 일이 발생한다.

우리 사회에서 이념전선의 지형이 바뀌는 일이 몇 차례 있었다. 가장 큰 사건은 6·25 전쟁으로 공산주의에 대한 반감과 미움은 반공을 국시로 만들 정도였다. 이후 대표적인 사건이 소련의 멸망이다. 1990년대 이념지형은 크게 요동쳤다. 사회주의 논리와 이념은 순식간에 무용지물이 되었다. 자본주의와 사회주의 간의 체제경쟁이라는 장기간에 걸친 거대한 싸움에서 자유세계가 승리한 것이다. 역사가 다시 진보를 이뤘다. 그 결과 많은 사람이 사회주의 미몽에서 깨어났다. 최소한 진실을 직시하는 지식인이라면 그랬다. 자본주의의 승리는 사회주의를 동경했던 사람에게는 땅이 꺼지고 하늘이 무너지는 일이었다. 지식의 세계에서 사회주의는 무의미해졌다.

잘못된 생각이었음을 깨닫는다고 해도 인정하기 어렵지만 이를 받아들이고 자신을 바꾸는 일은 큰 용기를 필요로 한다. 우리 사회에서 좌익 활동가에서 우익으로 전향한 사람이 무수히 나왔다. 용기 있는 사람

이왕이면 좋은 사상을

들이다.

하지만 사회주의 지지세력 상당수가 사회주의를 버리지 못했다. 지적 정직함을 받아들여 세계관을 바꾸기에는 현실의 장벽이 높았다. 현존하는 북한체제를 부정하지 못하고 사회주의 동조세력으로 남았다. 결국 인지부조화 상태에 빠졌다. 자신의 잘못된 이념을 합리화해야 하는 모순상태에 빠진 것이다. 그러다 보니 민주화라는 철 지난 반독재투쟁으로 자신의 부정직함을 감추려 한다. 논리적으로 자신을 합리화하기 어렵다는 점은 그들에게 큰 부담이며 고통이다. 결국 거짓 논리로 사람들을 현혹하는 몰이배 수준으로 타락하고 말았다.

어쨌든 우리 사회에는 올바른 사상을 받아들이지 못하고 과거의 이념에 매몰된 세대가 존재하는 것이 현실이다. 현재 이들이 사회의 장년층을 형성하고 있고, 새로운 세대로 교체되기까지 상당한 시간을 필요로 한다. 여전히 산업현장에는 그들의 논리가 넘쳐난다. 노동현장에 들어가 자신들의 정치세상을 위해 투쟁의 진지를 구축한 이들이다. 이들의 완고함과 아집이 사회를 병들게 하고 발전을 가로막는다. 근로자들은 자신의 기득권을 지키기 위해 반자본주의 성향의 노조권력과 결탁해 정치세력을 형성했다. 그들은 자본주의의 성과물을 향유하면서 생산현장을 인질로 삼아 반자본주의 운동을 일삼았다. 자본주의가 성공할수록 그들의 이익도 늘어나 반자본주의 공세도 함께 커진다. 이런 악순환으로 반자본주의 의식이 사회에 확산되었다.

돈 버는 일에 대한 올바른 철학

　　그런 반시장적 정서가 사회에 퍼지다 보니 기업에서 일하는 직장인들도 자신이 어떤 일을 하는지 이해하지 못하곤 한다. 사람들은 반자본주의 정서에 휩쓸려 혼란을 겪는다. 자본주의를 싫어하면서 자본주의 핵심 경쟁단위인 기업에서 일한다. 자본주의 세상에서 살아야 하니 생기는 현상이다. 정치노조처럼 자신이 하는 일을 스스로 부정하기도 한다. 돈을 벌기 위해 어쩔 수 없이 일을 하는 것이고, 자신이 기여함으로써 기업이 더 성장하고 대기업으로 커지는 것은 약자를 착취해 세상을 나쁘게 만드는 것이라며 자기모순에 빠진다. 그저 단순히 돈을 벌기 위한 수단이라며 자기 일을 부정하고 다른 사람도 그럴 것이라고 생각하는 혼돈상태에 빠진다. 잘못된 일이다. 자기 일을 인정하고 자신의 일이 세상 사람에게 도움을 주는 것에 감사하는 자세가 올바른 자세다.

　　요즘 시민단체, 사회적 기업, 협동조합에서 일하는 좌익 성향의 사람들을 만나 보면, 흥미롭기도 하고 심각하다는 느낌도 받는다. 자신들이 자본주의 세계와 무관한 사람인 양 행동한다. 그들은 반자본주의 정서에 빠져 기업 원리를 부정한다. 비교적 자신의 생각과 부합하는 일을 하다 보니 논리적으로 모순됨이 없고 정신적으로 편안해 보인다. 얼굴 표정에 그대로 드러난다. 사회에서 격리된 삶이다. 그런 일이 가능한 이유는 세상의 일원으로 사회에 기여하며 그 대가로 살기보다는 세금이나 보조금을 통해 활동이 유지되기 때문이다. 그들은 다른 사람에 의존하거나 정부의 지원을 받아 생활하고 있음을 애써 부정한다. 생산현장에

이왕이면 좋은 사상을

서 부딪히며 기생하는 이들과는 달리 자신의 생존 방식은 독립적이며 스스로의 힘으로 공동체를 이뤘다는 착각이 어찌 보면 순진해 보이기도 한다. 그들은 자신들만의 세계에서 벗어나고 싶지 않은지 기업과 자본의 세계를 외면한다. 얼굴을 마주하는 것조차 부담스럽고 당혹스러워한다. 노조의 투쟁적 모습과 대조적이다. 하지만 그들의 공통점은 자신들의 삶이 자본주의에서 벗어나면 그대로 무너진다는 것을 깨닫지 못한다는 점이다.

일을 하면서 자신의 생각을 공고하게 하는 것은 자연스런 일이다. 나는 사상의 체계와 일에 대한 철학이 조화를 이룬 경우다. 한국경제연구원과 자유기업원에서 기업을 연구하면서 관련 지식이 늘었다. 특히 대기업에 대한 보고서를 쓰면서 사람들이 대기업을 재벌이라고 부르며 기업을 잘못 이해하는 부분을 인식하게 되었고, 이러한 오해를 풀기 위해 논쟁하다 보니 자연스럽게 그 분야에 대한 신념도 더 강해졌다. 기업을 연구하는 것은 사실 현실에 관한 분석이라서 그렇게 이념성이 큰 주제는 아니다. 하지만 재벌논쟁은 본질적으로 자본주의에 대한 반감에서 출발하는 이념 문제라서 사상성을 요구한다.

기업하기 좋은 환경을 만들기 위한 정책제안을 하다 보면 반대론자를 자주 만나게 된다. 그들은 '기업을 보호하려 하지 말고 경쟁을 보호하라'는 내 말의 뜻을 이해 못하고, '기업을 대변하고 돈 버느냐'라며 자신의 입장에서 해석했다. 우리 사회가 가지고 있는 반 기업 정서의 심각성이 드러나는 말이다. 답답한 일이었다. 사실 자본주의는 그렇게 단순하지 않다. 사회에 기여한 대가로 돈을 버는 것이 자본주의 실체다. 돈만 추구한다고 해서 돈이 벌어지는 것이 아니며, 소비자들의 선택과 만족에 따라 돈을 벌 수 있는 것이 세상 이치다.

이념이 만들어지는 순간

사람들은 성장하면서 자신의 세계관을 갖추게 된다. 청소년기를 지나 주로 대학에 다닐 나이에 사상을 공부하고 이념 지형을 그린다. 친구들과 얘기하거나 책을 읽다가 선택하는 이도 있고 숙제하다가 체계화하는 이도 있다. '친구 따라 강남 간다'는 말처럼 우연한 사건으로 바뀔 수도 있고, 이런 저런 현상이 조금씩 쌓이다가 어떤 계기를 만나 순간적으로 바뀔 수도 있다.

분명한 점은 자신의 행동을 합리화할 정도로 충분한 이유와 결정적 계기가 제공되어야 한다는 점이다. 새로운 변화를 위해서는 에너지를 응축해야 한다. 그 에너지가 쌓여 한 번에 폭발하는 시기가 있다. 경영학에는 '티핑 포인트'라는 말이 있다. 새로운 상품에 대한 소비자의 선호가 모이고 그 수요가 폭발해서 새로운 시장을 형성하는 시점을 말한다. 그때 수많은 기업이 방향을 바꾸고 그쪽으로 쏠리게 된다. 유행과 트렌드가 새롭게 형성되어 시장판도가 바뀐다.

사회도 그렇지만 사람의 생각이 한 번 굳어지면 바뀌기 어렵다. 그렇다면 처음부터 좋은 사상을 갖추는 일이 시행착오를 줄이는 현명한 방법이다. 나는 운이 좋았는지 이념을 크게 바꿀 일이 없었다. 그렇다고 대학 시절에 자유주의 사상을 좋아한 것은 아니다. 직장 생활을 하면서

점차적으로 자유주의에 다가간 경우다.

　나는 고등학교·대학교·직장을 다니면서 이념 문제에 대해 여러 차례 생각할 기회가 왔다. 지금 돌아보면, 실용주의와 보수주의적 관점에서 조금씩 자유주의적 관점으로 사고방식이 전환된 것으로 기억한다. 중간파에서 자유주의자로 이동했다고도 볼 수 있다. 젊어서는 쿠데타를 통한 집권에 대한 반감, 독재에 대한 거부감이 있었지만 현실의 생산방식을 부정하지 않았다. 특히 반미·반자본주의 운동을 독재정치만큼 잘못된 것으로 보았다. 그래서인지 대학 내 학회활동은 깊이 있게 이루어지지 않았다. 당시 대학 운동권 논리에 공감하지 못한 결과일 것이다. 친구들과 현실에 대해 논하며 세상을 이해하려 했고 책을 통해 정통적 이론을 학습하고자 했다.

　나는 사상을 주로 책을 통해 접했다. 철학과 윤리학 책을 좋아했고 서양철학을 골라보면서 생각의 지평을 넓혔다. 자유주의 사상서로 가장 먼저 접한 책은 밀턴 프리드먼의 『선택할 자유』다. 당시 베스트셀러로 주목받은 책이라서 접하게 되었지만 읽다 보니 상당한 설득력을 갖춘 책으로 보였고 지적 만족감도 컸다. 그래서인지 지금도 이 책이 고전 가운데 기본서라는 인식을 갖고 있다.

　사람들이 젊어서는 개혁에 목마르고, 나이가 들면 철이 들고 세상을 이해하는 능력이 커진다고 한다. 뜨거운 가슴을 앞세우다가 점차 냉철한 이성이 발달한다는 것이다. 나도 그랬다. 어떤 때는 성급했고 세상을 이해하는 능력이 부족해 시행착오도 있었다. 세상을 알게 되면서 인생관이 바뀌고, 일하다가 세계관이 조금씩 바뀌었다.

한국경제연구원과 자유기업원에서 일하면서 쌓은 생각들이 사고의 바탕을 넓혔고, 이념을 분명히 하는 데 결정적 역할을 했다. 글 쓰고 말하고 행동하면서 틀을 갖췄다고 해야 할 것이다. 내가 이념의 체계를 갖추게 된 계기는 자유기업센터로 옮기면서부터다. 한국경제연구원 내에 자유기업센터를 만들어 공병호 박사가 실장을 맡았고, 나는 여직원 1명과 함께 실원이 됐다. 1997년 자유기업센터가 그 존재 의미를 인정받아 재단법인으로 독립하면서 나는 공병호 초대 소장을 따라 우리나라 최초의 자유주의 싱크탱크에 합류했다. 자유기업원이 발간한 '자유주의 시리즈'는 하이에크·미제스 등 자유주의자들의 역작들로 발간되었고, 이를 읽으면서 자유주의의 우월성을 새삼 깨달았다. 특히 미제스의 책은 논리가 쉽고 간결해 공감이 갔고 마음속에 신념을 만들기에 충분한 지적 에너지를 제공했다. 소위 자유주의라는 이념으로 나아가는 통로가 되었다.

내 인생관과 사상이 내가 선택한 직장과 잘 맞는다는 것은 개인적으로 큰 행운이다. 자신이 싫어하는 일을 억지로 하는 것이 고역이라면, 자신과 잘 맞는 일을 하는 것은 즐거운 일이다. 더구나 함께 일하는 사람들이 같은 사상을 공유할 수 있다는 것은 큰 기쁨이다. 이념 싱크탱크는 일반 기업과는 달리 이념을 전파하는 일을 업으로 한다. 나는 자유주의 사상을 전파하는 일을 하면서 자유주의를 더 좋아하고 신뢰하게 되었다. 행복한 일이고 감사할 일이다.

어떤 이념을 선택할 것인가

행동으로 한 번 옮겨보는 일을 통해 생각이 바뀌고 사람도 바뀌는 경우가 있다. 성공철학을 보면, '나를 어떻게 바꿀까'라는 주제에 경험으로 유도해보라는 방법론이 있다. 반면 '생각을 바꿔라, 그래야 성공한다'는 말도 있다. 그렇다면 성공을 위해 먼저 생각을 바꿔야 하나, 아니면 행동을 바꿔야 하나. 방법론적인 문제여서 정답은 없다. 현실에 맞게 적용하면 된다.

하이에크는 '사상이 세상을 바꾼다'고 했다. 역사의 방향성을 제대로 설명한 말이다. 과연 어떤 이념이 좋은 쪽으로 세상을 바꾸는 것일까? 한 개인 또는 사회가 좋은 사상을 선택하면 발전하고 풍요를 누린다. 이왕이면 좋은 사상을 갖는 것이 좋다. 개인도 그렇고 사회도 그렇다. 좋다는 판단의 기준은 사람들의 자유를 증진하고 삶을 얼마나 개선하느냐가 될 것이다. 자유주의가 모든 면에서 탁월한 사상임은 역사가 증명해 왔다는 점에서 논쟁의 여지는 없는 듯하다.

사람마다 가치관이 다르고 추구하는 바가 다르다. 나는 행복을 상위의 가치 개념으로 갖고 있다. 누가, 무엇이 나를 행복하게 만드는 것일까? 그런 것은 없다. 행복은 주관적 감정이다. 자신이 행복한 삶을 만들어갈 뿐이지, 누가 행복을 만들어 줄 수 있는 것은 아니다. 행복은 각자가 알아서 추구할 마음의 상태 같은 것일 뿐이고, 사회가 신경 써야 할 것은 자유의 확산이다. 그래서 모두가 관심을 갖고 개선하려고 노력할 것은 바로 자유다. 경제자유, 정치자유를 높여 사람들이 자신이 원하는 것을 자유롭게 추구할 수 있도록 하는 일이다.

이념과 무관하게 존재할 수 있는 사람은 없다. 자신과 주변 사람이 갖고 있는 이념의 결과를 공유한다. 그런 면에서 이념도 선택의 대상이다. 좋은 이념을 선택하는 것은 자신에게도 사회에게도 바람직한 일이지만 나쁜 이념을 선택하면 모두의 삶이 추락할 수 있다. 좋은 사상을 찾으려는 노력이 필요하듯이 좋은 사상을 물려받고 물려주려는 노력도 가치 있는 일이다. 올바른 사상을 지키려는 보수적 태도는 마치 국방비를 지출해 나라를 지키는 것처럼 바람직한 일이다.

누구나 완벽한 사상체계를 갖추는 일은 거의 불가능하다. 조금씩 깨달아가면서 조합적인 상태를 개선해 간다. 그런 관점에서 관용은 인간 관계의 좋은 덕목이라는 생각이 든다. 이런 말은 나의 부족함에 대한 변명이기도 하지만, 앞으로 좀 더 나아질 수 있도록 지적인 개방성을 유지하는 마음의 여유를 갖게 하는 장점도 제공한다. 만나는 사람이 바뀌면 미래도 바뀐다. 함께 말하는 친구가 누구냐에 따라, 어떤 책을 읽느냐에 따라, 어떤 말을 하느냐에 따라 인생도 바뀐다. 그런 면에서 우리나라 자유주의자들과 오랜 친분을 갖고 대화할 수 있었던 것은 나에게는 큰 행운이었다.

또 해외의 자유주의자들과의 만남도 기분 좋은 일이었다. 1997년 세계 자유주의 싱크탱크의 모임인 경제자유네트워크에 참석했던 기억이 새삼 떠오른다. 저녁 식사를 하는 자리에서 한 참석자가 한국의 조세 부담율이 얼마인지 묻더니 자신의 계산기를 꺼내 한국 사람들은 1년에 어느 정도 기간을 세금 내기 위해 일해야 하는지를 계산해 주었다. 신선한 충격이었다. 귀국해서 그 계산을 정확히 한 후 '세금해방일'이라는 용어로 번역해 매년 발표했다.

올바른 이념은 긍정적 세계관과 잘 부합하는 듯하다. 세상이 점차 좋아지고 있음을 믿고, 조금씩 개선해 가는 노력을 소중하게 여기는 일이다. 이런 사고는 주위를 이롭게 만든다. 윈-윈의 관계를 만들어 가는 경제적 사고에도 익숙하게 만든다. 그런 환경은 부의 창출에 우호적이다.

"부자가 되고 싶으면 부자동네에 살아라"라는 말이 있다. 내가 만나 온 사람들을 되돌아보면 맞는 말이다. 역시 성공한 사람들은 긍정적이고 세상의 이치를 수용하는 자세를 가지고 있었다. 자유주의적 사고가 곧 부자가 되는 길이라고 말하는 것은 좀 과장된 것처럼 보이지만 자유주의가 성공의 길을 위한 바탕을 제공한다는 점은 분명하다.

나아가 세상을 밝게 보면서 점차 나아지는 미래를 준비하고 실천하는 사람들에게는 그만큼의 보상이 따른다. 반면 세상의 어둠을 한탄하면서 비판의 삶을 사는 이들에게는 새로운 세계가 좀처럼 열리지 않았다. 왜 이런 일이 일어날까. 삶을 부정적으로 바라보는 사고는 경제적 행동을 위축시키고 정치적 해결을 도모하도록 만들기 때문이다. 비판을 위한 비판에 빠지기 십상이고, 세상을 늘 투쟁 상태로 몰고 가 삶의 질서를 파괴한다. 스스로를 파괴하는 악순환의 고리를 계속 만들게 된다. 그런 함정에 빠진 사회는 황폐함을 멈출 동력이 내부에서 나오지 않는 특징이 있다.

지식인들은 비관론의 함정에 빠지기 쉽다. 그들에게는 비판적 사고를 해야 한다는 강박관념이 있다. 건강성을 유지하기 위한 비판은 바람직하지만 부정적 사고는 위험하다. 창조 없이 파괴의 에너지만 넘쳐나면 문명도 소멸되고 만다. 지식인들이 부정적 사고에 빠진 예를 쉽게 찾을 수 있다. 마르크스가 대표적이다.

물론 자본주의에 우호적인 지식인도 부정적 미래관을 갖기도 한다. 조지프 슘페터는 그의 저서 『자본주의·사회주의·민주주의』의 서언에서 "자본주의는 생존할 수 있는가. 아니다. 내 생각에는 자본주의는 생존할 수 없다"라는 음습한 예언을 했다. 자본주의를 부정한 마르크스와 별반 다르지 않은 결론이다. 자본주의가 성공해 온 동력이 사라지면서 혁신이 일어나지 않는 사회로 전락한다는 얘기다. 그렇다면 자본주의는 스스로 무너질 것인가? 그렇지 않다. 누군가 세상을 통제하는 폐쇄된 상태로 몰아가지 않고 개방된 사회를 유지할 수 있다면 새로운 혁신은 계속 일어난다. 그래서 낙관주의는 진보를 부르는 소중한 덕목인 셈이다. 나는 늘 낙관론을 유지하려 애쓴다. 어려움에 처할수록 그랬던 기억이 난다.

자유주의자로 살아가기

자유주의자로 살아가는 삶은 그렇게 쉽지 않다. 자칫하면 자신밖에 모르는 개인주의자, 극단적 이기주의자로 몰려 소외될 수도 있다. 더구나 자유주의 사상은 어렵다. 본능적으로 느끼기 어렵고 이성적 판단을 요구하기 때문이다. 논리도 까다롭고 쉽게 설명되지도 않는다. 그러다 보니 현실 문제에서 곧잘 냉혈한으로 오해받기 십상이다. 하지만 분명한 점은 자유주의는 인류에게 일어난 문명 발전의 근본이며, 세상이 진보한 기본원리라는 점이다. 자유주의는 세상을 부패하지 않게 만드는 소금과 같은 존귀한 사상이다. 자유주의 세계관은 집단주의가 현실과 이상을 파괴하지 못하도록 막는 역할도 맡는다.

　내가 글을 쓰고 방송활동을 하면서 다른 입장에 있는 분들로부터 받은 비판은 주로 두 가지였다. 남을 배려하지 않는 너무 냉정한 시각이라는 부드러운 표현이 있고, 가진 자들을 위한 논리를 내세우지 말라는 좀 공격적인 표현도 있었다. 자유주의가 남을 도울 줄 모르는 냉혹한 경제지상주의라고 폄하하는 비판논리가 타당할까. 올바른 지적이 아니다. 자유주의는 진보를 가져오는 사상이며 자유주의자는 어려운 사람을 도와주는 것에 동의한다. 복지는 진보하는 사회에서 나타나는 자연스런 일이다. 사실 복지는 논쟁의 대상이 되지 못한다. 문제는 복지를 모든 사람에게 평등하게 나눠 주는 배급경제 방식으로 몰아가는 사회주의의 반문명성으로 인해 일어난다. 세상일을 개인의 문제로 보지 못하고 뭐든지 사회적으로 해결할 수 있다면서 개입주의 방식을 찾는 일은 지적 자만의 소치이며 자유를 속박하는 우를 범한다.

　남을 도우라고 강요하는 것은 바람직하지 않다. 자신의 힘으로 도우면 된다. 다른 사람이 돕지 않는다고 비난할 일이 아니다. 자신이 도울 능력이 없으면 그것을 부끄럽게 생각할 일이지, 남에게 강제할 일이 아니다. 물론 남을 돕는 것은 가치 있는 일이다. 나는 20년 정도 어린이를 돕는 재단을 통해 어려운 환경의 아이들의 계좌에 소득의 일정 비율을 자동이체로 보내고 있다. 남을 돕는 것은 더 돕고 싶은 마음을 부르고 그러기 위해서 열심히 살아야 할 이유가 하나 더 생기는 기분 좋은 일이다. 그런 면에서 이타심은 이기심의 또 다른 면이라는 생각이 든다. 돈의 철학이 분명해야 성공할 수 있고, 건강한 삶을 살 수 있다.

남을 돕는 일을 사회적으로 강제하고 통제하려는 생각은 오만과 자기 우월주의에서 나온다. 엘리트주의, 계급주의에 익숙한 사회주의자들이 모두의 돈으로 모두에게 재배분하겠다고 나서는 일이 그렇다. 자신의 권력을 위해 강제적으로 남을 돕는 것이 사회주의라면, 자신의 진실성을 위해 자발적으로 남을 돕는 것이 자본주의다.

나는 자유주의시장경제 시스템인 자본주의가 계속 발전하리라고 믿고 있다. 그 원동력은 자유주의 정신에 있다고 생각한다. 사실 자유주의는 기득권을 옹호하려는 세력에게는 부자연스런 사상이다. 그래서 기득권을 지키려는 사람들은 폐쇄성을 요구한다. 하지만 그런 사회는 정체하게 마련이다. 오직 개방성이 유지되는 사회에서 새로운 세계의 가능성은 열려 있다.

나는 어떤 이념을 가지고 있을까. 많은 기관이 이념 지도 서비스를 제공하고 있지만, 나는 아주 간단한 기준을 제시하는 사이트www.theadvocates.org를 방문해 이념의 위치가 어디인지 파악해 봤다. 개인적 이슈 5개 항목의 점수를 합해 80점, 경제적 이슈 5개 항목에서 합계 100점으로 나왔다. 자유주의자의 영역에 해당한다. 이 글을 읽는 독자도 표에 제시된 항목에 대한 의견을 각각 제시하고 그 점수를 합해 자신의 이념 위치를 확인해볼 수 있다. 이왕이면 자유주의자에 위치하기를 희망한다. 본인을 위해 그리고 함께 진보된 사회로 함께 나아가기 위해.

이왕이면 좋은 사상을

설문 항목	동의 (20점)	보통 (10점)	반대 (0점)
개인적 이슈 · 정부는 표현·언론·인터넷을 검열하지 말아야 한다. · 국방은 자발적 지원이어야지 징병제여서는 안 된다. · 성인 간 성관계를 제한하는 법이 있을 이유가 없다. · 성인의 약물 소지 및 사용 금지법을 폐지하라. · 국가가 발행한 신분증은 없어야 한다.			
합계			
경제적 이슈 · 대·중소기업을 도와주거나 지원하지 말아야 한다. · 자유무역을 막는 정부 규제와 장벽을 없애야 한다. · 노후를 스스로 준비하기: 공적 연·기금 민영화 · 정부의 복지를 민간의 자선 기능으로 바꾸자. · 세금과 정부 지출을 50% 이상 줄여야 한다.			
합계			

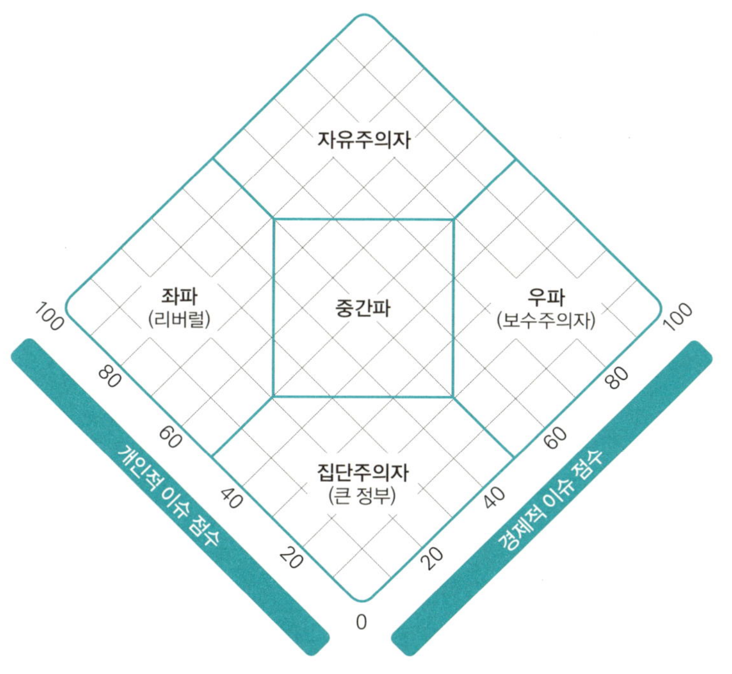

출처| www.theadvocates.org

자유주의자

자유주의는 개인 및 경제 문제 모두에서 최대한의 자유를 지지한다. 이들은 개인이 강압과 폭력으로부터 보호받도록 제한되어 있는, 즉 훨씬 더 작은 정부를 지지한다. 자유주의는 개인적인 책임을 지지하고, 정부 관료와 세금에 반대하며, 개인의 자선행위를 증진하는 경향이 있다. 또한 이들은 다양한 생활방식을 허용하며, 자유시장을 지지하고, 시민의 자유를 보호, 개인의 책임을 포용하는 경향이 있다.

우파^{보수주의자}

보수주의자는 경제자유를 옹호하는 편이지만, 종종 전통적 가치관을 위반하는 개인적인 행동을 제한하는 법을 지지한다. 이들은 지나치게 정부가 상업을 통제하는 것에 반대하지만, 정부가 도덕과 전통적인 가족 구조를 지지하는 행동에는 동의한다. 보수주의자들은 항상 강한 군사력을 지지하고 정부의 관료주의와 높은 세금에는 반대한다. 또한 이들은 자유시장경제와 강력한 법을 시행하는 것을 지지한다.

중간파

중간파는 정부가 경제적 및 개인의 행동에 대해 통제하는 것에 대해 중립적인 입장을 선호한다. 이들은 주제가 무엇인지에 따라서, 정부의 개입을 지지하기도 하고 개인적인 선택을 지지하기도 한다. 중간파는 열린 마음을 유지하는 자신들에게 자부심을 가지고 있으며, '정치적 과격주의'를 반대하는 경향이 있다. 그리고 그들은 현실적으로 문제를 해결하는 것을 강조한다.

이왕이면 좋은 사상을

좌파는 보통 개인적인 문제에서는 선택의 자유를 수용하지만, 국가적인 문제에서는 국가가 경제를 통제하는 것을 더 지지하는 경향이 있다. 이들은 일반적으로 빈곤층을 돕기 위한 정부의 기금 마련인 '안전망'을 지지하고, 엄격한 사업규제를 옹호한다. 좌파는 환경적 규제, 시민의 자유 그리고 자율적 표현을 지지하는 경향이 있다. 이들은 정부가 평등을 증진하는 것을 지지하며, 다양한 생활방식을 인정한다.

집단주의자

집단주의자는 정부가 경제와 개인적인 행동에서 많은 권력을 가지기를 원한다. 이들은 종종 오늘날의 경제적인 자유와 개인적인 자유가 선택의 사항인지 의문을 갖는다. 집단주의자는 자유시장을 불신하며, 높은 세금과 집중화되고 계획적인 경제를 지지한다. 이들은 다양한 생활방식에 반대하며, 시민자유의 중요성에 이의를 제기한다.

윤상호 (한국경제연구원 연구위원)

경제학, 특히 공공선택론의 창으로 세상을 바라보았기 때문에 자유주의자가 되었을 거라 말한다. 전체주의와 유교적 사상이 널리 퍼져 있는 한국사회에서 자유주의가 존재하기 힘들다는 것을 잘 알지만, 그래도 자신과 다른 생각을 가진 이들에게 끊임없이 질문하고, 연구하고 다른 관점을 보여주기를 게을리하지 않는다.

운이 좋게
괜찮은 스승을 만났다

한국에 돌아오며

'나는 왜 자유주의자가 되었나?'라는 주제로 책을 쓰는 데 함께 하자는 요청을 요청받았을 때 나는 보험연구원이라는 연구기관에 재직 중이었다. 보험연구원은 오랜 시간의 미국 타향살이에 종지부를 찍고 2011년 가을에 귀국하며 들어간 박사학위 취득 후의 첫 한국 직장이었고 한국에 관한 각종 연구 활동을 처음 시작한 곳이었다. 하지만 각종 공동연구를 시작하면서 내가 느낀 것은 경제학, 경영학, 수학, 보험학 등의 다양한 학문배경을 가진 보험연구원의 박사들 중에서도 나와 같이 자유주의적 사고방식을 공유하는 연구자들은 흔치 않다는 것이었다. 아니, 한국에서 학술활동을 시작하며 느낀 것은 자유주의적 사고방식은 극소수의 학자만이 공유한다는 것이다.

더욱 놀라운 사실은 나와 비슷한 과정을 통해 경제학 공부를 한 많은 분들 가운데서도 자유주의적 사고방식을 가지신, 더 정확하게는 경제학적 시각으로 사회를 관찰하시는 분들을 찾기가 어려웠다는 것이다. 점심시간은 경제학자들에게 현안으로 부상하고 있는 사회문제 혹은 자신이 진행하고 있는 연구에 대한 의견을 구하는 기회로 종종 이용된다. 비록 우연히 옆자리에서 앉게 되어 경제학자들의 대화를 듣게 된 이에게는 아주 재미없게 들릴 수도 있으나 점심시간을 이용한 토론은 아주 다양한 주제로 벌어진다. 물론 이러한 점심자리 토론을 피하는 경제학자들도 종종 계신다.

점심식사 토론의 다양한 주제들 중 가끔 올라오는 주제가 최저임금제다. 최저임금제에 대한 경제학적 분석은 아주 간단하고 명확하다. 경제학자들의 경제학자인 밀턴 프리드먼 교수가 얘기했던 것과 같이 최저임금제는 가격하한제를 노동시장에 적용하는 조치로서 고용되는 노동자의 숫자를 줄이는 효과를 가져오고 최저임금제가 도움을 주려고 하는 저임금, 비숙련 노동자가 실제로는 가장 많은 해를 입으며 종내는 그들을 실업자로 내모는 정책이다.[1] 최저임금제를 왜 정규직의 노동조합에서 항상 환영하는지 실상을 들여다보면 그리 놀랍지도 않은 지극히 당연한 경제학적 논리이고 결론이다.

---

1 Friendman, Milton(1966) "Minimum-Wage Rates." Businessweek September 26.와 Friedman, Milton(1996) "Minimum Wagt vs. Suply and Demand." Wall Street Journal April 24.를 참고

하지만 한국에서 접했던 많은 경제학자들의 의견은 최저임금제와 같은 따뜻하고 인정이 가득한 법안으로 경제적으로 어려운 이들을 도와야 한다는 것이었다. 물론 "가격하한제와 같은 최저임금제를 학생들에게 가르치실 때도 그렇게 수업을 진행하시나요?"라고 되물으면 "아니요, 당연히 경제학적 논리로 과잉 공급된다고 가르치지요"라는 대답이 오긴 했지만 종내는 "경제학 논리가 항상 옳은 건 아니잖아요. 사회의 의견과도 타협해야지요"라는 말도 함께 들어야 했다.

지금 생각해도 참 요상한 대답이다. 이는 자신이 공부하고 연구논리의 기반으로 사용하는 경제학 사고방식은 부정하고 그저 힘든 사람은 도와줘야 한다며 감성적 반응과 정치적 호소력을 우선시하는 것과 다름없다. 종내에는 경제학적 사고방식과 논리가 경제학자들 사이에서조차 타협의 대상으로 전락하고 나와 몇몇 분들은 그저 아집이 강한 독불장군으로 치부되곤 했다.

미국으로의 조기 유학길과
조지메이슨대학교

누군가에게는 아집이 강하게 보일 수 있는 나의 반골적 성향은 내가 어릴 적부터 간혹 보여 왔던 본질적 성향이거나 부모님의 열린 교육방식 덕택으로 만들어졌을지 모른다. 까까머리를 요구하는 남자고등학교에 다닐 때 선생님의 단체기합이 부당하다고 대들다 죽도록 혼나기도 했었다. 그런 획일적 교육방식이 싫어서—물론 한 번의 혹독한 체벌이 직접적 원인이 되었지만—지금은 흔히 볼 수 있으나 당시에는 감히 상상도 못했고 흔치 않았던 조기유학을 부모님에게 요청했었다. 또한 열어섯 살 철부지 아들의 철부지 조기유학 요청을 진지하게 고민하고 넉넉하지 않은 살림에도 올바른 생각이라고 판단된다며 흔쾌히 그 길을 열어 주신 부모님도 지금의 나를 만드는 데 일조를 했을 것이다.

하지만 감성에 기댄 정치적 호소력이 아닌 경제학적 논리를 통해 세상을 바라보는 방식을 습득하게 된 계기는 조지메이슨대학교^{Geroge Mason University}의 경제학 박사과정을 시작하면서다. 사실 조지메이슨대학교의 경제학과 진학도 경제학 공부에 별반 흥미를 느끼지 못하면서도 박사과정에 들어가볼까 하고 몇몇 학교를 기웃거리고 있던 나에게, '전액 장학금을 지급할 테니 우리 학교에서 공부해보라'며 나에게 연락을 주었던 당시 대학원 총괄지도교수이자 《Review of Austrian Economics》라는 저널의 편집장인 피터 뵈케^{Peter Boettke} 교수의 제의로부터 시작된 우연의 일치였다. 조지메이슨대학교의 경제학과가 어떠한 곳인지도 모르고 그저 전액 장학금을 준다는 말에 혹해 진학을 결정했던 것은 아마도 미국 경제학과들의 순위를 매기고 유학준비를 하는 많은 학생들과는 조금은 다른 결정이 아니었을까 싶다.

경제학을 배우다

조지메이슨대학교는 타 미국 대학의 경제학 박사과정과는 조금은 다른 학습 및 연구방식을 요구하는 곳이었다. 우선 대다수의 경제학

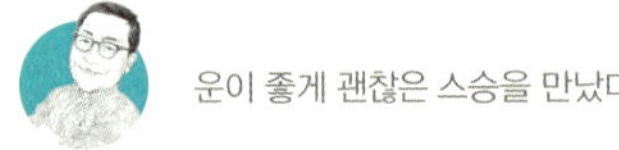
운이 좋게 괜찮은 스승을 만났다

대학원이 박사과정 신입학생에게 본격적으로 수업에 들어가기 전에 참가를 요구하는 수학캠프를 운영하지 않았고 첫 학기 미시경제학 수업은 경제학적 직관력에 중점을 두고 진행되었다. 아마도 보통의 경제학 박사과정에서 어떤 학습방식을 요구하는지 생소한 독자들은 잘 이해가 가지 않을 차이점일지도 모른다.

하지만 이러한 조지메이슨대학교의 교육과정은 많은 경제학대학원의 학생들이 의아해할 만한 방식이다. 대다수의 경제학대학원은 1년차 박사과정을 수학적 지식습득에 중점을 두며 마스코렐Mas-Colell이라 불리는 미시경제학 교과서에 나오는 문제처럼 아주 고난도의 수학문제를 푸는 데 몰두하게 만든다. 물론 그러한 고난도 문제의 배경에는 경제학적 의미가 담겨 있기 마련이다. 하지만 많은 대학원생들은 수학의 장막 속에 갇혀 자신이 어떤 경제학 문제를 풀고 있는지, 또한 어떠한 경제학적 의미를 함의하고 있는지 생각할 겨를조차 없이 답안작성에 몰두하고 결국 박사논문조차 경제학적 의미를 제대로 설명하지 못하는 경우로 이어지기도 한다.

조지메이슨대학교에서 박사과정 첫 학기 미시경제학 수업을 가르쳤던 월터 윌리엄스Walter Williams교수는 정반대의 접근을 시도했다. 아무리 어려운 수학으로 증명이 된 학설이라도 옆에 지나가는 할머니에게 설명할 수 없으면 아무런 의미가 없다고 얘기하고 자신이 로스앤젤레스 소재 캘리포니아대학UCLA에서 아르만 알치안Armen Alchian교수로부터 1970년대 초반 사사받은 미시경제노트를 중심으로 수많은 예제를 통해 수업을 진행했다. 또한 이제는 타 경제학대학원 과정에서는 읽히지 않는 프리드먼 교수의 '실증경제학 방법론'과 프리드릭 하이에크 교수의 「사회의 지식사용」과 같은 고전 논문들에 대한 토의를 통해 경제학 방법론과 경제학에서 사용되는 가정의 의미를 제대로 파악하도록 유도했다.[2]

월리엄스 교수의 미시경제학이 특별히 나의 기억에 남아 있는 이유는 내가 향후 사회현상을 관찰하며 분석을 시도할 때 어떠한 경제학적 논리의 안경을 써야 하는지 알려 주었던 수업이고 왜 경제학 사고방식이 자유주의적 사상과 부합하는지 처음으로 생각하는 계기가 되었기 때문일 것이다.

특히 경제학에서 사용되는 방법론적 개인주의methodological individualism를 통한 사회현상의 분석은 사회를 구성하는 개인들의 동기와 행동에 중심을 두어야 하며, 분배정책과 같은 인위적 개입에 대한 경제학적 분석은 누구에게 얼마만큼 도움이 될 것이라는 사전적 결론이 아닌 개입을 하게 되는 동기와 개입으로 변화되는 행동 등 사후적 결과를 포함한 전체적 영향에 항상 눈길을 주어야 한다고 가르쳤다. 이는 통상적으로 정의롭다고 여기고 별 생각 없이 받아들였던 관례적 개입이 발생하게 된 근본적 원인에 대해 생각하고, 아무리 선의의 개입이라도 그로 인해 사회구성원의 동기가 어떻게 바뀔 수 있는지 우선적으로 관심을 갖게 만들었다.

이러한 조지메이슨대학교의 비통상적 교육방식은 아마도 공공선택연

---

2 Friedman, Milton(1953) The Methodology of Positive Economics." In Essays in Positive Economics. Chacago, II: University of Chacago Proess, 3·43.와 Hayek, Friedrich August(1945) "The Use of Knowledge in Society." American Economic Review 35(4): 519·350.를 참고

구소가 버지니아공대로부터 이전해 오며 조지메이슨대학교로 적을 옮긴 뷰캐넌 교수의 'Dare to Be Different서슴없이 자신만의 길을 가라', 즉 부화뇌동附和雷同이 아닌 화이부동和而不同의 길을 가라는 모토에 충실하며 생긴 전통이 아닐까 싶다.[3]

1986년에 공공선택론를 개척한 공로로 노벨기념경제학상을 수상한 뷰캐넌 교수는 내가 대학원 과정을 시작했을 때 이미 정규수업에서 손을 놓았지만 대학원생 대상으로 2주간에 걸쳐 자신이 학자로 걸어온 길과 공공선택론에 대한 특별강의를 봄 학기마다 열고 있었다. 고든 털럭 교수와 공저한 『국민합의의 분석The Calculus of Consent: Logical Foundations of Constitutional Democracy』을 쓰게 된 계기 등 공공선택론이 탄생하게 된 배경 설명을 주제로 진행된 뷰캐넌 교수의 수업은 흔히들 사용하는 경제적 인간과 차별되는 정치적 인간, 즉 자애로운 사회 계획자benevolent social planner 가정이 얼마나 허구적인지를 일깨우며 통설적 주장과 연구에 묻히지 말 것을 당부했다.[4] '낭만을 뺀 정치Politics without Romance'라는 말로 요약할 수 있는 뷰캐넌 교수의 수업은 윌리엄스 교수로부터 배웠던 방법론적 개인주의의 적용을 정치시장으로 확장시키는 계기가 되었으며 각 국민의 자연권natural right 보호와 그를 위한 정부의 제한 등 전체의 이익을 위해 개인이 희생될 가능성을 근본적으로 차단하려는 헌법적 가치를 이해하게 되었다.

---

3 Buchanan, James M.(2005) Why I, Too, Am Not a Conservative: The Normative Vision of Classical Liberalism. Cheltenham, UK: Edward Elgar를 참고

4 Buchanan, James M and Gordon Tullock(1962) The Calculus of Consent: Logical Foundations of Constitutional Democracy. Ann Arbor, MI: University of Michigan Press를 참고

나의 자유주의적 사고에 영향을 주었던 것은 뷰캐넌 교수의 이 수업뿐만은 아니었다. 재정학의 거두인 리처드 머스그레이브Richard A. Musgrave교수와의 토론문을 담았던 『재정학과 공공선택Public Finance and Public Choice: Two Contrasting Visions of the State』이라는 책을 통해 나는 부의 재분배가 아닌 누구에게나 똑같이 적용되는 법의 보편성으로 얻어지는 평등을 중시하는 자유주의적 가치를 배웠다.[5] 아직 이 책을 읽어보지 못한 독자가 계시다면 꼭 책을 구해서 읽어보라고 권하고 싶다. 온정주의적 정부라는 가정에 기대어 정의와 평등이라는 미명으로 도입되는 수많은 재분배적 개입주의 정책이 실상은 얼마나 우리의 자유를 억압하는 것인지 분명히 알 수 있을 것이다.

또한 이 책에서 뷰캐넌 교수가 얘기한 "나무는 물에 던져 놓으면 뜨지만 사람은 물에 들어가면 물속에 잠길지 아니면 뜰지를 결정한다"는 말은 설정한 가정 내에서 결과를 기계적으로 유도한 연구를 통해 정책적 시사점을 만들어 왔던 많은 경제학자들이 한번은 돌아봐야 할 구절이 아닐까 싶다.

많은 사회적 제도가 누군가에 의해 의도적으로 설계된 것과 같이 사고하게 만드는 경제학의 기계적 인간설정에 대한 학문적 오류 및 한계를 나에게 뚜렷하게 알려줬던 분은 박사과정의 시작과 거의 동시에 조지메이슨대학교로 옮겨왔던 버넌 스미스Vernon Smith교수였다. 2002년에 실험경제학을 개척한 공로로 노벨기념경제학상을 수상했던 스미스 교수는 많은 결정들이 인간의 지적 능력의 한계로 인해 무의식적이거나

---

5 Buchanan, James M and Richard A Musgrave. 1999. Public Finance and Public Choice: Two Contrasting Visions of the State. Cambridge, MA: MIT Press를 참고

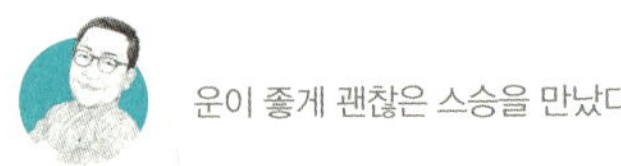
운이 좋게 괜찮은 스승을 만났다

자동 반응적으로 이루어지나, 이는 한계를 극복하기 위해서 창발적인 발견과정을 통해 진화된 아주 자연스럽고 효율적인 결정방식이라는 사실을 알려 주는 데 많은 노력을 기울이는 학자였다.[6] 시장제도 또한 누군가 설계한 것이 아닌 창발적 진화로 얻어진 자생적 질서라는 것을 강조하며 이를 누군가 설계한 것이라 간주하고 마치 회사를 운영하는 것과 같이 경영이 가능한 사회적 제도로 여기는 오류를 범하지 말아야 한다는 말도 잊지 않았다.

캘리포니아에서

운 좋게도 나는 박사학위를 취득한 후 한국으로 귀국하기 전까지 몸을 담았던 학교에서 스미스 교수와 동료 교수로 근무하는 행운을 얻기도 했으며, 매주 금요일마다 열렸던 세미나 후의 다과시간을 통해 다양한 얘기를 나누는 기회를 가졌다. 하루는 그 당시 선풍적인 인기를 끌던 리처드 델러와 카스 서스타인의 『넛지Nudge: Improving Decisions about Health, Wealth, and Happiness』라는 행동경제학 교양도서에 관한 의견을 말하는 시간이 있었던 것으로 기억한다.[7] 스미스 교수의 답은 아주 간단했다. 행동경제학에서 얘기하는 것과 같이 개인의 결정은 기계적으로 유추되는 경제학적 모델에서 나타나는 결과에 비교해 오류가 많고, 제3자의 입장에서 보았을 때는 비합리적 선택으로 보일 경우가 많다. 그리고

---

6 Smith, Vernon L.(2003) 〈Constructivist and Ecological Rationality in Economics〉 American Economic Review 93(3): 465·508.를 참고

7 Thaler, Richard H and Cass R Sunstein. 2008. Nudge: Improving Decisions about Health, Wealth, and Happiness. New Heaven, CT: Yale University Press를 참고

오류를 어떠한 식으로든 바로잡아 주어야 한다고 말할 수도 있다. 하지만 시장제도 하에서 보이는 개인의 선택은 매우 다르다. 시장은 다른 시장참여자와의 교류를 통해 개인의 비합리성을 바로잡아 주며 계속된 오류 선택은 시장이 부과하는 비용을 줄이려는 노력으로 극복된다.

　나의 자유주의적 사고는 경제학을 배우며, 낭만을 뺀 정치라는 약간은 독특한 학문적 뿌리를 가진 공공선택론의 창으로 세상을 바라보며 생긴 결과물이 아닐까 싶다. 전체주의적 사고가 사회에서 뿌리 깊게 통용되고 공익이 사익을 앞선다는 유교적 사상이 널리 퍼져 있는 한국에서 계속 자라고 배웠다면 아마도 자유주의자가 되는 것은 불가능했을 것이다. 또한 시장경제가 누군가에 의해 설계되고 만들어졌을 것이며 시장의 부족함은 합리성에 기반을 두고 고칠 수 있는 것이라고 생각하고 있을 것이다. 하지만 그것이 불가능하다는 것을 알게 해 준 경제학적 지식이 자율성 선택의 중요성을 일깨우고 나를 자유주의자로 만들었다.

　이 글을 읽고 있는 많은 독자들의 공감을 얻기에는 나의 개인적 경험이 너무나 많이 동떨어지고 부족함이 많을 것이다. 또한 내가 배워 왔고 얘기했던 경제학적 사고가 너무나 한쪽으로 쏠려 있는 시각이라고 느낄 수도 있다. 하지만 시장경제의 실패를 너무나 완벽하게 가정된 설계경제 혹은 계획경제와 비교하는 것이 과연 올바른 방식의 비교법인지 한 번은 질문을 던져 보라고 말해 주고 싶다. 또한 선택을 강요하는 사회에서 자유가 존재할 수 있는지도 생각해 봐야 하는 문제가 아닐까. 하지만 이미 나의 냉장고에 어떤 음식물을 보관해야 하는지 누구보다 내가 더

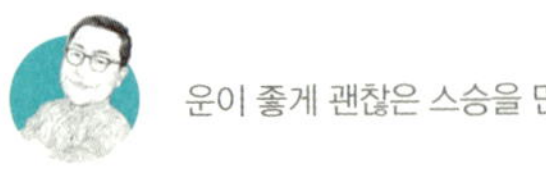

잘 알고 있으며 이러한 자율적인 선택권이 누구에게도 양도할 수 없는 자연권이라고 생각한다면 근본적으로 자유주의자의 유전자를 갖춘 것이다.

복거일 (소설가)

자유와 경쟁의 원리를 신뢰하는 대한민국 대표 보수 논객. 1987년 장편소설 『비명을 찾아서』로 문단에 데뷔했으며, 문학적 글쓰기 외에 사회적 이슈에 대한 비판적 글쓰기 또한 활발히 하고 있다. 남들의 시선에 구애받지 않고, 할 말은 하며 다른 생각을 가진 이들과 논쟁을 즐기는 소신파 지식인이다. 『높은 땅 낮은 이야기』, 『역사 속의 나그네』, 『파란 달 아래』 등 장편소설 외에도 시집, 문학평론집, 산문집 그리고 사회평론집까지 다양한 분야에서 활발한 집필활동을 하고 있다.

팔자라고 할 수밖에

자유주의를 알기도 전에, 이미 자유주의자

편집자가 제시한 제목은 '나는 왜 자유주의자가 되었는가?'다. 이 제목에는 자유주의자는 의식적으로 자유주의자가 된다는 가정이 들어 있다. 그런 가정은 널리 받아들여진다. 실제로 내가 흔히 받는 물음들 가운데 하나는 '왜 당신은 작가가 되었는가?'다.

이런 물음을 던지는 사람은 가벼운 마음으로 묻는다. 그러니 가볍게 대답하는 것이 아마도 온당할 터다. 그러나 그 물음에 진지하게 대답하려면, 풀기 어려운 철학적 문제와 만나게 된다. 한 사람이 무엇이 된다는 것에는 성품이든 직업이든, 스스로 선택한 부분은 그리 크지 않고 선택과는 관련이 없는 부분이 압도적이게 마련이다.

사람의 성품이나 취향, 재능은 일찍 결정된다. 기본적 조건은 물론 유전적 자산에 의해 결정된다. '선천nature 대 후천nurture'이나 '유전자gene 대 환경environment'의 논쟁은 한 번 들어가면 빠져 나오기 힘든 철학적 수렁이지만, 환경의 영향도 사람의 일생에서 초기에 결정적이고 나이가 들수록 줄어든다는 것만은 분명하다. 그래서 한 사람의 모습은 태아 시절에 거의 다 결정된다누구에게나 자신을 형성한 환경의 적어도 99퍼센트는 어머니의 몸이다. 나머지도 대부분 유아 시절에 결정된다. 뒷날 삶의 모습을 크게 바꾼 사건들은 이미 결정된 가능성이 구체화되는 계기들에 지나지 않는다.

그래서 내가 자유주의자가 된 것은 팔자라고 할 수밖에 없다. 내가 작가가 된 것이 팔자이듯이. 철이 들기 전에, 자유주의가 무엇인지도 알기 전에, 나는 이미 자유주의자가 될 가능성을 지녔을 것이다. 그리고 살아오면서 겪은 갖가지 경험들은 나를 자유주의자로 다듬어냈을 것이다. 즉 내가 자신을 자유주의라고 규정한 시점 훨씬 이전에, 나는 내 유전적 자산과 내가 자라난 환경의 상호작용에 의해 자유주의자가 되어 있었을 것이다.

집단 생활의 기억

속박을 싫어하는 것이야 모든 생명체들의 천성이지만, 나는 어릴 적부터 속박을 싫어했다. 칠갑산 줄기 험한 산속을 혼자 쏘다니는 것이 그리도 좋았다. 꼼꼼히 계획을 짜서 빈틈없이 하는 대신, 충동적으로 결정하는 경우가 흔했다. 휴일에 혼자 바람 쏘이러 여행할 때면, 미리 찾을 곳을 정하지 않고, 버스 정류장 뒤쪽으로 가서 막 떠나는 버스에 올라타고서 어디 가는 버스냐고 물었다. 행선지를 모르는 채 버스에 올라

타는 그 헛헛한 자유로움을 지금도 아련한 그리움으로 떠올린다.

그렇게 속박을 싫어하는 소년에게 집단적 생활은 힘들었다. 엄격한 규율들을 충실히 따라야 하는 군대에서는 특히 그러했다. 여름 방학에 후보생으로 병영에 들어가 훈련을 받을 때, 나는 상관의 명령과 내 판단이 부딪치는 경우를 자주 만났다. 그럴 때 나는 자주 내 판단을 따랐고, 그때마다 문책을 받았다.

야간분대공격 훈련을 받고 늦게 귀대한 밤, 일직사관은 얼굴의 야간 위장을 수통의 물로 씻고 취침점호를 받으라고 지시했다. 시간이 늦어서, 한여름인데도 수도의 물이 나오지 않았다. 목이 마르던 참이라, 나는 주번사관 지시대로 야간 위장을 지울 것인지 물을 마실 것인지 잠시 생각했다. 목이 마른 것은 몸에 물이 많이 부족하다는 얘기였고, 숯가루 야간 위장이야 몸에 해로운 것이 아니니 아침에 씻어도 되었다. 그래서 소금을 넣어 찝찔한 물을 맛있게 마시고 침상에 누워 점호를 받았다. 그러나 말끔한 얼굴들 사이에 검정 얼굴 하나가 끼었으니, 이내 일직사관 눈에 뜨였고, 나는 속옷 바람에 철모 쓰고 소총 들고 캄캄한 연병장을 열 바퀴 돌았다.

막상 초급장교로 근무해 보니, 견디기 어려운 것은 속박이 아니라 책임이었다. 병사들 앞에서 실수하지 않고 근엄하게 행동하는 일도 힘들었지만, 사고가 났을 때 책임을 지는 일은 훨씬 더 힘들었다. 혈기왕성한 젊은 사내들을 병영 속에 가두어 놓고 힘들고 단조로운 일만 시키니, 별의별 사고들이 끊임없이 났다. 사고가 나면, 꼭 책임자를 가리는 것이 군대의 속성이다. 책임을 질 사람이 없으면, 특별한 잘못이 없더라도, 직속상관이 책임을 져야 한다. 그래서 힘든 업무보다 사고의 가능성이 훨씬 마음에 무겁게 얹혔다.

내가 포병 장교로 복무했던 1960년대 후반은 휴전 뒤 남북한 사이의 관계가 가장 험악했던 시기였다. 베트남 전쟁이 한창이었고, 북한이 제2전선을 만들겠다고 끊임없이 도발했다. 김신조 일당의 청와대 습격 사건, 푸에블로 호 납치 사건, EC121 정보기 격추 사건이 그때 일어났다. 특히, 무장 공비들이 많이 내려와 분탕질을 쳐서 밤에는 마음 놓고 나다니기도 힘들었다.

하루는 비무장지대 안의 경계초소GP에 올라가라는 명령을 받았다. 북한의 점점 커지는 도발에 포병 화력으로 응징하겠다는 방침이 서서 경계초소에 관측장교를 배치한다는 얘기였다. 이미 남북한 모두 휴전 협정으로 금지된 박격포와 대전차포 같은 보병 중화기들을 경계초소에 배치한 터였다. 갑자기 결정된 일이라, 관측병도 내줄 수 없다고 정보장교가 말했다. 그래서 혼자 무전기와 소총을 메고 경계초소로 들어갔다. 앞쪽에는 북한 지역의 오성산이 우뚝 솟아 있었고 뒤쪽으로는 사라진 금강산 전기철도가 지났다.

경계초소는 비무장지대 안의 고도孤島였다. 철조망에 갇혀, 좁은 초소 안에서 수십 명 보병 병사들과 함께 지내야 했다. 길이라야 보급로 하나뿐이었고, 무장공비들이 출몰해서, 가볍게 밖으로 나다닐 수도 없었다. 답답할 수밖에 없었다. 그래서 나는 거의 날마다 혼자 소총 하나 들고서 밖으로 나갔다. 명목은 공비 침투에 대비한 정찰이었다. 길에서 벗어나면 지뢰를 밟기 쉽고, 공비가 매복했을지도 모르는 상황이었지만, 내 몸 하나만 건사하면 되니, 마음이 가벼웠다. 초소를 운영하는 책임

은 보병장교인 초소장에게 있었고 나는 보병 지휘 계통으로부터 명령을 받지 않았다. 본대인 포병대대엔 하루 두 번 무전으로 통신망만 확인하면 되었다. 그래서 홀가분한 마음으로 사람 손이 타지 않은 비무장지대를 쏘다녔다. 초소가 자리 잡은 곳 바로 옆에 '검둥이 고지'라 불리는 고지가 있었다. 원래 초소가 거기 있었는데, 몇 해 전에 공비들이 습격해서 초소 병력이 몰살당했다. 그래서 그 초소를 불을 질러 없애 버리고, 옆으로 옮겨 온 것이었다. 그 사라진 초소 근처에서 노르스름하게 익은 개똥참외를 보고 문득 가슴이 먹먹해진 기억이 40년 넘게 지난 지금도 생생하다.

전방에서 복무하면서 내가 얻은 경험들을 한마디로 요약한다면, 그것은 '보초들은 존다'다. 공비가 출몰해도, 보초들은 졸았다. 비무장지대 안의 경계초소에서도 보초들은 졸았다. 그것이 현실이었다. 지금 돌이켜보면, 군대에서의 경험들은 나를 자유주의로 기울도록 했다. 세상을 조직하고 운영하려면, 보초들은 늘 존다는 사실을 고려해야 한다. 그러한 행태를 고려하지 않으면, 전체주의적 또는 관료주의적 정책들이 나올 가능성이 커질 수밖에 없다.

사람은 타락한 천사가 아니다. 사람의 이기심, 게으름, 부정직, 비겁함, 무책임성과 같은 특질들은 나름으로 생존에 도움이 되기 때문에 우리 천성에 남아 있는 것이다. 영하 20도 추위에 양말도 신지 못한 병사들을 몰고서 작전하고 작업한 경험에서 얻어진 그 깨달음은 사회의 움직임에 너그럽도록 만들었다. 개인과 사회로부터 너무 많은 것을 기대하지 않아야 너그러워지고, 너그러워져야 사회의 움직임에 감탄하고 옹호하게 된다.

따지고 보면, 자기만 생각하는 개인들이 모여서 이루어진 사회가 제대로 돌아간다는 보장이 어디 있는가? 길에 가래를 뱉고 자동차 창밖으로 담배꽁초를 던지고, 도심에서 확성기로 외치면서 시위하는 사람들로 이루어진 사회가 무너지지 않고 그럭저럭 돌아간다는 사실은 나에게 늘 경이롭다. 공산주의나 명령경제를 생각해낸 사람들이 생각하듯, 깔끔하게 돌아가는 사회는 나올 수 없다. 삶의 모습은 본질적으로 깔끔하지 않다.

분노하지 않으면 무임승차가 될 뿐

복무를 마치자, 은행에 복직했다. 그리고 이내 떠났다. 보수도 좋았고 직장 동료들과 정도 들었지만, 은행 업무라는 것이 빤해서 더 배울 것이 없다는 생각이 들었다. 한 번 직장을 옮기자 관성이 붙어서 직장을 여러 번 옮겨 다녔다.

서른이 다 되어서 항공운송 분야의 대기업에 들어갔다. 연수를 받다가 대졸 여직원의 봉급이 고졸 남직원의 봉급과 비슷하다는 것을 알게 되었다. 그래서 강사에게 그런 봉급체계는 잘못된 것 아니냐고 물었다. 강사가 당혹스러워했다. 나는 동료 연수생들을 둘러보면서, "여기 있는 여성 동지들은 이렇게 부당한 제도에 대해 분노하지 않습니까? 분노하지 않는다면, 그런 자신을 부끄러워해야 합니다"라고 말했다.

그날 강의가 끝나자 인사부 책임자가 나를 불렀다. 연수생 신분에 맞지 않는 태도를 보였다는 얘기였다. 나는 잘못된 제도를 지적했으니 회사가 고마워해야 하는 것 아니냐고 대꾸했다. 한참 얘기가 오간 뒤, 책

팔자라고 할 수밖에

임자가 타협안을 제시했다. 회사에 들어와서 조용히 지내겠다고 약속하면 없던 일로 해 주겠다는 얘기였다. 나는 거절했다. 조직에 잘못이 있으면 그것을 지적하는 것은 조직원의 도리며, 그런 지적을 받아들이지 못한다면, 그 조직의 앞날이 어둡지 않겠느냐고 말했다. 결국 나는 회사에 냈던 서류를 돌려달라고 요청했다. 다른 직장을 알아보겠노라는 뜻이었다.

그 일을 떠올릴 때마다, 나는 새삼 느낀다. '주의자'는 그가 따르는 '주의'가 무엇이든, 태어난다는 것을. 자기 둘레의 잘못된 일에 대해 분노하지 못한다면, 그 사람은 그저 무임승차자가 될 뿐이라는 것을. "자발적 성장을 사람들의 어리석음이 세운 장애들과 짐들로부터 해방시키려면, 우리의 희망은 천성적으로 '진보주의자들'인 사람들을, 비록 지금 틀린 방향으로 바꾸려고 애쓸지 모르지만, 적어도 존재하는 체계를 비판적으로 살피고 바꿀 필요가 있는 곳들은 모두 바꾸려고 하는 사람들을, 설득하고 그들의 지지를 얻는 것에 두어야 할 것이다"라는 하이에크의 충고는 바로 그 점을 가리킨 것이다. 그런 뜻에서, 자유주의자들의 가장 깊은 경멸의 대상은 무임승차자들이다.

Swift has sailed into his rest;

스위프트는 안식의 뱃길에 올랐다;

Savage indignation there

그곳에선 맹렬한 분노가

Cannot lacerate his breast.

그의 가슴을 찢지 못한다.

Imitate him if you dare

그를 본받으시오 감히 그럴 수 있다면,

World-besotted traveler; he

세속에 젖은 나그네여: 그는

Served human liberty.

섬겼느니, 인간의 자유를.

예이츠가 영어로 풀어 쓴 스위프트의 라틴어 자작비명은 아직도 내 가슴에 아프게 울린다. 그러나 '세속에 젖는' 것을 성공으로 여기지 않은 세상이 어디 있었던가? 나는 알지 못한다.

지적 게으름을 벗어난 개념적 돌파

편집자가 상정한 자유주의자는, 엄격히 따지면, 경제적 자유주의자economic liberals다. 이념들의 서로 다름이 경제 분야에서 가장 두드러지기 때문이다. 인민 주권, 의회 정치, 자유 투표, 언론 자유, 정치와 종교의 분리, 사법적 정의와 같은 것들을 내용으로 삼는 정치적 자유주의에 대해서는 드러내놓고 반대하는 세력이 드물다.

경제적 자유주의는, 슘페터의 표현을 빌리면, "경제 발전과 일반 복지를 함양하는 가장 좋은 길은 민간기업 경제로부터 족쇄들을 풀어서 그것을 내버려두는 것이라는 이론"이다. 그러나 미국에서는 1930년대 이후 좌파가 그 말을 빼앗아 쓰기 시작했고 마침내 '중앙 정부의 권한과 역할을 늘리려는' 이념을 가리키게 되었다. 그래서 자유주의라는 말을

둘러싸고 끝없는 혼란이 나온다.

경제적 자유주의자들은 민간 기업들이 주도하는 시장경제를 가장 나은 체제로 여긴다. 경제적 자유주의자를 변별하는 궁극적 시험은 노동조합에 대한 태도다. 노동조합이 본질적으로 시장경제의 원리에 어긋나는 '인위적 독점'이라는 사실을 명확히 인식하고 노동 시장을 자유롭게 만드는 일이 긴요하다고 믿는 사람들만이 진정한 경제적 자유주의자들이다. 어느 사회에서나 대부분의 사람들은, 특히 지식인들은 노동조합에 대해 호의적이다. 강한 자본가나 경영자로부터 약한 노동자들을 보호하는 제도라는 통념을 자명한 진리로 받아들이고 노동조합의 불법 행위들을, 폭력까지도 너그럽게 대한다. 노동조합에 인위적으로 부여한 독점적 지위에서 나오는 폐해들은 알지 못하거나 알아도 외면한다.

나를 그런 '지적 게으름'으로부터 벗어나게 만든 것은 영국 경제학자 새뮤얼 브리턴Samuel Brittan의 『경제적 자유주의의 재천명A Restatement of Economic Liberalism』이었다. 이 책에서 나는 영국을 '유럽의 병자'로 만든 영국 노동조합의 실상을 제대로 알게 되었고, 노동조합의 폭력과 전횡에 대해 영국 지식인들이 보여 온 위선적 태도에서 충격을 받고 나 자신을 돌아볼 계기를 가지게 되었다.

그 뒤로 노동조합의 역사와 성격에 대해서 편향되지 않은 눈길로 살피기 시작했다. 그리고 미국 노동운동가 세자 차베스가 죽었을 때 그에 대한 높은 평가를 소개하면서 '노동조합이 자신의 임무를 성공적으로 수행했고 그래서 어느 사이엔가 대부분의 노동자들에게 필요없는 존재가 되었다는 사실'을 지적했다. 경제적 자유주의자가 되는 길의 마지막 장애를 넘은 것이었다. 20대 중반에 망해 가는 회사를 살리기 위해 노동조합을 조직하려다 회사에서 나온 적이 있는 나로서는 그것은 유난히 힘든 '개념적 돌파conceptual breakthrough'였다. 그런 뜻에서 편집자의 의도에 맞는 답은 '브리턴의 책을 읽고'가 될 것이다.

이런 모색이 이루어진 1980년대 후반은 우리 사회가 마르크스주의 물결에 덮였던 시절이었다. 특히, 노동 운동이 도도했다. 이런 조류에 문학이 앞장을 서서, '노동 문학'이나 '노동해방 문학'이라 칭한 문학 운동이 문학계를 압도했다. 그런 상황에서 노동조합의 본질과 폐해를 들어 역사적 사명이 끝났다는 주장을 폈으니, 무사할 수는 없었다. 대가를 치르리라고 예상했었지만, 문화적 풍토가 척박한 우리 사회에서 자유주의자가 치러야 했던 대가는 예상을 훨씬 넘었다.

자유주의는 물론 정치나 경제 분야에만 적용되는 이념이 아니다. '개인들에 대한 사회적 강제를 최소화해야 한다'는 자유주의가 가장 필요한 분야는 실은 풍속이다. 국가가 존재하기 이전 촌락 공동체에서도 개인들에 대한 사회의 억압은 심각했다. 찬찬히 살펴보면 풍속적 자유주의자들은 그리 많지 않다. 개인의 사생활에 속하는 일들에도 사회가 간섭해야 한다고 믿는 사람들이 너무 많다. 경제적 자유주의자들 가운데도 풍속적 자유주의자들은 그리 많지 않다.

경제적 자유주의자를 변별하는 시험이 노동조합에 대한 태도라면, 풍속적 자유주의자를 변별하는 시험은 '피해자 없는 범죄victimless crime'다. 춘화의 이용, 성매매, 동성애처럼 뚜렷한 피해자가 없는 데도 범죄로 규정된 행위들에 관해 사회는 너그러워야 한다. 적어도 자유주의자라

팔자라고 할 수밖에

면 그렇게 믿어야 한다. 혼외정사, 낙태, 마약의 사용처럼 피해를 볼 사람들이 있거나 사회에 나쁜 영향을 미치는 행위들에 대해서도 사회적 규제는 최소한으로 그쳐야 한다는 것이 자유주의 이념에 맞다.

세상은 아주 조금씩 바뀐다

인류가 많은 사회들로 잘게 나뉘어졌으므로, 어느 사회에서나 인종적 차별이 자연스럽게 나온다. 민족주의나 국수주의라고 불리는 이런 성향은 문화 분야에서 가장 거세고 당당하다. 특히, 모국어에 대한 사람들의 편향은 절대적이다. 그래서 어느 사회에서나 민족어에 독점적 지위를 부여한다. 이런 인위적 독점은 노동조합의 경우처럼 바람직하지 못하다. 개인들의 선택을 줄이고 문화의 진화에 장애가 된다. 1998년에 나는 언어 시장도 자유화해야 하며, 실제적 방안으로 세계어인 영어를 한국어와 함께 공용어는 쓰는 길을 내놓았다. 반응은 물론 부정적이었지만 나는 자유주의 이론에 바탕을 둔 반론들로 거센 비판들을 막아냈다. 21세기 들어와서는 원화 대신 세계의 기축 통화인 달러화를 쓰자고 주장했다. 이론적으로는 원과 달러를 함께 쓰는 것이 맞지만, 궁극적으로 우리 시민들이 모두 달러를 쓰고 원은 퇴장될 것이 분명하므로, 아예 달러를 쓰는 것이 현실적이라는 생각이었다. 이번에도 반응은 부정적이었지만 막상 토론이 시작되면 자유주의에 바탕을 둔 내 주장에 대해 효과적인 반론은 나오지 않았다. 아쉽게도 문화에서도 자유주의는 우리를 인도하는 원리라는 생각을 가진 사람들은 찾기 힘들다.

사람들이 가진 줄도 모르는 인종적 차별은 다른 종種들에 대한 태도에서는 극대화된다. 인류는 특별하고 다른 종들 위에 군림하고 마음대로 쓰는 것이 당연하다는 생각은 우리 마음에 워낙 깊이 자리 잡아서, 특별한 경우가 아니면, 성찰의 대상이 되지 않는다. 그런 종적 우월주의는 우리가 먹이사슬의 위계에서 벗어나서 스스로 필요한 것들을 마련할 수 있어야 비로소 사라질 수 있다. 거친 비유를 쓰면 지금 생태계는 인류가 권력을 독점하고 자신에게 필요한 곡물들, 작물들, 가축들을 지지 세력으로 키워서 특혜를 주고 나머지 종들은 마구 착취하는 사회다. 우리가 광합성을 직접 할 수 있는 기술을 찾아낸다면, 우리는 마침내 다른 종들에 '기생하는 존재_{parasite}'에서 벗어나 생태계의 자유주의자들이 될 수 있을 것이다. 그런 세상은 나온다 하더라도 아주 먼 미래에나 나오겠지만, 진정한 자유주의자들은 그런 날을 꿈꾸며 기다릴 수 있다. 자유주의자들을 애초에 자유주의자들로 만든 것은 세상이 아주 조금씩 바뀐다는 생각이므로.

팔자라고 할 수밖에

나는왜
자유주의자가
되었나